CUENTOS

Hermanos Grimm

Edimat Libros, SA

Copyright © EDIMAT LIBROS, SA
C/ Primavera,10, nave 35
28500 Arganda del Rey
MADRID-ESPAÑA
www.edimat.es

ISBN: 978-84-9794-603-2
Depósito Legal: M-1310-2024

Título: Cuentos
Autores: Hermanos Grimm
Presentación, revisión, traducción y notas: Pedro Ruiz de Luna
Diseño e ilustraciones de cubierta: Karakachoff Estudio

Impreso en España - *Printed in Spain*

NOTA PRELIMINAR

Hemos partido en esta selección de cuentos de Jacob y Wilhelm Grimm —más conocidos por su nombre conjunto de «Hermanos Grimm»— de la traducción histórica que realizó José Sánchez Biedma[1] para la que fue la primera publicación de estos cuentos traducidos al castellano desde su original en alemán, que la casa Gaspar y Roig de Madrid publicó en 1867[2] con una selección de cuarenta y seis de los ya muy famosos cuentos bajo el título *Cuentos escogidos de los Hermanos Grimm.*

Nuestra tarea con esta traducción histórica ha consistido en adaptar esos textos de Sánchez Biedma a los usos y aspectos formales contemporáneos. Para ello hemos expresado los muchos diálogos al formato actual y adaptado la utilización de guiones y comillas; y también hemos cambiado los pronombres personales al uso en la época, puesto que la Real Academia Española ha ido cambiando la casuística de estos pronombres desde entonces. Era normal y plenamente correcto decir cosas como «la dije» o «le mató», pero después dejó de serlo, aunque en algunos lugares aún se mantiene su uso por costumbre.

Tengamos en cuenta la época de la traducción: por entonces, lo que se publicaba en un país tendía a quedarse fronteras adentro de ese país, y en nuestro caso pocos ejemplares llegaban a otros países del ámbito lingüístico hispánico. Por eso son moneda corriente en la traducción términos que hoy ofenderían a quien los leyera en esos países, donde hoy sí llegan con normalidad los libros. Estas palabras malsonantes, que se han ido desarrollando a lo largo de la Historia a partir de otras normales y habituales en España, se han sustituido por sinónimos o expresiones que sin alterar el estilo de Biedma eliminan las palabras que allí son una grosería.

---

[1] Escritor y traductor español nacido en Madrid entre 1828 y 1831 (fechas inciertas) y desaparecido en 1898. En algunas publicaciones figura como «Viedma».

[2] Con una reedición en 1879.

El estilo del traductor se ha respetado fielmente y a él se han sometido todos los parámetros de la adaptación. Además, el uso de palabras, giros y expresiones al estilo antiguo que utiliza es plenamente adecuado al estilo original de los cuentos recolectados por los Grimm. Y sus expresiones graciosas e ingeniosas son un ejemplo extraordinario de la traducción como interpretación del uso y la intención, y redondean el magnífico trabajo de José Sánchez Biedma.

Los demás cuentos de esta selección marcados con un asterisco (*) que aquí presentamos son una traducción moderna, llevada a cabo siguiendo estos mismos criterios de respeto al original y de adaptación a nuestra cultura. Por ello, los apellidos y los nombres propios de los personajes se han mantenido, salvo en el caso de que creasen confusión[3], bajo el criterio moderno de que no se traducen; pero sí se traducen los motes, sobrenombres o apodos, cuyos palabras se han vertido de manera que reflejen lo más fielmente posible el sentido y la intención originales, muchas veces cargados de humor.

En ambas traducciones se ha recurrido a notas a pie de página cuando se ha visto necesario ampliar una información o brindar un comentario para aclarar algún punto.

Nuestro objetivo ha sido proporcionar a quienes hoy leen los cuentos de aquella primera selección de 1867 la misma experiencia de lectura fluida que tuvieron los lectores de aquel tiempo. Nuestra guía a lo largo de todo el trabajo, el respeto a la guía que orientó a los tan afortunados recopiladores de cuentos. Y nuestro deseo es que nuestros lectores disfruten hoy con esta selección de pequeñas maravillas.

Fuentes:

Biblioteca Virtual Cervantes.
Biblioteca de Traductores Españoles.
Biblioteca Digital Hispánica.
Real Academia Española (RAE).

---

[3] *Jorinde y Joringel,* llamados aquí *Juanito y Juanita,* que es como se ha conocido de siempre.

INTRODUCCIÓN

LOS HERMANOS JACOB Y WILHELM GRIMM,
O EL ROMANTICISMO Y LOS CUENTOS

Los cuentos son sueños de un secreto mundo familiar
que se encuentra en todas partes, y en ninguna.

NOVALIS.[4]

Imaginemos que damos un salto al pasado y que por un momento nos situamos en la época del final del Siglo de las Luces que da inicio al período del Romanticismo. Hablamos de los primeros decenios del siglo XIX, sometida Europa a los rigores guerreros del huracán Bonaparte, aún recientes las revoluciones norteamericana y francesa, con la actual Alemania dividida en treinta y nueve Estados o reinos, los actuales *Länder* o Estados Federados. La coincidencia de los acontecimientos históricos de la invasión y dominio napoleónicos y el advenimiento del Romanticismo hacen que la nación alemana rebusque entre sus raíces sus propias señas de identidad, que se ven amenazadas por los actos y actitudes del invasor[5]. Y Alemania encontró entre sus creadores e intelectuales a quien señalara que los cuentos populares de tradición oral eran una manifestación viviente de esos mismos ideales. Hoy llamaríamos tal vez nacionalismo a lo que fue una reacción de supervivencia cultural ante el desarraigo impuesto por las armas y la alta política.

---

[4] GEORG PHILIPP FRIEDRICH VON HARDENBERG (1772-1801), más conocido por el pseudónimo literario que eligió.

[5] A veces se olvida que la misión económica subyacente bajo la dominación napoleónica consistía en eliminar todo aquello que en los territorios conquistados por las armas pudiera hacer sombra a la industria nacional francesa, y que la misión política de esa conquista era someter toda cultura nacional y sustituirla por el paradigma del imperio napoleónico.

Los libros, la prensa y los pasquines, carteles y anuncios eran los encargados exclusivos de difundir la cultura, al igual que las partituras musicales y la tradición oral, esta última tan antigua como la Humanidad misma.

Por eso los cuentos tradicionales, contados o leídos de viva voz, eran una parte muy importante del descanso tras un día de actividad, la forma de entretenimiento más asequible para todos, nobles, burgueses y campesinos.

Jacob[6] y Wilhelm[7] Grimm nacieron en la ciudad alemana de Hanau[8] en 1785 y 1786; fueron los dos hijos mayores del matrimonio de Phillip Wilhelm Grimm y Dorothea Zimmer, que fueron numerosos y tuvieron cuatro o cinco hijos más (las versiones difieren), entre ellos Charlotte Amalie, la única hija. El padre era abogado, pastor de la iglesia calvinista y secretario del ayuntamiento. La familia formaba parte de la burguesía intelectual alemana y el alto nivel de sus reuniones fue alimentando la sensibilidad de los hermanos. Muy pronto llegaron a dar pruebas de sus talentos, se decía que por separado era notable cada uno, pero que juntos eran perfectos. Jacob sobresalía por su tenacidad y su curiosidad, llevadas ambas con el mismo rigor, aunque era un introvertido e irascible devorador de libros; Wilhelm por sus dotes artísticas y su encanto, sensibilidad y cortesía fuera de lo común. En ese ambiente comenzó a fraguarse la extraordinaria complementariedad de sus personalidades, habilidades e intereses y la sintonía común que los mantuvo juntos y unidos de por vida. Tan excelente fue esta simbiosis de intelectos y almas, que llegaron a trabajar juntos como bibliotecario (Jacob) y secretario en la misma biblioteca. Vivieron juntos toda su vida; en cierta carta de Jacob a Wilhelm, escrita en la primerísima juventud, este dice: «No deberíamos separarnos nunca»[9]; y así fue, hasta el punto de estar enterrados juntos en el Alter Sankt-Matthäus Kirchhof de Berlín.

En 1791 la familia se traslada a Steinau, donde el padre tiene un cargo de magistrado. En 1796 Phillip Wilhelm Grimm, el padre, cayó víctima de una neumonía fulminante dejando a la familia en una precaria situación económica, lo que motivó que fuera el abuelo materno

---

[6] 1785-1863.

[7] 1786-1859.

[8] Distrito de Hesse, en la Alemania central.

[9] Tal vez en el cuento *Blancanieves y Rosarroja*, en el que dos hermanas expresan idénticas frases y sentimientos, pueda verse un trasunto de la relación entre los hermanos.

y una tía de los hermanos quienes los protegieran en sus estudios, primeramente en el Liceo de Kassel y posteriormente en la acreditada y antigua Universidad de Marburg[10], donde completaron sus estudios de Derecho y Literatura Medieval. De esta época de juventud y sueños son sus publicaciones *Canciones de los antiguos Edda* (epopeya finlandesa del siglo XIII) y de modernizaciones de poemas antiguos en Alto Alemán.

En esa misma universidad entran en contacto con Friedrich Karl von Savigny[11], quien sugiere que Jacob, tras haber sido alumno suyo entre 1802 y 1803, sea su ayudante para un trabajo de investigación sobre las leyes de Roma y su relación con las leyes germánicas en su cátedra de París, donde se trasladó en 1805.

La clara decantación de Jacob hacia la literatura alemana, que fue descubriendo en aquel trabajo de investigación, hizo que posteriormente consiguiera un puesto en la Comisión de Guerra en Kassel, donde se reunió de nuevo con Wilhelm. Con Savigny se había iniciado Jacob también en un método de investigación de textos, base esencial para sus estudios filológicos posteriores. Asimismo conocen al poeta y folclorista Clemens Brentano[12] con quien ambos mantuvieron una estrecha relación; él fue quien los introdujo en el mundo de la poesía, en especial la poesía y la música populares. Brentano había publicado en tres tomos entre 1806 y 1808 junto a Carl Joachim von Arnim[13] su *Das Knaben wunderhorn*[14], en la que ambos jóvenes poetas refundieron los cantos de la Edad Media alemana. Esta publicación, unida a la exaltación que había formulado el filósofo Herder[15] sobre la literatura anónima tradicional, de cuyas ideas acerca de la poesía y la narrativa populares se inspiraron, hicieron que los hermanos, que ya disponían el bagaje de conocimientos sobre literatura medieval alemana y del método de investigación de Savigny, orientaran su mirada conjunta hacia los cuentos de transmisión oral. En ellos fueron hallando, envuelto en el lenguaje

---

[10]   Fundada en 1527, se la considera la primera y más antigua universidad protestante del mundo.

[11]   1779-1861, jurista alemán de gran prestigio.

[12]   1778-1842, poeta y escritor. *(N. del T.)*

[13]   1781-1831, poeta y escritor. *(N. del T.)*

[14]   La corneta milagrosa de los niños. *(N. del T.)*

[15]   Johann Gottfried Herder (1744-1803), filósofo influyente en su tiempo, impulsor del primer Romanticismo alemán. *(N. del T.)*

sencillo y directo del pueblo, lo que identificaron como núcleo o raíz esencial de la cultura alemana. El punto de vista de ambos Grimm sobre la poesía popular difería esencialmente del de von Arnim y Brentano en que estos últimos consideraban que la poesía artística tenía la misma importancia y derechos que la poesía popular; mientras que los Grimm creían que la poesía literaria no puede hacer sino inútiles esfuerzos por siquiera asemejarse a la tradicional, que es infinitamente superior y está dotada de una fuerza metafísica anterior incluso a la propia humanidad, puesto que «la poesía es la lengua madre de los seres humanos». Y por eso otorgaban a la poesía del pueblo, anónima y tradicional, un valor superior al de la culta como expresión genuina del espíritu del pueblo. Al contrario que Brentano, que en su recopilación de canciones ya las había reescrito con arte y artificios de escritor, los Grimm veían la poesía popular como algo que había que reproducir exactamente y con todo rigor científico. En los dos hermanos anidó la idea de elaborar un documento a modo de recopilación y análisis científico-lingüístico que reflejase lo poco que en la boca del pueblo se había salvado de la gran producción medieval germánica, que ellos —conocedores expertos— creían perdida.

El vehículo que encontraron fueron los *Märchen,* los cuentos basados en lo fantástico o lo maravilloso[16], que eran expresión de la profunda intimidad de la naturaleza germánica y del espíritu de la nación alemana ante ella, un ideal muy dentro del Romanticismo; y que además conservaban el lenguaje y el estilo narrativo desnudo y sin ornamentos ni florituras del lenguaje original alemán. Y como filólogos poetas y románticos que eran investigaron las tradiciones alemanas, las creencias y las supersticiones, los cultos y las festividades, los mitos y las leyendas, las expresiones dialectales, los comentarios sociales, los irónicos, el humor y los juegos de palabras a la manera de documentalistas rigurosos.

Los cuentos se elaboraron en una época joven de sus vidas, y los hermanos tuvieron luego una interesante trayectoria, en conjunto o por separado, que merece la pena reseñar aquí brevemente.

Del profundo interés medievalista de Jacob Grimm, y de la búsqueda de los romances carolingios «referidos a Carlomagno, el fundador de

---

[16] En alemán se hace distinción clara entre *Märchen,* cuentos fantásticos, *Sagen,* leyendas (sagas), y *Kurzgeschichten,* cuentos o narraciones cortas de autor sobre cualquier temática.

la patria alemana, y a sus pares[17] allegados», encuentra en la biblioteca de la Universidad de Gotinga un ejemplar de la edición de 1555 del *Cancionero de romances castellanos*[18]. La obra, escrita en el lenguaje de la época, cautivó tanto su atención que en 1815 publicó por medio de la casa Schmidt «en la Vienna de Austria» una selección de sesenta y nueve romances viejos, su *Silva*[19] *de romances viejos españoles*[20] en castellano, en la que realiza una criba entre los auténticos y los que se escribieron a imitación de los antiguos «a los cuales falta mucho para que puedan parecerse en ninguna manera», y en la que añade un curioso glosario[21] donde explica el significado de algunos términos, no dudando en recurrir de cuando en cuando al Alemán para mejor definir algún concepto. Así pues, la publicación de estos romances fue la respuesta de Jacob Grimm al interés del ideario romántico respecto a la exótica España y su poesía[22], con sus trabajos recopilados «por un viajero aficionado a la poesía castellana».

Wilhelm realiza otra colección de leyendas, sus *Leyendas históricas alemanas,* entre 1816 y 1818. En 1825 se casó con Henriette Dortchen Wild —una de las fuentes de sus *Märchen*— con la que tuvo cuatro hijos de los que no parece haber descendencia. Jacob vivió con su hermano y su familia, era el «tío soltero un poco raro, que siempre está escribiendo y entre libros, y gruñe mucho cuando se le interrumpe». Debido además a la temprana muerte de su padre, los dos Grimm mayores desarrollaron muy pronto un alto sentido de la responsabilidad, de modo que supieron mantener la complementariedad de sus caracteres individuales desde esa exigencia para tener una vida familiar armoniosa y creativa, aunque, como es habitual, hubiera quien prefiriese sospechar y mirar con malos ojos esta relación familiar que tan atípica resultaba.

---

[17] Sus iguales en dignidad y dominio; los reyes eran «primum inter pares», los primeros entre los iguales.

[18] Conocido como *Cancionero de Amberes.*

[19] Colección de materias o temas diversos (RAE).

[20] Disponible en Biblioteca Digital Hispánica.

[21] O «Índice de las vozes más oscuras, menos usadas o antiguadas», como él mismo escribe en su prólogo al lector.

[22] «¡Oxala que otros enamorados de ella hagan lo mismo, y arranquen al olvido los fragmentos de la verdadera poësía *(sic)* épica que suele conservar el pueblo en sus viejos romances!», es su fervoroso deseo de investigador y admirador fiel y leal, y el nuestro es que «oxalá» se hubieran dado y se dieran en la medida de la valía y la pujanza que él sí supo verles.

La familia Grimm así formada se trasladó a Gotinga, contratados ambos hermanos por la universidad como profesor y bibliotecario, Jacob, y Wilhelm como primer sub-bibliotecario. Continúan plenamente sumergidos en sus estudios y trabajos de lexicografía, antropología, lingüística e historia del Derecho, además de sus escritos y poemas. Jacob destaca especialmente para la lingüística alemana al desarrollar el primer germen del *Deutsches Wörterbuch,* el Diccionario Alemán en treinta y tres tomos con etimologías y ejemplos del uso del léxico alemán, magna obra que no fue concluida hasta 1960. Junto a Wilhelm inicia también su *Gramática alemana,* entre 1819 y 1837. En 1822 describen las transformaciones en la evolución de ciertos sonidos desde su incorporación al germánico provenientes de las antiguas lenguas indoeuropeas y el armenio (siglo i antes de nuestra era), partiendo de un modelo lingüístico creado por Schlegel[23] y otros que perfeccionan hasta constituir lo que se conoce hoy en filología como «ley de Grimm».

En 1837 firman con otros cinco profesores el llamado *Manifiesto de los siete,* en protesta por la abolición de la Constitución ordenada por el rey Ernst August de Hannover[24], lo que supone su expulsión de la universidad en represalia. Desde ahí volvieron a Kassel. Al año siguiente, el rey Friedrich Wilhelm IV de Prusia[25] los invita a ser profesores en la Universidad Humboldt de Berlín y como miembros de la Academia de las Ciencias. Y bajo ese régimen de confianza mutua y cariño siguieron colaborando en el desarrollo de los monumentales trabajos de gramáticos y lexicógrafos que habían emprendido, a los que añadieron su *Historia de la lengua alemana*[26] en 1848.

Y así, los honores y nombramientos. Wilhelm fue académico por las Academias de Ciencias de Prusia, de Gotinga y de Baviera; Jacob lo fue por las de Prusia, Gotinga, Hungría, Rusia y Baviera, además de miembro de la Academia Estadounidense de las Artes y las Letras. Además fue elegido miembro del primer Parlamento democrático de Fráncfort establecido en 1848. En conjunto o por separado, desarrollaron una actividad incansable hasta el fin, ocurrido en 1863, Jacob, antecedido

---

[23] KARL WILHLEM FRIEDRICH VON SCHLEGEL (1772-1829), lingüista, crítico literario, filósofo, hispanista y poeta alemán, uno de los fundadores del Romanticismo. Colaboró estrechamente con su hermano mayor AUGUST WILHELM (1767-1845).

[24] 1771-1851, primero de ese nombre.

[25] 1795-1861.

[26] *Geschichte der deutschen Sprache.*

por Wilhelm en 1859. En la nota necrológica de Wilhelm dijo la Universidad de Berlín: «El pasado mes[27] murió Wilhelm Grimm, miembro de la Academia, quien supo poner en alto su nombre como estudioso de la lengua alemana y recopilador de sagas y poesías alemanas. El pueblo alemán está habituado a pensar en él y nombrarlo junto a su hermano Jacob. Pocos hombres son tan queridos y venerados como los hermanos Grimm, quienes se afanaron y trabajaron en conjunto durante medio siglo».

A principios de la segunda década del siglo XIX, andaban ambos hermanos sumergiéndose en los *Märchen,* los cuentos maravillosos o mágicos. Involucrándose, a fondo, con su energía juvenil orientada por el entusiasmo ante la tarea, en la recopilación e investigación de los viejos cuentos populares, que para ellos representaban tan fielmente el espíritu alemán y eran la raíz pura del idioma. Se sabe que muchas de las fuentes de información oral fueron las de su entorno familiar inmediato; la madre, a la que tanta devoción tenían sobre todo desde la muerte del padre, era gran conocedora de muchos de esos cuentos viejos. Que también en las familias de amigos y vecinos encontraron quien se los transmitiera, como la «vieja y buena María» y Dorothea Viehmann, sirviente en casa de los Wild, sospechosa en potencia a ojos de los dos bandos por hablar francés y alemán, que les contaba por duplicado cada cuento de los que sabía: la primera vez de corrido y con los gestos, pausas, susurros y exclamaciones que correspondían al caso de la narración oral; la segunda despacio, dando tiempo a que alguno de los hermanos tomara al dictado lo que repetía la señora sin errar ni una coma, enmendándose a sí misma si ocurría.

Además, como científicos folcloristas, fueron recolectando en sus «trabajos de campo» más cuentos y más versiones de la boca de todo tipo de gentes, campesinos, aldeanos, carpinteros, molineros, nobles de aldea, burgueses y todos aquellos que conocían por sus propios antepasados las historias que oyeron y aprendieron de niños. Su zona de investigación fue la de su entorno geográfico además del personal, tal vez porque pensaron que a pesar de la fragmentación, a veces tumultuosa, de la Alemania de entonces, al inmutable y eterno espíritu alemán se lo podía encontrar en todas y cada una de las partes de la nación alemana.

---

[27]   Wilhlem Grimm murió justo antes de las fiestas de Navidad.

Su criterio fue científico en cuanto el análisis de las muchas versiones cosechadas en su investigación[28], encaminado a descubrir la raíz común a todas ellas, que definía el núcleo cultural alemán. Podemos hablar de una limpieza y refundición en un texto definitivo, tarea que generalmente desempeñaba Wilhelm, el poeta admirador reverente de la poesía popular, quien organizó cada cuento como si de una pequeña novela se tratase, con cuidado de su longitud, atención a los rasgos característicos de cada personaje, pues son arquetípicos[29], y a la secuencia de circunstancias, acontecimientos e intervenciones mágicas sin pasar detalle por alto en la acción.

Por eso, el destino de la primera edición de los *Kinder und Hausmärchen*[30] de 1812[31], que contenía las primeras 86 narraciones y del que editaron novecientos ejemplares, estaba destinada al mundo científico de lexicógrafos, investigadores, eruditos, estudiosos y folcloristas, y por eso parece que incluía un número de notas aclaratorias que ocupaba más espacio que el propio texto de los cuentos. En su presentación escribieron: «No hemos añadido nada de nuestra cosecha, ni hemos intentado embellecer situación o rasgo tradicional alguno, sino que hemos reproducido el contenido de estos *Märchen* tal como nos fuera transmitido. La expresión y la exposición de cada detalle son evidentemente nuestras, pero hemos conservado siempre las particularidades. Las repeticiones de frases dentro de cada cuento y de situaciones y rasgos que aparecen en cuentos distintos son fórmulas que se repiten de suyo cada vez que se da con la tecla que corresponde».

Tuvo sus repercusiones esta primera edición, entre otras la de que para la segunda (1815) —en cuyo prólogo escribe Wilhelm: «No sólo nos proponemos prestar un servicio a la historia de la poesía, sino dar ocasión de que la poesía de estos cuentos se haga plenamente eficaz»—, en la que incluyeron otros setenta *Märchen* a modo de continuación de

---

[28] 344 en el caso de *Caperucita roja*.

[29] Hay quien sostiene que esos arquetipos emanaron de antiguas y secretas sociedades iniciáticas y que expresan verdades esotéricas bajo la cobertura de una historia mítica (los *mythos* consisten en manifestaciones de la sabiduría transmitidas oralmente en forma de cuentos simbólicos).

[30] *Cuentos de niños y del hogar*, el nombre indica la procedencia de los cuentos, no su destino.

[31] Jacob tenía veintisiete jóvenes años, Wilhelm veintiséis.

14

la primera colección, fuesen más discretos con la erudición para hacer que los textos resultasen más legibles sin tanta interrupción.

Los hermanos no se tenían por autores de cuentos para niños, sino por folcloristas alemanes patrióticos, pero vieron que la aceptación de sus trabajos tendía hacia ese público y hubo una tercera edición de 1819 en la que ya refundieron algunos aspectos y pulieron detalles espinosos. La edición fue el resultado de su ajuste de los textos a la sensibilidad infantil en una selección de cincuenta *Märchen,* con ilustraciones fantásticas de Emil Ludwig[32], tercero de los hermanos en la familia Grimm. Esta fue la edición que inició la imparable popularidad de los Grimm en Alemania y fuera de ella, hasta el punto de editarse siete ediciones de la misma entre 1825 y 1858[33]: «Yo creo que los Märchen no están en absoluto escritos para los niños, pero les encantan y eso me produce mucha alegría», escribió Wilhelm[34]. Y los hermanos vieron también que, en ese esfuerzo de llegar a todos los alemanes, los niños representaban un futuro para todas sus ideas nacionalistas, y por eso se animaron a recibir también los beneficios económicos que ello les generaba. No obstante, mantuvieron siempre que sus esfuerzos de adaptación para que a ese público infantil no le ofendiera la descripción de situaciones de sadismo o torturas, ni las referencias sexuales explícitas, y por ello fueron «eliminando cuidadosamente todas las expresiones que no sean adecuadas para los niños», como dicen en el Prólogo de la edición de 1819.

Conviene observar aquí que en ciertos cuentos parecen perdurar ciertas situaciones poco aptas para el paladar de los niños (y de los mayores de hoy): que un niñito sea descabezado por su madrastra arquetípica y malvada, que con su carne guise unas morcillas que luego le da al padre como cena, y todo esto después de hacer que la hermanita crea que ha sido ella la causante de la decapitación por las artimañas de la madre, ya que esta le dice que le dé «un bofetón en la oreja» si no le contesta el pobre muertito; que haya padres que abandonan a sus hijos en el bosque a la voluntad de las fieras de la noche; que laególatra madrastra de Blancanieves tenga que bailar al final con unos medievales

---

[32] 1792-1863, pintor y grabador.

[33] Fecha de la última y definitiva, supervisada por los hermanos, con doscientos *Märchen* y diez *Leyendas infantiles.* Se la considera la madre a partir de la cual se hacen todas las demás ediciones, la edición canónica.

[34] Al inicio del siglo xx, los *Märchen* completos eran el segundo libro más publicado en Alemania después de la Biblia.

zapatos de metal al rojo hasta morir; que al lobo astuto y malvado que se traga a Caperucita y a su abuela de un bocado le abran el vientre con un bisturí rústico de cuchillo de monte o tijeras en una mágica cesárea de urgencia para que ellas puedan salir al mundo de los vivos, completada luego con piedras y costura para darle su merecido al tragón... Pero todo eso viene a resultar como esas enfermedades que un tiempo se conocieron como «infantiles benignas» y cuya misión es la de proveer lo necesario para un sistema inmunitario eficaz para el resto de la vida: son herramientas educativas para dar a conocer en forma simbólica a los niños la existencia de lo malvado. Muy a la manera como las representaciones de gárgolas y capiteles en las catedrales europeas —que son imágenes terribles a modo de advertencia ante los monstruos y una guía para reconocerlos—, ambas suministran los elementos para un sistema inmunitario ético y moral que en su vida de adultos refuerce sus estrategias de cara a solucionar los retos de la vida diaria.

Las narraciones son pequeños universos cerrados en sí mismos, cada una empieza y termina[35] su propia narración independiente. Sus historias no son consecutivas ni se relacionan entre sí, y si aparece la coincidencia o repetición de algunas situaciones entre algunos de ellos es porque no es extraño que los personajes visiten en tiempos distintos los mismos rincones de la magia, «cuando se acierta con la tecla correspondiente». Transcurren siempre en un tiempo indeterminado, vaga y ensoñadamente medieval; aunque alguna vez comienzan con una frase del tipo «en los tiempos en los que los sueños todavía se cumplían» que sitúan algunos *Märchen* en un tiempo aún más indeterminado, porque vaya uno a saber cuándo era eso, si es que alguna vez fue. O quizá es que son una referencia a la mítica Edad de Oro de la historia, pero es inevitable ver un toque irónico y quizá nostálgico a la frase.

Y hay todo tipo transformaciones y metamorfosis: en piedra, en rana, en hormiga, en cuervo, en estufa de hierro, en arbusto silvestre, en iglesia con su predicador. Y se dan intervenciones de seres que dotan —proféticamente— a los protagonistas de los objetos precisos que necesitarán más adelante para cumplir su misión: nueces mágicas que contienen hermosísimos vestidos; palos corrientes dotados de autocontrol y capaces de asestar palizas soberanas o de abrir puertas; anillos

---

[35] Hay el llamativo caso de un cuento que empieza y queda con una resolución extraña, como para gastar una broma —seguramente muy típica— del narrador a su audiencia expectante.

que brindan la señal de reconocimiento entre los prometidos en matrimonio alejados por los años de duras pruebas que aún esperan a quien protagoniza la acción; capas de invisibilidad; cerbatanas que nunca yerran; violines que hacen bailar al quien escucha lo quiera o no; armas de fuego infalibles que funcionan «con la pólvora especial para disparar alrededor de las esquinas»[36].

Todos ellos junto a criaturas extrañas que surgen de la tierra; gigantes y ogros; enanos bailarines o cascarrabias que encuentran justa medicina para su maldad o su mala educación; hadas y brujas junto a hadas que parecen brujas; extraños espejos que cuelgan de la pared y responden la verdad; animales de oro o que lo producen, otros que espantan con su música a los malvados; mesas y alacenas proveedoras infatigables de alimento; plumas que se transforman en mensajeras del destino; jornadas en busca del Árbol de la Vida, cargado de manzanas de oro[37]; doncellas hermanas tan aficionadas al baile que rompen a diario sus zapatos[38]; palacios reales miniaturizados y guardados tras el cristal; yunques y piedras de molino que bajan alegres nadando airosamente por las aguas del Rin...

Y el bosque. El lugar omnipresente en el que sucede lo trágico y mágico. El bosque oscuro y de noches amenazadoras lleno de bestias salvajes y de brujas no mucho más amables; el lugar donde los protagonistas se ocultan o erran durante días buscando la salida y encontrando lo mágico. El lugar del abandono de niños astutos que encuentran el camino confiando en piedrecitas, pero luego no cuentan con los pájaros y se pierden[39]. El lugar donde se producen distorsiones en el tiempo de manera que una pobre desprevenida cree que ha pasado tres días en el bosque, cuando han pasado siete años en el mundo de fuera; el lugar que rodea y limita el castillo donde yace la Bella Durmiente es el mismo que provee el paso de las luces y los días de Blancanieves, el que hace que ambas duerman un sueño de meses o de cien años para despertarse como recién dormidas en un tiempo suspendido. El lugar de los enigmas y las revelaciones donde todo tiene que ocurrir, y por eso el bosque es el escenario recurrente de las narraciones.

---

[36] Pues también existen la ironía y el humor en los *Märchen*.

[37] El otro árbol que menciona el Génesis además del de las manzanas del conocimiento.

[38] La historia contada en *Los zapatos rotos de tanto bailar* llega a parecer una elaborada y didáctica adivinanza.

[39] Puede verse este mismo tema en varios cuentos.

Los hechos de que las sucesivas ediciones fueran en aumento creciente, de que las traducciones empezasen casi enseguida a dar estos *Märchen* a conocer en otras lenguas y culturas[40], de que la respuesta del público, floja y ajena al principio, llegase como bola de nieve rodante hasta hacer que a doscientos años de su publicación se hayan imprimido y vendido más de mil millones de ejemplares, según se afirma; el hecho de que hayan venido ejerciendo su influencia en creaciones musicales, pictóricas y literarias, con incursiones conocidísimas en el mundo del cine y de la televisión, incluso en los mundos de la moda, de la publicidad y del comic; el de que sean conocidos a nivel mundial hasta el punto de identificar a los hermanos Grimm como creadores de los *Märchen;* el de que hayan marcado la infancia y la vida posterior de las generaciones nacidas desde entonces y el hecho de que hayan sido incluidos en el Programa Memoria del Mundo de la Unesco en 2005, no son sino manifestaciones del completo acierto que tuvieron Jacob y Wilhelm Grimm a la hora de ser vehículos del alma de los *Märchen,* de que tuvieron razón al decir que son manifestación limpia del alma de Alemania y de la Humanidad y que son para todos. Y que por eso son eternos.

Hemos regresado ahora al presente en nuestro viaje en el tiempo. Que empiecen los cuentos, los *Märchen* protagonistas de este libro. Pongámonos ahora los ojos de niño y leamos estas historias sencillas, profundas e inmortales con esa luz, o mejor aún, leámoslas como si lo hiciéramos en voz alta, con gestos y todo, para un niño que escucha absorto. Es hora, todo está dispuesto y los participantes preparados: los hermanos Grimm, asombrados de la aceptación popular a sus propuestas; las polémicas y los debates del pensamiento que propulsaron el entusiasmo; la historia y sus tempestades sociales; el romanticismo inspirador que lo cambió todo con su apasionado oleaje; los narradores primeros, depositarios de los cuentos maravillosos ya los han transmitido. Todos los personajes, las historias, los seres, los tiempos y los espacios de la otra dimensión de un universo que llamamos magia están presentes y en sus puestos para el desfile de la imaginación.

Ha llegado el momento de leer y de contar.

---

[40] Los *Märchen* se han traducido hasta la fecha a más de ciento sesenta idiomas.

CUENTOS

EL REY DE LAS RANAS

Obra conocida también como «Enrique de hierro»

En aquellos tiempos, cuando todavía se cumplían los deseos[41], vivía un rey, cuyas hijas eran todas muy hermosas, pero la más pequeña era más hermosa que el mismo sol; tanto brillaba que cuando el rey la veía, se admiraba de reflejarse en su rostro. Cerca del palacio había un bosque grande y espeso, y en el bosque, bajo un viejo lilo, había una fuente. Cuando hacía mucho calor, iba la hija del rey al bosque y se sentaba a la orilla de la fresca fuente; cuando iba a estar mucho tiempo llevaba una bola de oro que tiraba a lo alto y volvía a agarrarla, era este su juego favorito.

Pero sucedió una vez que la bola de oro de la hija del rey no cayó en sus manos cuando la tiró a lo alto, sino que fue a parar al suelo y de allí rodó al agua. La hija del rey la siguió con los ojos, pero la bola desapareció. La fuente era muy honda, tan honda que no se veía su fondo. Entonces comenzó a llorar, y lloraba cada vez más alto y no podía consolarse. Y cuando se lamentaba así, oyó una voz que le dijo:

—¿Qué tienes, hija del rey, que te lamentas de modo que puedes enternecer a una piedra?

Miró entonces a su alrededor para ver de dónde salía la voz, y vio una rana que sacaba del agua su asquerosa cabeza.

—¡Ah! ¿eres tú, vieja azotacharcos? —le dijo—; lloro por mi bola de oro, que se me ha caído a la fuente.

—Tranquilízate y no llores —le contestó la rana—; yo puedo sacártela, pero ¿qué me das si te devuelvo tu juguete?

—Lo que quieras, querida rana —le dijo—; mis vestidos, mis perlas y piedras preciosas y hasta la corona dorada que llevo puesta.

---

[41] Una forma de datar la narración, situándola en un marco atemporal.

La rana contestó: .

—Tus vestidos, tus perlas y piedras preciosas y tu corona de oro no me sirven para nada; pero si me prometes amarme y tenerme a tu lado como amiga y compañera en tus juegos, sentarme contigo a tu mesa, darme de beber en tu vaso de oro, de comer en tu plato y acostarme en tu cama, yo bajaré al fondo de la fuente y te traeré tu bola de oro.

—¡Ah! —le respondió—; te prometo todo lo que quieras si me devuelves mi bola de oro.

Pero pensó para sí: «¡Cómo parlotea esa pobre rana! Porque canta en el agua entre sus iguales, se figura que puede ser compañera de los hombres». La rana, en cuanto hubo recibido la promesa, hundió su cabeza en el agua, bajó al fondo y un rato después apareció de nuevo con la bola en la boca y la arrojó sobre la yerba. La hija del rey, en cuanto vio su hermoso juguete se llenó de alegría, lo agarró y se marchó con él saltando.

—¡Espera, espera! —gritó la rana—. Llévame contigo, yo no puedo correr como tú.

Pero de poco le sirvió gritar lo más alto que pudo, pues la princesa no le hizo caso; corrió hacia su casa y se olvidó enseguida de la pobre rana, que tuvo que quedarse en su fuente. Al día siguiente, cuando, sentada a la mesa con el rey y los cortesanos, comía en su plato de oro, oyó subir una cosa por la escalera de mármol. Cuando la cosa llegó arriba, llamó a la puerta y dijo:

—Hija del rey, la más pequeña, ábreme.

Se levantó la princesa y quiso ver quién estaba fuera; pero en cuanto abrió, vio a la rana en su presencia. Cerró la puerta corriendo, se sentó enseguida a la mesa y se puso muy triste. Al ver su tristeza, el rey le preguntó:

—Hija mía, ¿qué tienes?, ¿hay a la puerta algún gigante que viene a llevarte?

—¡Ah, no! —contestó—; no es ningún gigante, sino una fea rana.

—¿Y qué quiere de ti la rana?

—¡Ay, amado padre! Cuando ayer yo estaba jugando en el bosque, junto a la fuente, se me cayó al agua mi bola de oro. Y como yo lloraba, fue a buscarla la rana, después de haberme exigido promesa de que sería mi compañera; pero nunca creí que pudiera salir del agua. Ha salido y ahora quiere entrar.

Mientras tanto, la rana llamaba por segunda vez y decía:

—Hija del rey, la más pequeña, ábreme; ¿no sabes lo que me dijiste ayer junto al agua fría de la fuente? Hija del rey, la más pequeña, ábreme.

Entonces dijo el rey:

—Debes cumplir lo que le has prometido, ve y ábrele.

Fue y abrió la puerta y entró la rana, luego fue junto a sus pies hasta que llegó a su silla. Se colocó allí y dijo:

—Ponme encima de ti.

La niña vaciló hasta que lo mandó el rey. Pero cuando la rana estuvo ya en la silla, dijo:

—Quiero subir encima de la mesa —y en cuanto la puso allí, dijo—: Ahora acércame tu plato dorado, para que podamos comer juntas.

Lo hizo la niña enseguida; pero se vio muy bien que no lo hacía de buena gana. La rana comió mucho, pero dejaba casi la mitad de cada bocado. Al fin dijo:

—Estoy harta y cansada, llévame a tu cuartito, échame en tu cama y dormiremos juntas.

La hija del rey comenzó a llorar y pensó que no podría descansar junto a la fría rana que quería dormir en su hermoso y limpio lecho. Pero la rana se molestó y dijo:

—No debes despreciar a quien te ayudó cuando te hallabas en la necesidad.

Entonces la tomó con dos dedos, la llevó y la puso en una esquina. Pero cuando estuvo en la cama, se acercó la rana arrastrando y le dijo:

—Estoy cansada, quiero dormir tan bien como tú; súbeme, o se lo digo a tu padre.

La princesa se enojó entonces mucho, la agarró y la tiró contra la pared con todas sus fuerzas.

—¡Ahora descansarás, rana asquerosa!

Pero cuando cayó al suelo la rana, esta se convirtió en el hijo de un rey, que tenía ojos hermosos y amables. Desde entonces, por la voluntad de su padre, fue su querido compañero y esposo y le contó que había sido embrujado por una mala hechicera y que nadie podía sacarle de la fuente más que ella sola, y que al día siguiente se marcharían a su país.

Entonces durmieron hasta el otro día y en cuanto salió el sol se metieron en un carruaje tirado por siete caballos blancos, que llevaban plumas blancas en la cabeza y tenían cadenas de oro por riendas. Detrás iba el criado del joven rey, que era el fiel Enrique. El fiel Enrique se afligió tanto cuando convirtieron a su señor en rana, que se había puesto tres varillas de hierro encima del corazón para que este no saltase del dolor y la tristeza. Pero el joven rey debía hacer el viaje en su carruaje: el fiel Enrique subió después de ambos, se colocó detrás de ellos e iba lleno de alegría por la libertad de su amo. Y cuando hubieron andado un poco del camino, oyó el hijo del rey una cosa que sonaba detrás, como si se rompiera algo. Entonces se volvió y dijo:

—¿Enrique, se ha roto el carruaje?

No señor, no se rompió, es tan sólo una varilla de las que puse en mi corazón para impedir que se saltase por la pena y el dolor mientras en la fuente estábais, cual rana, vos.

Todavía volvió a sonar otras veces en el camino, y el hijo del rey creía siempre que se rompía el carruaje: eran las varillas que saltaban del corazón del fiel Enrique porque su señor era libre y feliz.

LA HIJA DE LA VIRGEN MARÍA

A la entrada de un extenso bosque vivía un leñador con su mujer y un solo hijo, que era una niña de tres años de edad. Pero eran tan pobres que no podían mantenerla, pues carecían del pan de cada día. Una mañana fue el leñador muy triste a trabajar y, cuando estaba partiendo la leña, se le presentó de repente una señora muy alta y hermosa que llevaba en la cabeza una corona de brillantes estrellas, la cual le dirigió la palabra y le dijo:

—Soy la señora de este país y tú eres un pobre miserable. Tráeme a tu hija, la llevaré conmigo, seré su madre y cuidaré de ella.

El leñador obedeció. Fue a buscar a su hija y se la entregó a la señora, que se la llevó a su palacio. La niña era allí muy feliz. Comía bizcochos, bebía buena leche, sus vestidos eran de oro y todos procuraban complacerla. Cuando cumplió los catorce años la llamó un día la señora, y le dijo:

—Querida hija mía, tengo que hacer un viaje muy largo. Te entrego esas llaves de las trece puertas de palacio. Puedes abrir las doce primeras y ver las maravillas que contienen, pero te está prohibido tocar la decimotercera, que se abre con esta llave pequeña. Guárdate bien de abrirla, pues te sobrevendrían grandes desgracias[42].

La joven prometió obedecer y en cuanto partió la señora comenzó a visitar las habitaciones. Cada día abría una diferente hasta que hubo acabado de ver las doce. En cada una se hallaba el sitial de un rey, adornado con tanto gusto y magnificencia que nunca se había visto cosa semejante. Se llenaba de regocijo y los pajes que la acompañaban se regocijaban también como ella. No le quedaba ya más que la puerta

---

[42] Una prohibición similar aparece en *Barba Azul,* de CHARLES PERRAULT.

prohibida y tenía grandes deseos de saber lo que estaba oculto dentro, por lo que dijo a los pajes que la acompañaban:

—No quiero abrirla toda, mas quisiera entreabrirla un poquito para que podamos ver a través de la rendija.

—¡Ay, no! —dijeron los pajes—, sería una gran falta, lo ha prohibido la señora y podría sucederte alguna desgracia.

La joven no contestó, pero el deseo y la curiosidad continuaban hablando en su corazón y atormentándola sin dejarle descanso. Apenas se marcharon los pajes, dijo para sí: «Ahora estoy sola y nadie puede verme».

Tomó la llave, la metió en el agujero de la cerradura y la dio vuelta en cuanto la hubo colocado. La puerta se abrió, y en medio de rayos del más vivo resplandor apareció la estatua de un rey magníficamente ataviada. La luz que de ella se desprendía tocó suavemente a la niña en la punta de un dedo y este se volvió de color de oro. Entonces tuvo miedo, cerró la puerta apresuradamente y se echó a correr. Pero continuó teniendo miedo a pesar de cuanto hacía y su corazón latía constantemente sin recobrar su calma habitual. Y el color de oro que quedó en su dedo no se quitaba, a pesar de que no hacía más que lavarse.

Al cabo de algunos días volvió la señora de su viaje, llamó a la joven y le pidió las llaves de palacio. Cuando se las entregaba, le preguntó:

—¿Has abierto la puerta decimotercera?

—No —contestó la niña.

La señora le puso la mano en el corazón, vio que latía con mucha violencia y comprendió que había violado su mandato y abierto la puerta prohibida. Sin embargo, le dijo otra vez:

—¿De veras no lo has hecho?

—No —contestó la niña por segunda vez.

La señora miró el dedo, que se había dorado al tocarle la luz. No dudó ya de que la niña era culpable y le preguntó por tercera vez:

—¿No lo has hecho?

—No —contestó la niña por tercera vez.

La señora le dijo entonces:

—No me has obedecido y me has mentido, no mereces estar conmigo en mi palacio.

La joven cayó en un profundo sueño y cuando despertó estaba acostada en el suelo, en medio de un lugar desierto. Quiso llamar, pero no podía articular una sola palabra. Se levantó y quiso huir, mas por cualquiera parte que lo intentara se veía detenida por un espeso bosque que no podía atravesar. En el círculo en que se hallaba encerrada encontró un árbol viejo que tenía el tronco hueco y lo eligió para que le sirviese de habitación. Allí dormía por la noche y allí encontraba abrigo cuando llovía o nevaba. Su alimento consistía en hojas y yerbas, que buscaba tan lejos como podía llegar.

Durante el otoño reunía una gran cantidad de hojas secas, las llevaba al hueco y en cuanto llegaba el tiempo de la nieve y el frío iba a ocultarse en él. Se gastaron al fin sus vestidos y se le cayeron a pedazos, por lo que tuvo que cubrirse también con hojas. Cuando el sol volvía a calentar, salía, se colocaba al pie del árbol y sus largos cabellos la cubrían por todas partes como un manto. Permaneció largo tiempo en aquel estado, experimentando todas las miserias y todos los sufrimientos imaginables.

Un día de primavera cazaba el rey del país en aquel bosque y perseguía a un corzo. El animal se refugió en la espesura que rodeaba al viejo árbol hueco. El rey bajó del caballo, separó las ramas y se abrió paso con la espada. Cuando hubo conseguido atravesar, vio sentada debajo del árbol a una joven maravillosamente hermosa, a la que sus cabellos de oro cubrían enteramente desde la cabeza hasta los pies. La miró con asombro y le dijo:

—¿Cómo has venido a este páramo?

Mas ella no le contestó, pues le era imposible despegar los labios. El rey añadió:

—¿Quieres venir conmigo a mi palacio?

Le contestó afirmativamente con la cabeza. El rey la tomó en sus brazos, la subió a su caballo y se la llevó a su morada, donde le dio vestidos y todo lo demás que necesitaba. Aunque no podía hablar, era tan bella y graciosa que se apasionó y se casó con ella. Había trascurrido un año, poco más o menos, cuando la reina dio a luz un hijo. Por la noche, estando sola en su cama, se le apareció su antigua señora y le dijo así:

—Si quieres contar al fin la verdad y confesar que abriste la puerta prohibida, te abriré la boca y te devolveré la palabra. pero si te obstinas en el pecado e insistes en mentir, me llevaré conmigo a tu hijo recién nacido. Entonces pudo hablar la reina, pero dijo solamente:

—No, no he abierto la puerta prohibida.

La señora le quitó de los brazos su hijo recién nacido y desapareció con él. A la mañana siguiente, como no encontraban el niño, se esparció el rumor entre la servidumbre de palacio de que la reina era ogra y lo había matado. Todo lo oía y no podía contestar, pero el rey la amaba con demasiada ternura para creer lo que se decía de ella. Trascurrido un año, la reina tuvo otro hijo. La señora se la apareció de nuevo por la noche y le dijo:

—Si quieres confesar al fin que has abierto la puerta prohibida te devolveré a tu hijo y te desataré la lengua; pero si te obstinas en tu pecado y continúas mintiendo, me llevaré también a este otro hijo.

La reina contestó lo mismo que la vez primera:

—No, no he abierto la puerta prohibida.

La señora tomó al niño en los brazos y se lo llevó a su morada. Por la mañana, cuando se hizo público que el niño había desaparecido también, se dijo ya en voz alta que se lo había comido la reina. Los consejeros del rey pidieron que se la procesase, pero el rey la amaba con tanta ternura que les negó el permiso y mandó que no volviesen a hablar más de este asunto bajo pena de la vida. Al año tercero la reina dio a luz una hermosa niña. La señora se presentó también a ella durante la noche y le dijo:

—Sígueme.

La agarró de la mano, la condujo a su palacio, y le mostró a sus dos primeros hijos, que la reconocieron y jugaron con ella. Como la madre se alegraba mucho de verlos, le dijo la señora:

—Si quieres confesar ahora que has abierto la puerta prohibida, te devolveré a tus dos hermosos hijos.

La reina contestó por tercera vez:

—No, no he abierto la puerta prohibida.

La señora la volvió a su cuarto y le quitó a su tercera hija. A la mañana siguiente, viendo que no la encontraban, decían todos los de palacio a una voz:

—La reina es ogra, hay que condenarla a muerte.

En esta ocasión el rey tuvo que seguir el parecer de sus consejeros. La reina compareció delante de un tribunal y, como no podía hablar ni defenderse, fue condenada a morir en una hoguera. Estaba ya dispuesta la pira, atada ella al palo y la llama comenzaba a rodearla, cuando el arrepentimiento tocó a su corazón. «Si pudiera —pensó entre sí—, confesar antes de morir que he abierto la puerta...».

Y exclamó:

—Sí, señora, soy culpable.

Apenas se le había ocurrido este pensamiento, cuando comenzó a llover y se le apareció la señora, que llevaba a sus lados los dos niños que le habían nacido primero y en sus brazos a la niña que acababa de dar a luz, y le dijo a la reina con un acento lleno de bondad:

—Todo el que se arrepiente y confiesa su pecado es perdonado.

Le entregó sus hijos, le desató la lengua y la hizo feliz por el resto de su vida.

HISTORIA DE UNO QUE HIZO UN VIAJE PARA SABER LO QUE ERA EL MIEDO

Obra también conocida como «Juan sin miedo»

Un labrador tenía dos hijos, el mayor de los cuales era muy listo y entendido, y sabía muy bien a qué atenerse en todo; pero el menor era tonto y no entendía ni aprendía nada, y cuando lo veían las gentes, decían:

—Trabajo tiene su padre con él.

Cuando había algo que hacer, tenía siempre que mandárselo al mayor, pero si su padre le mandaba algo de noche, o lo enviaba al oscurecer cerca del cementerio, o siendo ya oscuro el camino, o cualquier otro lugar sombrío, este siempre le contestaba:

—¡Ay, no, padre!, yo no voy allí, ¡tengo miedo! —pues era muy miedoso.

Si por la noche contaban algún cuento alrededor de la lumbre, sobre todo si era de espectros y fantasmas, decían todos los que lo escuchaban:

—¡Qué miedo!

Pero el menor, que se quedaba en un rincón escuchándolos, no podía comprender lo que querían decir: «Siempre dicen, "¡miedo, miedo!", y yo no sé lo que es miedo; ese debe ser algún oficio del que no entiendo ni una palabra».

Mas un día le dijo su padre:

—Oye, tú, el que está en el rincón, ya eres hombre y tienes fuerzas bastantes para aprender algo con lo que ganarte la vida. Bien ves cuánto trabaja tu hermano, pero tú no haces más que perder el tiempo.

—¡Ay padre! —le contestó—, yo aprendería algo de buena gana, y sobre todo quisiera aprender lo que es miedo, pues de lo contrario no quiero saber nada.

Su hermano mayor se echó a reír al oírle, y dijo para sí, «¡Dios mío, qué tonto es mi hermano!, nunca llegará a ganarse el sustento». Su padre suspiró y le contestó:

—Ya sabrás lo que es miedo; pero no por eso te ganarás la vida.

Poco después fue el sacristán de visita y le contó el padre lo que pasaba. Le dijo que su hijo menor se daba muy mala maña para todo y que no sabía ni aprendía nada.

—¿Podréis creer que cuando le he preguntado si quería aprender algo para ganarse su vida, me ha contestado que sólo quería saber lo que es miedo?

—Si no es más que eso —le respondió el sacristán—, yo se lo enseñaré. Enviadlo a mi casa y no tardará en saberlo.

El padre se alegró mucho, pues pensó para sí: «Ahora será un poco menos orgulloso».

El sacristán se lo llevó a su casa para enviarle a tocar las campanas. A los dos días, lo despertó a media noche, le mandó levantarse y subir al campanario para tocar las campanas.

—Ahora sabrás lo que es miedo —dijo para sí.

Salió tras él, y cuando el joven estaba en lo alto del campanario e iba a coger la cuerda de la campana, se puso en medio de la escalera, frente a la puerta, envuelto en una sábana blanca.

—¿Quién está ahí? —preguntó el joven.

Pero el fantasma no contestó ni se movió.

—Responde, o te hago volver por donde has venido, tú no tienes nada que hacer aquí a estas horas de la noche.

Pero el sacristán continuó inmóvil para que el joven creyese que era un espectro. El joven le preguntó por segunda vez:

—¿Quién eres? Habla, si eres un hombre honrado, o si no te hago rodar escalera abajo.

El sacristán creyó que no haría lo que decía y se quedó sin respirar, como si fuese de piedra. Entonces le preguntó el joven por tercera vez y, como estaba ya enfadado, dio un salto y echó a rodar al espectro por la escalera abajo, de modo que rodó diez escalones y fue a parar a un rincón. Enseguida tocó las campanas, se fue a su casa, se acostó sin decir una palabra y se durmió. La mujer del sacristán esperó un largo rato a su marido, pero este no volvía. Llena entonces de temor, llamó al joven y le preguntó:

—¿No sabes dónde se ha quedado mi marido?, ha subido a la torre detrás de ti.

—No —contestó el joven—, pero allí frente a la puerta había uno en la escalera, y como no ha querido decirme palabra ni marcharse, he creído que iba a burlarse de mí y lo he tirado por la escalera abajo. Id allí y ved si es él, pues lo sentiría.

La mujer fue corriendo y halló a su marido, que estaba en un rincón y se quejaba porque tenía una pierna rota. Se lo llevó enseguida a su casa y fue corriendo a la del padre del joven.

—Vuestro hijo —exclamó—, me ha causado una desgracia muy grande: ha tirado a mi marido por las escaleras y le ha roto una pierna; ese es el pago que nos ha dado el bribón.

Su padre se asustó, fue corriendo y llamó al joven.

—¿Qué mal pensamiento te ha dado para hacer esa picardía?

—Padre —le contestó—, escuchadme, pues soy inocente. Era de noche y él estaba allí como un alma del otro mundo. Ignoraba quién era y le he mandado tres veces hablar o marcharse.

—¡Ay! —replicó su padre—, sólo me ocasionas disgustos. Vete de mi presencia, no quiero volver a verte más.

—Bien, padre con mucho gusto, pero esperad a que sea de día. Yo iré y sabré lo que es miedo, así aprenderé un oficio con el que poder mantenerme.

—Aprende lo que quieras —le dijo su padre—, todo me es indiferente. Ahí tienes cinco escudos[43] para que no te falte por ahora qué comer. Márchate y no digas a nadie de dónde eres ni quién es tu padre, para que no tenga que avergonzarme de ti.

—Bien, padre, haré lo que queréis, no os preocupéis por mí.

Como era ya de día, se quedó el joven con sus cinco escudos en el bolsillo y echó a andar por el camino real. Iba diciendo constantemente:

—¿Quién me enseña lo que es miedo? ¿Quién me enseña lo que es miedo?

---

[43] Monedas antiguas de oro o plata, llamadas así por presentar un escudo de armas en una de sus caras.

Entonces encontró un hombre que oyó las palabras que para sí decía el joven, y cuando se hubieron alejado un poco hacia un sitio en el que se veía una horca, le dijo:

—Mira, allí hay siete pobres a los que por sus muchos pecados han echado de la tierra y no los quieren recibir en el cielo, por eso ves que están aprendiendo a volar. Ponte debajo de ellos, espera a que sea de noche y sabrás lo que es miedo.

—Si no es más que eso —dijo el joven—, lo haré con facilidad, pero no dejes de enseñarme lo que es miedo y te daré mis cinco escudos. Vuelve a verme por la mañana temprano.

Entonces fue el joven a donde estaba la horca, se puso debajo y esperó a que fuera de noche. Como tenía frío, encendió lumbre. Pero a media noche era el aire tan frío que no le servía de nada la lumbre, y como el viento hacía que los cadáveres se movieran y chocasen entre sí, creyó que si él, que estaba al lado del fuego, tenía frío, mucho más debían tener los que estaban más lejos y por eso procuraban juntarse más para calentarse. Como era muy compasivo, agarró la escalera, subió y los fue descolgando uno tras otro hasta que bajó a los siete. Enseguida puso más leña en el fuego, sopló y los colocó alrededor para que pudiesen calentarse. Pero como no se movían y la lumbre no hacía ningún efecto en sus cuerpos, les dijo:

—Mirad lo que hacéis, porque si no vuelvo a colgaros.

Pero los muertos no le oían, callaban y continuaban sin hacer movimiento alguno. Enfadado, les dijo entonces:

—Ya que no queréis hacerme caso a pesar de que me he propuesto ayudaros, no quiero que os calentéis más.

Y volvió a colgarlos uno tras otro. Entonces, se echó al lado del fuego y se durmió. Cuando vino el hombre a la mañana siguiente quería que le diese los cinco escudos, pues le dijo:

—¿Ahora ya sabrás lo que es miedo?

—No —respondió—, ¿por qué he de saberlo? Los que están ahí arriba tienen la boca muy cerrada, y son tan tontos que no quieren calentarse siquiera.

Entonces vio el hombre que no estaba el dinero listo para él y se marchó diciendo:

—Con este no me ha ido muy bien.

El joven continuó su camino y comenzó otra vez a decir:

—¿Quién me enseñará lo que es miedo?, ¿quién me enseñará lo que es miedo?

Un carretero que iba tras él lo oyó y le preguntó:

—¿Quién eres?

—No lo sé —le contestó el joven.

—¿De dónde eres? —continuó preguntándole el carretero.

—No lo sé.

—¿Quién es tu padre?

—No puedo decirlo.

—¿En qué vas pensando?

—¡Ah! —respondió el joven—, quisiera encontrar quien me enseñe lo que es miedo, pero nadie quiere enseñármelo.

—No digas tonterías —replicó el carretero— y ven conmigo, tú ven conmigo y veré si puedo conseguir enseñártelo.

El joven continuó caminando con el carretero y por la noche llegaron a una posada donde decidieron quedarse. Pero apenas llegó a la puerta, comenzó a decir en voz alta:

—¿Quién me enseña lo que es miedo?, ¿quién me enseña lo que es miedo?

Al oírle, el posadero se echó a reír y dijo:

—Si quieres saberlo, aquí se te presentará una buena ocasión.

—Calla —le dijo la posadera—, muchos temerarios han perdido ya la vida, y sería lástima que esos hermosos ojos no volvieran a ver la luz más.

Pero el joven le contestó:

—Aunque me sucediera otra cosa peor, quisiera saberlo, pues ese es el motivo de mi viaje.

No dejó descansar a nadie en la posada hasta que le dijeron que no lejos de allí había un castillo arruinado, donde podría saber lo que era miedo con sólo pasar en él tres noches. El rey había ofrecido por mujer a su hija, que era la doncella más hermosa que había visto el sol, al que quisiese hacer la prueba. En el castillo había grandes tesoros ocultos que estaban guardados por los malos espíritus; esos tesoros se descubrían entonces y eran suficientes para hacer rico a un pobre. A la mañana siguiente, se presentó el joven al rey y le dijo que con su permiso pasaría tres noches en el castillo arruinado.

El rey lo miró y, como le agradase, le dijo:

—Para quedarte en el castillo puedes llevar contigo tres cosas, con tal que no tengan vida.

El joven le contestó:

—Pues bien, concededme llevar leña para hacer lumbre, un torno y un tajo con su cuchilla.

El rey le dio todo lo que había pedido. En cuanto fue de noche entró el joven en el castillo, encendió en una sala un hermoso fuego, puso al lado el tajo con el cuchillo y se sentó en el torno.

—¡Ah!, ¡si me enseñaran lo que es miedo! —dijo—, pero aquí tampoco lo aprenderé.

Hacia media noche se puso a atizar el fuego y cuando estaba soplando oyó de repente decir en un rincón:

—¡Miau!, ¡miau!, ¡frío tenemos!

—¡Locos! —exclamó—, ¿por qué gritáis?; si tenéis frío, venid, sentaos a la lumbre y calentaos.

Y apenas hubo dicho esto, vio dos hermosos gatos negros que se pusieron a su lado y lo miraban con sus ojos de fuego. Al poco rato, en cuanto se hubieron calentado, dijeron:

—Camarada, ¿quieres jugar con nosotros a las cartas?

—¿Por qué no? —les contestó—; pero enseñadme primero las patas.

Entonces extendieron sus garras.

—¡Ah! —les dijo—, ¡qué uñas tan largas tenéis!, aguardad a que os las corte primero.

Entonces los agarró por los pies, los puso en el tajo y los aseguró bien por las patas.

—Ya os he visto las uñas —les dijo—, ahora no tengo ganas de jugar.

Los mató y los tiró al agua. Pero al poco rato de haberlos tirado, cuando iba a sentarse a la lumbre, salieron de todos los rincones y rendijas una multitud de gatos y perros negros con cadenas de fuego. Eran tantos que no se podían contar; gritaban horriblemente, rodeaban la lumbre, tiraban de él y querían arañarlo. Los miró un rato con la mayor tranquilidad, pero cuando se enfadó, asió su cuchillo y exclamó:

—Marchaos, canallas.

Y se dirigió hacia ellos. Una parte escapó, y a la otra la mató y la echó al estanque. En cuanto concluyó su tarea se puso a soplar la lumbre y volvió a calentarse. Y apenas estuvo sentado comenzaron a cerrársele los ojos y tuvo ganas de dormir. Miró a su alrededor y vio en un rincón una hermosa cama.

—Me viene muy bien —dijo.

Y se echó en ella. Pero cuando iban a cerrársele los ojos, comenzó a andar la cama por sí misma y a dar vueltas alrededor del cuarto.

—Tanto mejor —dijo él—, tanto mejor.

Y la cama continuó corriendo por los suelos y las escaleras como si tiraran de ella seis caballos. Pero de repente cayó, atrapándolo a él debajo y haciéndole sentir un peso como si tuviera una montaña encima. Pero levantó las colchas y las almohadas y se puso en pie diciendo:

—No tengo ganas de andar.

Se tendió junto al fuego y se durmió hasta el otro día. El rey vino a la mañana siguiente, y como lo vio caído en el suelo creyó que los espectros le habían dado fin y estaba muerto. Entonces dijo:

—¡Qué lástima de hombre!, ¡tan buen mozo!

Al oírle el joven, se levantó y le contestó:

—Aún no hay por qué tenerme lástima.

El rey, admirado, le preguntó cómo le había ido.

—Muy bien —le respondió—, ya ha pasado una noche, las otras dos vendrán y pasarán también.

Cuando volvió a la casa, lo miró asombrado el posadero:

—Temía no volver a verte vivo —dijo—. ¿Sabes ya lo que es miedo?

—No —contestó—, todo es inútil, no hay alguien que quiera enseñármelo.

A la segunda noche fue de nuevo al castillo, se sentó a la lumbre y comenzó su vieja canción:

—¿Quién me enseña lo que es miedo?

A la media noche comenzaron a oírse ruidos y golpes, primero débiles, después más fuertes, y por último cayó por la chimenea con mucho ruido la mitad de un hombre, que se quedó ante él.

—¡Hola! —exclamó al verlo—, todavía falta el otro medio, esto es muy poco.

Entonces comenzó el ruido de nuevo. Parecía que tronaba y que se venía el castillo abajo, y cayó la otra mitad.

—Espera —le dijo—, encenderé un poco el fuego.

Apenas hubo concluido y miró a su alrededor, vio que se habían unido las dos partes y que un hombre muy horrible se había sentado en su sitio.

—Nosotros no nos lo hemos apostado —dijo el joven—, el banco es mío.

El hombre no quiso dejarle que se sentara, pero el joven lo levantó con todas sus fuerzas y se puso de nuevo en su lugar. Entonces cayeron otros hombres uno después de otro, que tomaron nueve huesos y dos calaveras y se pusieron a jugar a los bolos. El joven, alegrándose, les dijo:

—¿Puedo entrar en la partida?

—Sí, si tienes dinero.

—Y bastante —les contestó—, pero vuestras bolas no son redondas del todo.

Entonces cogió una calavera, la puso en el torno y la redondeó.

—Así están mejor —les dijo—; ahora, vamos.

Jugó con ellos y perdió algún dinero; pero en cuanto dieron las doce, todo desapareció de sus ojos. Se echó y se durmió con la mayor tranquilidad. A la mañana siguiente fue el rey a informarse.

—¿Cómo lo has pasado? —le preguntó.

—He jugado y perdido un par de escudos —le contestó.

—¿No has tenido miedo?

—Por el contrario, me he divertido mucho. ¡Ojalá supiera lo que es miedo!

A la tercera noche se sentó de nuevo en su banco y dijo enfadado:

—¿Cuándo sabré lo que es miedo?

En cuanto comenzó a hacerse tarde se le presentaron seis hombres muy altos que traían una caja de muerto.

—¡Ay! —les dijo—, este seguro que es mi primo, que ha muerto hace un par de días.

Hizo señal con la mano y dijo:

—Ven, primito, ven.

Pusieron el ataúd en el suelo, se acercó a él y levantó la tapa. Había un cadáver dentro. Le tentó la cara, pero estaba fría como el hielo.

—Espera —dijo—, te calentaré un poco.

Fue al fuego, calentó su mano y se la puso en el rostro, pero el muerto siguió frío. Entonces lo levantó en brazos, lo llevó a la lumbre, le puso encima de sí y le frotó los brazos para que la sangre se le pusiese de nuevo en movimiento. Como no conseguía nada, se le ocurrió de pronto:

—Si me meto con él en la cama se calentará.

Se llevó al muerto a la cama, lo tapó y se echó a un lado. Al poco tiempo estaba el muerto caliente y comenzó a moverse. Entonces, dijo el joven:

—Mira, hermanito, ya te he calentado.

Pero el muerto se levantó y dijo:

—Ahora quiero estrangularte.

—¡Vaya! —le contestó—, ¿son esas las gracias que me das? ¡Pronto volverás a tu caja!

Lo agarró, lo metió dentro de ella y cerró. Entonces volvieron los seis hombres y se la llevaron de allí.

—No me asustarán —dijo—; aquí no aprendo yo a ganarme la vida.

Entonces entró un hombre que era más alto que los otros y que tenía un aspecto horrible, pero era viejo y tenía una larga barba blanca.

—¡Ah, malvado, pronto sabrás lo que es miedo, pues vas a morir!

—No tan pronto —contestó el joven.

—Yo quiero matarte —dijo el hechicero.

—Poco a poco, eso no se hace tan fácilmente, yo soy tan fuerte como tú y mucho más aún.

—Eso lo veremos —dijo el anciano—; ven, probaremos.

Entonces lo condujo a un corredor muy oscuro, junto a una fragua; asió un hacha y dio en un yunque, que metió de un golpe en la tierra.

—Eso lo hago yo mucho mejor —dijo el joven.

Y se dirigió a otro yunque. El anciano se puso a su lado para verlo y su barba tocaba en la parte de arriba del yunque doble[44]. Entonces cogió el joven el hacha, abrió el yunque de un golpe y sujetó dentro la barba del anciano.

—Ya eres mío —le dijo—, ahora morirás tú.

Entonces asió una barra de hierro y comenzó a pegar con ella al anciano hasta que comenzó a quejarse y le ofreció que le daría grandes riquezas si lo dejaba libre. El joven soltó el hacha y lo dejó en libertad. El anciano lo condujo de nuevo al castillo y le enseñó tres cofres llenos de oro que había en una cueva.

—Una parte es de los pobres, la otra del rey y la tercera tuya[45].

Entonces dieron las doce y desapareció el espíritu, y el joven se quedó en la oscuridad.

---

[44] *Bigornia* en la traducción de Viedma.

[45] Se muestra aquí una referencia clara al pensamiento medieval, que incluía a los pobres en los legados.

—Yo me las arreglaré —dijo.

Empezó a andar a tientas, encontró el camino del cuarto y durmió allí junto a la lumbre. A la mañana siguiente volvió el rey y le dijo:

—Ahora ya sabrás lo que es miedo...

—No —le contestó—, no lo sé. Aquí ha estado mi primo muerto y un hombre barbudo que me ha enseñado mucho dinero, pero no ha podido enseñarme lo que es miedo. Entonces le dijo el rey:

—Tú has desencantado el castillo y te casarás con mi hija.

—Todo eso está bien —le contestó—, pero aún no sé lo que es miedo.

Entonces sacaron todo el oro de allí y celebraron las bodas. Pero el joven rey, aunque amaba mucho a su esposa y estaba muy contento, no dejaba de decir:

—¿Quién me enseñará lo que es miedo?, ¿quién me enseñará lo que es miedo?

Esto enojó al fin a su esposa, que dijo a sus doncellas:

—Voy a procurar enseñarle yo lo que es miedo.

Fue al arroyo que corría por el jardín y mandó traer un cubo entero lleno de peces. Por la noche, cuando dormía el joven rey, levantó su esposa la ropa y puso el cubo lleno de agua encima de él, de manera que los peces, al saltar, dejaban caer algunas gotas de agua. Entonces despertó diciendo:

—¡Ah!, ¿quién me asusta?, ¿quién me asusta, querida esposa? ¡Ahora sé ya lo que es miedo!

JUAN EL FIEL

Había una vez un rey muy viejo que cayó enfermo. Supo que iba a morir e hizo llamar al fiel Juan, que era de sus criados al que más quería. Le llamaban así porque había sido fiel a su amo toda su vida. En cuanto llegó, le dijo el rey:

—Mi fiel Juan, sé que se acerca mi fin. Sólo me preocupa la suerte de mi hijo. Es todavía muy joven y no siempre sabrá comportarse bien; no moriré tranquilo si no me prometes velar por él, enseñarle todo lo que debe saber y ser para él un segundo padre.

—Os prometo —respondió Juan— que no lo abandonaré y que le serviré lealmente, aunque me cueste la vida.

—Entonces, ya puedo morir en paz —dijo el viejo rey—. Después de mi muerte le enseñarás todo el palacio, todos los alrededores, las salas, los subterráneos con las riquezas en ellos encerradas; pero no le dejes entrar en la última cámara de la galería grande[46], donde está el retrato de la princesa de la Cúpula de Oro, pues si ve este cuadro experimentará hacia ella un amor tan increíble que le hará exponerse a los mayores peligros. Procura librarlo de esto.

El fiel Juan repitió sus promesas, y tranquilo el viejo rey, reclinó su cabeza en la almohada y expiró. En cuanto dejaron en la tumba al anciano rey, Juan refirió a su joven sucesor lo que había prometido a su padre en el lecho de muerte.

—Estoy dispuesto a cumplirlo —añadió—, y os seré fiel como lo he sido a vuestro padre, aunque me cueste la vida.

En cuanto pasó el tiempo del luto, dijo Juan al rey:

—Ya podéis conocer vuestra herencia. Voy a enseñaros el palacio de vuestro padre.

---

[46] La prohibición de entrar en determinadas habitaciones o cámaras, por el daño que haría ver lo que hay en su interior, aparece con frecuencia en los cuentos populares. Véase *Barba Azul*, por ejemplo.

Le llevó por todo él, por lo alto y por lo bajo, y le enseñó todas las riquezas que llenaban las magníficas habitaciones, omitiendo tan sólo el cuarto en que estaba el peligroso retrato. Había sido colocado de tal manera que, en cuanto se abría la puerta, se veía enseguida, y estaba tan bien hecho que parecía vivir y respirar y que nada en el mundo era tan hermoso ni tan amable. El joven rey vio, desde luego, que el fiel Juan pasaba siempre delante de esta puerta sin abrirla, y le preguntó el motivo.

—Es —respondió el otro— porque en el cuarto hay una cosa que os dará miedo.

—Ya he visto todo el palacio —dijo el joven rey—, quiero saber lo que hay aquí.

Y quería abrir por fuerza. El fiel Juan le contuvo diciéndole:

—He prometido a vuestro padre, en su lecho de muerte, no dejaros entrar en este cuarto, porque podrían resultar grandes desgracias para vos y para mí.

—La mayor desgracia —replicó el rey— es que mi curiosidad no quede satisfecha. No descansaré hasta que mis ojos lo hayan visto todo. No saldré de aquí hasta que me hayas abierto.

Viendo que no había medio de negarse, el fiel Juan fue, con el corazón lleno de tristeza y suspirando mucho, a buscar la llave entre las demás. En cuanto abrió la puerta, entró el primero, procurando ocultar el retrato con su cuerpo. Todo fue inútil, el rey se levantó sobre la punta de los pies y lo vio por encima de sus hombros[47]. Al ver aquella imagen de una joven tan hermosa y deslumbrante de oro y de pedrerías, cayó sin conocimiento al suelo. El fiel Juan lo levantó y lo llevó a su cama.

—¡El mal está hecho! ¡Dios mío!, ¿qué va a ser de nosotros?

Y le hizo que tomase un poco de vino para recobrar las fuerzas. La primera palabra del rey, cuando volvió en sí, fue preguntar de quién era aquel hermoso retrato.

—Es de la princesa de la Cúpula de Oro —respondió el fiel Juan.

—El amor que me ha hecho concebir es tan grande —dijo el rey— que si todas las hojas de los árboles fueran lenguas, no bastarían para

---

[47] La imposibilidad de cambiar el destino se refleja también en el cuento de la *Bella durmiente,* a quien se trató de evitar por todos los medios que se hiriese con el huso.

describirlo. Mi vida depende en lo futuro de su posesión. Tú me ayudarás, tú, que eres mi fiel criado.

El fiel Juan reflexionó por largo tiempo de qué modo convenía arreglárselas, pues era muy difícil presentarse ante los ojos de la princesa. Por último, imaginó un medio y dijo al rey:

—Todo lo que rodea a la princesa es de oro, sillas, tazas, copas y muebles de todas clases. Vos tenéis cinco toneladas de oro en el cofre de vuestro tesoro; hay que dar una a los plateros para que hagan vasos y alhajas de oro de todas hechuras: pájaros, fieras, monstruos de mil formas, en fin, todo lo que debe agradar a la princesa. Nos pondremos en camino con estas joyas e intentaremos probar fortuna.

El rey mandó venir a todos los plateros del país, que trabajaron noche y día hasta que todo estuvo concluido. Entonces se embarcaron en un navío. Juan el fiel tomó el traje de comerciante y el rey hizo otro tanto, para que nadie pudiera reconocerlo. Después se hicieron a la vela y navegaron hasta la ciudad en que habitaba la princesa de la Cúpula de Oro. El fiel Juan desembarcó solo y dejó al rey en el navío.

—Quizás —le dijo—, traiga conmigo a la princesa; procurad que todo esté en orden, que se hallen a la vista los vasos de oro y que el navío esté adornado como para una fiesta.

Enseguida llenó su cinturón de muchas alhajas de oro y se fue derecho al palacio del rey. En cuanto entró, vio en el patio una joven que sacaba agua de una fuente con dos cubos de oro. Cuando se volvía para marcharse, distinguió al extranjero, y le preguntó quién era.

—Soy comerciante —le respondió.

Y abriendo su cinturón, le enseñó sus mercancías.

—¡Qué cosas tan bonitas! —exclamó la joven.

Y poniendo sus cubos en el suelo, se puso a mirar todas las joyas, una tras otra.

—Es preciso —dijo— que vea todo esto la princesa. Ella os lo comprará, porque le gustan mucho los objetos de oro.

Y tomándolo de la mano, le hizo subir al palacio, porque era una doncella de la princesa. Gustaron tanto los diamantes a la princesa, que dijo a Juan:

—Está tan bien trabajado, que te lo compro todo.

Pero este le contestó.

—Yo no soy más que el criado de un comerciante muy rico; todo lo que veis aquí no es nada en comparación de lo que mi amo tiene en su navío. En él veréis las más preciosas y hermosas obras de oro.

Quería que se las trajesen, pero Juan dijo a la princesa:

—Hay muchas; se necesitaría mucho tiempo y mucho espacio, vuestro palacio no sería suficiente.

Con esto se excitó más su curiosidad, y exclamó por último:

—Pues bien, conducidme a ese navío, quiero ver yo misma los tesoros de tu amo.

El fiel Juan la acompañó muy alegre al navío. Cuando la vio, al rey le pareció aún más hermosa que en su retrato y el corazón le saltaba de alegría. Cuando subió a bordo, el rey le ofreció la mano. Mientras tanto, el fiel Juan, que se había quedado atrás, mandó al capitán levar el ancla y largar toda la vela. El rey bajó con ella a la cámara para enseñarle una a una todas las piezas de la vajilla de oro, los platos, las copas, los pájaros, las fieras y los monstruos. Pasaron así muchas horas y mientras estaba ocupada en examinarlo todo, no supo que el navío estaba navegando. Cuando terminó, le dio gracias al pretendido comerciante y se dispuso a volver a su palacio, pero al llegar al puente vio que estaba en alta mar, muy lejos de la tierra, y que el navío navegaba a todo trapo.

—¡Me han vendido! —exclamó llena de espanto—; ¡me han robado! ¡Caer en poder de un comerciante! ¡Mejor quisiera morir!

Pero el rey, presentándole la mano, le dijo:

—Yo no soy comerciante, soy un rey, y de tan buena familia como la vuestra. Si os he robado con una astucia, no lo atribuyáis más que a la violencia de mi amor. Es tan grande, que cuando vi vuestro retrato por primera vez caí sin conocimiento al suelo.

Estas palabras consolaron a la princesa, se conmovió su corazón y consintió en casarse con el rey. Mientras navegaban por alta mar, el fiel Juan, que estaba un día sentado en la popa del navío, distinguió en el aire tres cornejas que vinieron a colocarse delante de él. Escuchó lo que decían entre sí, pues comprendía su lenguaje.

—¿Con que se lleva ya a la princesa de la Cúpula de Oro? —decía la primera.

—Sí —respondió la segunda—, pero no es suya todavía.

—Cómo —dijo la tercera—, ¿pues no está sentada a su lado?

—¿Qué importa? —repuso la primera—, cuando desembarquen presentarán al rey un caballo alazán, él querrá montarlo; pero si lo hace, el caballo se lanzará a los aires con él y no volverán a tener noticias suyas.

—¿Pero se puede evitar eso? —dijo la segunda.

—Sí —contestó la primera—, siempre que otra persona se lance sobre el caballo, tome una de las pistolas que lleva en la silla y lo deje muerto en el acto. Así se librará el rey. Pero ¿quién puede saber esto? Además, el que lo sepa y lo diga será convertido en piedra desde los pies hasta las rodillas.

La segunda corneja dijo a su vez:

—Yo sé algo más; aun suponiendo que muera el caballo, el joven rey no por eso poseerá a su prometida. Cuando entren juntos en palacio, le presentarán al rey en una bandeja una magnífica camisa de boda que parecerá tejida de oro y de plata, pero que no es en realidad más que de pez y azufre; si el rey se la pone, se quemará hasta la médula de los huesos.

—¿No hay ningún recurso para evitarlo? —dijo la tercera.

—Hay uno —respondió la segunda—. Es preciso que una persona, provista de guantes, agarre la camisa y la eche al fuego. Quemada la camisa, se salvará el rey. Pero ¿de qué sirve esto, si el que lo sepa y lo diga se convertirá en piedra desde las rodillas hasta el corazón?

La tercera corneja añadió:

—Yo sé algo más aún; aun en el caso de que quemen la camisa, no poseerá el rey a su prometida. Si hay baile en la boda y baila en él la reina, se desmayará de repente y caerá como muerta, y lo estará en realidad si no hay nadie que la levante enseguida del suelo y chupe tres gotas de sangre que le saldrán en el hombro derecho, las que escupirá enseguida. Pero el que lo sepa y lo diga será convertido en piedra desde la cabeza hasta los pies.

Después de esta conversación echaron a volar las cornejas. El fiel Juan, que las había oído, comenzó desde entonces a ponerse triste y silencioso. Callar era exponer al rey a una desgracia, pero hablar era buscar su propia perdición. Al fin se dijo:

—Salvaré a mi señor, aunque me cueste la vida.

Al desembarcar sucedió todo lo que había dicho la corneja. Presentaron al rey un magnífico caballo alazán.

—Voy a montar en él para ir a palacio —dijo.

E iba a meter el pie en el estribo, cuando, pasando por delante de él, el fiel Juan saltó encima, sacó la pistola de la silla y tendió muerto al caballo.

Los otros criados del rey, que no amaban mucho al fiel Juan, dijeron que hacía falta estar loco para matar un animal tan hermoso y que iba a montar el rey. Pero el rey les dijo:

—Callad y dejadlo obrar; su lealtad es a toda prueba, y habrá tenido sus razones para hacerlo así.

Llegaron a palacio y en la primera sala hallaron colocada en una bandeja la camisa de boda, que parecía ser de oro y de plata. Iba el príncipe a tocarla pero el fiel Juan le desvió, y agarrándola con guantes la arrojó al fuego, que la consumió en el mismo instante. Los demás criados se pusieron a murmurar.

—¡Qué atrevimiento! —dijeron—; ¡ha quemado la camisa de bodas del rey!

Pero el joven rey insistió:

—Sin duda tiene sus razones; dejadlo obrar, pues su lealtad es a toda prueba.

Se celebraron las bodas. Hubo un gran baile, y la novia empezó a bailar. Desde aquel momento, el fiel Juan no la perdió de vista. De repente, la novia sintió como debilidad y cayó muerta al suelo. Juan se arrojó sobre ella enseguida, la levantó y la llevó a su cuarto; allí, echándola en la cama, se inclinó sobre ella y chupó las tres gotas de sangre del hombro derecho, que escupió enseguida. En el mismo instante la novia volvió a respirar y recobró el conocimiento; pero el joven rey, que lo había visto todo y no comprendía la conducta de Juan, acabó por enojarse y mandó que lo prendieran. Al día siguiente, Juan el fiel fue condenado a muerte[48] y conducido al cadalso. Cuando estaba ya subido en la escalera, dijo así:

—Todo hombre que va a morir puede hablar antes de su fin. ¿Se me da permiso para ello?

—Te lo concedo —dijo el rey.

Entonces contó que había oído en el mar la conversación de las cornejas, y que todo lo que había hecho era necesario para salvar a su amo.

---

[48] La caída en desgracia del criado fiel.

—¡Oh, mi fiel Juan! —exclamó el rey—; te perdono, hacedle bajar.

Pero a la última palabra que pronunció, Juan el fiel cayó sin vida, convertido en piedra.

La reina y el rey lo sintieron mucho.

—¡Ay! —decía el rey—, tanta abnegación ha sido muy mal recompensada.

Hizo llevar la estatua de piedra a su alcoba, cerca de su lecho, y siempre que la veía, repetía llorando:

—¡Ah, mi fiel Juan, quién pudiera volverte a la vida!

Al cabo de algún tiempo, la reina dio a luz dos hijos gemelos que crió felizmente y que fueron la alegría de sus padres.

Un día en que la reina estaba en la iglesia y los dos niños jugaban en el cuarto con su padre, se dirigieron sus ojos a la estatua y no pudo dejar de repetir todavía, suspirando:

—¡Ay, mi fiel Juan, por qué no he de poder salvarte la vida!

Pero la estatua tomó la palabra y le dijo:

—Puedes si quieres, sacrificando lo que tienes de más querido.

—Todo cuanto tengo en el mundo —exclamó el rey—, lo sacrificaré por ti.

—Pues bien —dijo la estatua—; para que recobre la vida tienes que cortar la cabeza de tus dos hijos y frotarme de arriba a abajo con su sangre[49].

El rey palideció al oír esta terrible condición, pero pensando en la abnegación de este fiel criado que había dado su vida por él, sacó su espada y con su propia mano cortó la cabeza de sus hijos y frotó la piedra con su sangre. La estatua se reanimó en el mismo instante, y Juan el fiel se presentó delante de él vivo y sano. Pero entonces dijo al rey:

—Todo sacrificio por mí tendrá su recompensa.

Tomando las cabezas de los niños las colocó sobre sus hombros y frotó sus heridas con su sangre; en el mismo momento volvieron a la vida y se pusieron a saltar y a jugar, como si no hubiera sucedido nada. El rey estaba lleno de alegría. Cuando supo que había vuelto la reina, hizo que Juan y sus dos hijos se ocultaran en un armario grande. En cuanto entró, le preguntó:

—¿Has rezado en la iglesia?

---

[49] Ritual simbólico de aspecto bíblico y cruel.

—Sí —le contestó—, he pensado constantemente en el fiel Juan, tan desgraciado por causa nuestra.

—Querida mujer —le dijo—, podemos volverle la vida, pero nos costará la de nuestros hijos.

La reina palideció y se oprimió su corazón; respondió sin embargo:

—Le debemos ese sacrificio por causa de su abnegación.

El rey, contento al ver que había pensado como él, fue a abrir el armario e hizo salir al fiel Juan y a los dos niños.

—Gracias a Dios —añadió— lo hemos salvado y tenemos a nuestros hijos.

Y contó a la reina lo que había pasado, y vivieron todos juntos muchos años.

HERMANITO Y HERMANITA

Un hermanito tomó a su hermanita de la mano, y le dijo:

—Desde que murió nuestra madre no hemos tenido una hora buena; nuestra madrastra nos pega todos los días, y si nos acercamos a ella nos echa a puntapiés. Los mendrugos que quedan del pan son nuestro alimento, y al perro que está debajo de la mesa lo trata mucho mejor que a nosotros, pues le echa alguna vez un buen pedazo de pan. Dios tenga piedad de nosotros. Si lo supiera nuestra madre... Mira, ¿no será mejor irnos a correr el mundo? ¡Acaso nos vaya mejor!

Caminaron todo el día atravesando campos, prados y sierras, y cuando llovía decía la hermanita:

—Dios llora lo mismo que nuestros corazones.

Por la noche llegaron a un bosque muy espeso, y estaban tan fatigados por el hambre, el cansancio y el disgusto, que se acurrucaron en el hueco de un árbol y se durmieron. Cuando despertaron al día siguiente, el sol estaba ya en lo alto del cielo y calentaba con sus rayos el interior del árbol.

Entonces dijo el hermanito:

—Tengo sed, hermanita, si supiera dónde hay una fuente, iría a beber. Me parece que he oído sonar una.

Se levantó el hermanito, tomó a su hermanita de la mano y se pusieron a buscar la fuente. Pero su malvada madrastra era hechicera; había visto marcharse a los dos hermanitos, había seguido sus pasos a hurtadillas, como hacen las hechiceras, y había echado yerbas encantadas en todas las fuentes del bosque. Cuando encontraron una fuente que corría murmurando por entre las piedras, el hermanito quiso beber, pero la hermanita oyó decir a la fuente por lo bajo:

—El que de mi agua bebe, tigre se vuelve; el que de mi agua bebe, tigre se vuelve.

La hermana le dijo:

—Por Dios, hermano, no bebas, pues te volverías tigre y me harías pedazos.

El hermanito no bebió aunque tenía mucha sed, y dijo:

—Esperaré hasta llegar a otra fuente.

Cuando llegaron a la segunda fuente, oyó decir la hermanita:

—Quien de mi agua bebe, lobo se vuelve; quien de mi agua bebe, lobo se vuelve.

La hermanita le dijo:

—No bebas por Dios, hermanito, pues te volverías lobo y me comerías.

El hermanito no bebió, y dijo:

—Esperaré hasta que lleguemos a la tercera fuente, pero entonces beberé aunque digas cuanto quieras, pues estoy seco y muerto de sed.

Cuando llegaron a la tercera fuente, la hermanita oyó que murmuraba estas palabras:

—El que de mi agua bebe, corzo se vuelve.

La hermanita le dijo:

—¡No bebas por Dios, hermanito, porque te volverías corzo y huirías de mí!

Pero el hermanito ya se había arrodillado cerca de la fuente y comenzó a beber, y apenas tocaron sus labios el agua se convirtió en corzo. La hermanita se echó a llorar sobre su pobre hermano hechizado, y el pobre corzo lloraba también sin moverse de su lado. La niña le dijo, por último:

—No te preocupes, mi querido corzo, que no me separaré de ti.

Entonces se quitó su liga dorada e hizo un collar con ella para el corzo. Después arrancó algunos juncos y tejió con ellos una soguilla con la que ató al animal y se lo llevó metiéndose con él en un bosque. Después de haber andado mucho tiempo, llegaron al final a una casita, donde entró la niña, y como vio que no estaba habitada, dijo:

—Aquí podemos detenernos y quedarnos a vivir.

Entonces buscó musgo para que pudiera descansar el corzo, y todas las mañanas salía, recolectaba raíces, frutas salvajes y nueces; y también yerbas frescas que comía de su mano el corzo, que estaba muy contento y saltaba de alegría delante de ella. Por la noche, cuando la niña estaba ya cansada y había rezado sus oraciones, reclinaba su cabeza en la espalda del corzo, que le servía de almohada, y se dormía dulcemente. Se habría creído feliz con este género de vida, con sólo que su hermano hubiera tenido todavía su forma humana.

Pasaron así algún tiempo en aquel lugar desierto, pero llegó un día en que el rey de aquel país hizo una partida de caza en el bosque, que resonaba con los sonidos de las trompas, los ladridos de los perros y los alegres gritos de los cazadores.

El corzo oyó todo aquel ruido y sentía no estar cerca de ella.

—¡Ay! —dijo a su hermanita—, déjame ir a la cacería[50], no puedo resignarme a estar aquí.

Y tanto suplicó, que ella cedió al fin.

—Mira —le dijo—, no dejes de volver a la noche, cerraré las puertas para que no entren esos cazadores y, para que te conozca, dices cuando llames: «Soy yo, querida hermanita; abre corazoncito mío». Si no dices eso, no abriré la puerta.

El corzo se lanzó fuera de la casa, muy contento y alegre por gozar del aire libre.

El rey y sus cazadores vieron al hermoso animal y corrieron en su persecución sin poder alcanzarlo. Cuando se creían próximos a apresarlo, saltó por encima de una zarza y desapareció. En cuanto comenzó a oscurecer, corrió a la casa y llamó diciendo:

—Soy yo, querida hermanita; abre, corazoncito mío.

Se abrió la puerta, entró en la casa y durmió toda la noche en su blanda cama.

Al día siguiente volvió a comenzar la caza, y cuando oyó el corzo de nuevo el son de las trompas y el ruido de los cazadores, no pudo descansar más, y dijo:

—Hermanita, ábreme, tengo que salir.

La hermanita abrió la puerta y le dijo:

—No dejes de venir a la noche y de decir las palabras convenidas.

Cuando el rey y los cazadores volvieron a ver al corzo con su collar dorado, echaron todos tras él, pero era demasiado listo y ágil para dejarse atrapar. A la caída de la tarde, los cazadores lo habían cercado ya de tal modo que uno de ellos lo hirió ligeramente en la pata, de forma que cojeaba y a duras penas pudo escaparse. Un

---

[50] En el universo de los cuentos, las presas quieren acudir a la caza.

cazador se deslizó tras sus huellas hasta llegar a la casita, donde le oyó decir:

—Soy yo, querida hermanita; ábreme, corazoncito mío.

Y vio que le abrían la puerta y que cerraban enseguida. El cazador conservó fielmente estas palabras en la memoria, se dirigió a donde estaba el rey y le refirió lo que había visto y oído.

El rey dijo:

—Mañana continuará también la caza.

La hermanita se asustó mucho cuando vio volver al corzo herido, le lavó la sangre de la herida, le aplicó yerbas y le dijo:

—Ve a descansar a la cama, querido corcito, para curarte.

Pero la herida era tan ligera, que al día siguiente el corzo no sentía nada, y cuando volvió a oír en el bosque el sonido de la cacería, dijo:

—No puedo parar aquí, necesito salir, no me cogerán con tanta facilidad.

Su hermanita le dijo llorando:

—Hoy te van a matar, no quiero dejarte salir.

—Me moriré aquí de disgusto si no me dejas salir —le contestó—; cuando oigo la corneta de la caza, me parece que se me van los pies.

La hermanita no pudo menos de ceder, le abrió la puerta llena de tristeza, y el corzo se lanzó al bosque alegre y decidido. Apenas lo vio el rey, dijo a los cazadores:

—Perseguidle hasta la noche, pero no le hagáis daño.

En cuanto se puso el sol, dijo el rey al cazador:

—Ven conmigo y enséñame la casa de la que me has hablado.

Cuando llegaron a la puerta, llamó y dijo:

—Soy yo, querida hermanita; ábreme, corazoncito mío.

Se abrió la puerta y entró el rey, y se halló en presencia de una joven de lo más hermoso que había visto nunca. La joven tuvo miedo cuando vio que, en vez del corzo, entraba un rey con la corona de oro en la cabeza; pero el rey la miró con dulzura, le presentó la mano y le dijo:

—¿Quieres venir conmigo a mi palacio y ser mi esposa?

—¡Oh, sí! —contestó la joven—, más es preciso que venga conmigo el corzo, no puedo separarme de él.

El rey dijo:

—Permanecerá a tu lado mientras vivas, y no carecerás de nada.

En aquel momento entró el corzo saltando, su hermanita lo ató con la cuerda de juncos, tomó la cuerda en la mano, y salió con él de la casa.

El rey llevó a la joven a su palacio, donde se celebró la boda con gran magnificencia. Desde entonces fue «Su Majestad, la Reina», y vivieron juntos mucho tiempo. El corzo estaba muy bien cuidado y saltaba y corría por el jardín del palacio. Sin embargo, cuando supo su malvada madrastra (que había sido la causa de que los dos niños abandonaran la casa paterna e imaginaba que la hermanita habría sido devorada por las fieras del bosque y que su hermanito, convertido en corzo, habría sido muerto por los cazadores) que eran tan felices y vivían con tanta prosperidad, se despertaron en su corazón el odio y la envidia, que comenzaron a agitarla e inquietarla. Entonces se dedicó a buscar con el mayor cuidado un medio para hundir a los dos en la desgracia. Su hija verdadera, que era tan fea[51] como la noche y sólo tenía un ojo, le reconvenía diciéndole:

—La ventura de llegar a ser reina es a mí a quien pertenece.

—¡No tengas cuidado! —le dijo la vieja, procurando apaciguarla—; cuando sea tiempo, me encontrarás dispuesta a servirte.

En efecto, cuando llegó el momento en que la reina dio a luz un hermoso niño, como el rey estaba de caza, la hechicera adoptó la forma de una doncella, entró en el cuarto en que se hallaba acostada la reina y le dijo:

—Venid, vuestro baño está cerca, os sentará muy bien, y os dará muchas fuerzas; venid pronto, antes de que se enfríe.

Acompañada de su hija, llevó al baño a la reina convaleciente, la dejaron allí y después salieron, cerrando la puerta. Habían tenido cuidado de encender junto al baño un fuego parecido al del infierno, para que la joven reina se asfixiase pronto. Después de esto, tomó la vieja a su hija, le puso un gorro en la cabeza y la acostó en la cama de la reina. Le dio también la forma y las facciones de la reina, pero no pudo ponerle el ojo que había perdido y, para que no lo notase el rey, le mandó que estuviera echada del lado que era tuerta. Cuando a la caída de la tarde volvió el rey de la caza y supo que le había nacido

---

[51] Tan *oscura*.

un hijo, se alegró de todo corazón y quiso ir a la cama de su querida mujer para ver cómo estaba.

Pero la vieja le dijo enseguida:

—¡Por Dios, no abráis las ventanas!; la reina no puede ver la luz todavía, necesita descanso.

El rey se marchó sin sospechar que era una reina fingida la que se hallaba echada en el lecho. Pero cuando dieron las doce de la noche y todos dormían, la nodriza, que estaba en el cuarto del niño cerca de su ama y que era la única que velaba, vio abrirse la puerta y entrar a la verdadera madre. Sacó al niño de la cuna, lo tomó en sus brazos y le dio de mamar. Después le arregló la almohada, volvió a ponerlo en su sitio, y corrió las cortinas. No se olvidó tampoco del corzo; se acercó al rincón donde descansaba y le pasó la mano por la espalda. Salió después sin decir una sola palabra. Al día siguiente, cuando preguntó la nodriza a los guardias si había entrado alguien en palacio durante la noche, le contestaron:

—No, no hemos visto a nadie.

Volvió muchas noches de la misma manera sin pronunciar una sola palabra; la nodriza la veía siempre, pero no se atrevía a hablarle. Al cabo de algún tiempo, la madre comenzó a hablar por la noche y dijo:

¿Qué hace mi hijito? ¿Qué hace mi corcito? Volveré dos veces más, y ya no vendré jamás.

La nodriza no le contestó, pero apenas había desaparecido corrió a contárselo al rey, que dijo:

—¡Dios mío!, ¿qué significa esto? Voy a pasar la próxima noche al lado del niño.

En efecto, fue por la noche al cuarto del niño, y hacia las doce se apareció la madre, que dijo:

¿Qué hace mi hijito? ¿Qué hace mi corcito? Aún volveré otra vez más, y ya no vendré jamás.

Después acarició al niño como hacía siempre, y desapareció. El rey no se atrevió a dirigirle la palabra; pero a la noche siguiente se quedó también en vela. La reina dijo:

¿Qué hace mi hijito? ¿Qué hace mi corcito?

El rey no pudo contenerse más, se lanzó hacia ella y le dijo:

—Tú debes de ser mi querida esposa.

—Sí —le contestó— soy tu mujer querida.

Y en el mismo instante recobró la vida por la gracia de Dios, y se puso tan hermosa y fresca como una rosa. Contó al rey el crimen que habían cometido con ella la malvada hechicera y su hija, y el rey mandó que compareciesen ante su tribunal, que las condenó. A la hija la llevaron a un bosque, donde la despedazaron las bestias salvajes apenas la vieron; y la hechicera fue condenada a la hoguera, donde pereció miserablemente entre las llamas. Apenas la hubo consumido el fuego, volvió el corzo a su forma natural y hermanito y hermanita vivieron felices hasta el fin de sus días.

RAPUNZEL[52]

Érase una vez un matrimonio que deseaba desde hacía mucho tiempo tener un hijo, hasta que al fin dio la mujer esperanzas de que el Señor quería se cumpliesen sus deseos. En la alcoba de los esposos había una ventana pequeña, cuyas vistas daban a un hermoso huerto en el cual se encontraban toda clase de flores y legumbres. Pero se hallaba rodeado de una alta pared y nadie se atrevía a entrar dentro, porque pertenecía a una hechicera muy poderosa y temida por todos. Un día estaba la mujer en la ventana mirando al huerto y vio en él un cuadro plantado de rapónchigos, y la parecieron tan verdes y tan frescos, que sintió antojo por comerlos. Creció su antojo de día en día y, como no ignoraba que no podría satisfacerlo, comenzó a estar triste, pálida y enfermiza. Se asustó el marido y le preguntó:

—¿Qué tienes, querida esposa?

—¡Oh! —le contestó— si no puedo comer rapónchigos de los que hay detrás de nuestra casa, de seguro que me moriré.

El marido, que la quería mucho, pensó para sí: «Antes de consentir que muera mi mujer, le traeré los rapónchigos, y que sea lo que Dios quiera».

Al anochecer, saltó la pared del huerto de la hechicera, agarró en un momento un manojo de rapónchigos y se los llevó a su mujer, que hizo enseguida una ensalada y se los comió con el mayor gusto. Pero le supo tan bien, tan bien, que al día siguiente tenía mucha más gana todavía de volver a comerlos. No podría tener descanso si su marido no iba otra vez al huerto. Por lo tanto, él fue de nuevo al huerto al anochecer, pero se asustó mucho porque estaba en él la hechicera.

—¿Cómo te atreves —le dijo, encolerizada—, a venir a mi huerto y robarme mis rapónchigos como un ladrón? ¿No sabes que puede venirte una desgracia?

---

[52] Rapónchigo o ruiponce.

—¡Ah! —le contestó—, perdonad mi atrevimiento, pero lo he hecho por necesidad. Mi mujer ha visto vuestros rapónchigos desde la ventana y se le han antojado de tal manera que moriría si no los comiese.

La hechicera le dijo entonces, sin enojo:

—Si es así como dices, coge cuantos rapónchigos quieras, pero con una condición: tienes que entregarme el hijo que dé a luz tu mujer. Nada le faltará y le cuidaré como si fuera su madre.

El marido se comprometió a ello con mucha pena, y en cuanto vio la luz su criatura se la presentó a la hechicera, que puso a la niña el nombre de Rapunzel (que significa rapónchigo) y se la llevó. Rapunzel era la criatura más hermosa que ha habido bajo el sol. Cuando cumplió doce años la encerró la hechicera en una torre que había en un bosque, la cual no tenía escalera ni puerta, sino únicamente una ventana muy pequeña y alta. Cuando la hechicera quería entrar se ponía debajo de ella y decía:

Rapunzel, Rapunzel, echa tus cabellos y subiré por ellos.

Pues Rapunzel tenía unos cabellos muy largos y hermosos, y tan finos como el oro hilado. Apenas oía la voz de la hechicera, desataba su trenza, la dejaba caer desde lo alto de su ventana, que se hallaba a más de veinte varas[53] del suelo, y la hechicera subía entonces por ellos. Mas sucedió que trascurridos un par de años, pasó por aquel bosque el hijo del rey y se acercó a la torre en la cual oyó un cántico tan dulce y suave que se detuvo a escucharlo. Era Rapunzel, que pasaba el tiempo en su soledad entreteniéndose en repetir con su dulce voz las más agradables canciones. El hijo del rey hubiera querido entrar, y buscó la puerta de la torre, pero no pudo encontrarla. Se marchó a su casa, pero el cántico había penetrado de tal manera en su corazón, que iba todos los días al bosque a escucharlo. Estaba un día escuchando bajo un árbol, cuando vio que llegaba una hechicera, y le oyó decir:

Rapunzel, Rapunzel, echa tus cabellos y subiré por ellos.

Rapunzel dejó entonces caer su cabellera y la hechicera subió por ella. «Si es esa la escalera por que la se sube —se dijo el príncipe—

---

[53] Más de quince metros.

quiero yo también probar fortuna». Y al día siguiente, cuando empezaba a anochecer, se acercó a la torre y dijo:

Rapunzel, Rapunzel, echa tus cabellos y subiré por ellos.

Enseguida cayeron los cabellos y subió por ellos el hijo del rey. Al principio se asustó Rapunzel cuando vio entrar a un hombre, pues sus ojos no habían visto todavía ninguno. Pero el hijo del rey comenzó a hablarle con la mayor amabilidad, y le contó que su cántico había conmovido de tal manera su corazón, que desde entonces no había podido descansar un sólo instante y se había propuesto verla y hablarle. Desapareció con esto el miedo de Rapunzel y cuando el hombre le preguntó si quería casarse con él, y vio que era joven y buen mozo, pensó entre sí: «Lo querré mucho más que a la vieja hechicera». Le dijo que sí, estrechó su mano con la suya y añadió:

—De buena gana me marcharía contigo, pero ignoro cómo he de bajar. Siempre que vengas tráeme cordones de seda con los cuales iré haciendo una escala, y cuando sea suficientemente larga, bajaré, y me llevarás en tu caballo.

Convinieron en que iría todas las noches, pues la hechicera iba por el día. La vieja no notó nada hasta que Rapunzel le preguntó una vez:

—Dime, abuelita, ¿cómo es que tardas tanto tiempo en subir, cuando el hijo del rey llega en un momento a mi lado?

—¡Ah, pícara! —le contestó la hechicera—; ¡qué es lo que oigo! ¡Yo que creía que te había ocultado de todo el mundo, y me has engañado!

Encolerizada, agarró los hermosos cabellos de Rapunzel, los enrolló un par de veces en su mano izquierda, tomó unas tijeras con la derecha y tris, tras, los cortó. Las hermosas trenzas cayeron al suelo, y llegó a tal extremo el furor de la hechicera, que llevó a la pobre Rapunzel a un páramo, donde la condenó a vivir entre lágrimas y dolores. El mismo día que la hechicera descubrió el secreto de Rapunzel, tomó por la noche los cabellos que le había cortado, los aseguró a la ventana, y cuando vino el príncipe y dijo:

Rapunzel, Rapunzel, echa tus cabellos y subiré por ellos.

Los encontró colgando. El hijo del rey subió entonces, pero no encontró a su querida Rapunzel, sino a la hechicera, que le recibió con la peor cara del mundo.

—¡Hola! —le dijo burlándose—, vienes a buscar a tu queridita, pero el pájaro no está ya en su nido y no volverá a cantar. Lo han sacado de su jaula y tus ojos no lo verán ya más. Rapunzel es cosa perdida para ti, no la encontrarás nunca.

El príncipe sintió el dolor más profundo y en su desesperación se arrojó de la torre. Tuvo la fortuna de no perder la vida, pero las zarzas sobre las que cayó le atravesaron los ojos. Comenzó a andar a ciegas por el bosque, no comía más que raíces y hierbas, y sólo se ocupaba en lamentarse y llorar la pérdida de su querida esposa. Vagó así durante algunos años en la mayor miseria, hasta que llegó al final del páramo donde vivía Rapunzel en continua angustia. Oyó su voz y creyó conocerla; fue derecho hacia ella, la reconoció apenas la hubo encontrado, se arrojó a su cuello y lloró amargamente. Las lágrimas que lavaron sus ojos le devolvieron su antigua claridad y volvió a ver como antes. La llevó a su reino donde fueron recibidos con gran alegría, y vivieron muchos años dichosos y contentos.

LAS TRES HILANDERAS

Allá en aquellos tiempos había una joven muy perezosa que no quería hilar. Su madre se molestaba mucho, pero no podía hacer que trabajase. Un día perdió la paciencia de manera que llegó a pegarla, y su hija se puso a llorar a gritos. En aquel momento pasaba por allí la reina, y al oír los sollozos mandó detener su carruaje y entró en la casa para preguntar a la madre por qué pegaba a su hija con tanta crueldad que se oían en la calle los lamentos de la niña. La mujer, avergonzada, no quiso contarle la pereza de su hija, y le dijo:

—No puedo hacer que suelte el huso ni un sólo instante, quiere estar hilando siempre, y yo soy tan pobre que no puedo darle el lino que necesita.

—Nada me gusta tanto como la rueca —le respondió la reina—; el ruido del huso me encanta. Dejad que me lleve a vuestra hija a mi palacio, yo tengo lino suficiente e hilará todo lo que quiera.

La madre consintió en ello con el mayor placer, y la reina se llevó a la joven. En cuanto llegaron a palacio, la condujo a tres cuartos que estaban llenos hasta arriba de un lino muy hermoso.

—Hílame todo ese lino —le dijo—, y cuando esté concluido, te casaré con mi hijo mayor. No te preocupes por ser pobre, tu amor al trabajo es una dote suficiente.

La joven no contestó, pero en su interior estaba consternada, pues aunque hubiera trabajado trescientos años sin dejarlo desde por la mañana hasta por la noche, no habría podido hilar aquellos enormes montones de estopa. En cuanto se quedó sola, se echó a llorar y permaneció así tres días sin trabajar nada. Al tercero, vino a visitarla la reina y se admiró de ver que no había hecho nada; pero la joven se excusó, alegando su disgusto por verse separada de su madre. La reina aparentó quedar satisfecha con esta excusa, pero le dijo al marcharse:

—Bien, pero mañana es necesario empezar a trabajar.

Cuando se quedó sola la joven, como no sabía qué hacer, se asomó a la ventana. Desde ella vio venir a tres mujeres, la primera de las cuales tenía un pie muy ancho y muy largo, la segunda un labio inferior tan grande y caído que pasaba de la barbilla y la cubría por debajo, y la tercera el dedo pulgar muy largo y aplastado. Se colocaron delante de la ventana, dirigieron sus miradas al interior del cuarto y preguntaron a la joven qué quería. Ella les contó su disgusto y se ofrecieron a ayudarla.

—Si nos prometes convidarnos a tu boda —le dijeron—, llamarnos primas tuyas sin avergonzarte de nosotras, y sentarnos a tu mesa, hilaremos tu lino y concluiremos muy pronto.

—Con mucho gusto —contestó—; entrad y comenzad enseguida.

Introdujo a estas tres extrañas mujeres e hizo un sitio en el primer cuarto para colocarlas, y se pusieron inmediatamente a trabajar. La primera hilaba la estopa y hacía dar vueltas a la rueda; la segunda mojaba el hilo; la tercera lo torcía y lo apoyaba en la mesa con su pulgar, y cada vez que pasaba el dedo echaba una madeja del hilo más fino. Siempre que entraba la reina escondía la joven a sus hilanderas y le enseñaba lo que había hecho, con lo que la reina se llenaba de admiración. En cuanto estuvo vacío el primer cuarto, pasaron al segundo y después al tercero, concluyendo el trabajo en muy poco tiempo. Entonces se marcharon las tres jóvenes y dijeron:

—No olvides tu promesa, que no tendrás de qué arrepentirte.

Cuando la joven enseñó a la reina los cuartos vacíos y el hilo hilado se fijó el día de la boda. El príncipe estaba admirado de tener una mujer tan hábil y trabajadora, y la amaba con ardor.

—Tengo tres primas —le dijo—, que me han hecho mucho bien, y a las que no quiero olvidar en mi felicidad; permitidme convidarlas a mi boda y sentarlas a nuestra mesa.

El príncipe y la reina no pusieron ningún obstáculo. El día de la boda llegaron tres mujeres magníficamente ataviadas, y la novia les dijo:

—Bienvenidas seáis, queridas primas.

—¡Oh! —exclamó el príncipe—, qué primas tan feas tienes.

Se dirigió después a la que tenía el pie ancho:

—¿De qué tienes ese pie tan grande? —le preguntó.

—De hacer dar vueltas a la rueda —le contestó—, de hacer dar vueltas a la rueda.

A la segunda:

—¿De qué tienes ese labio tan caído?

—De haber mojado el hilo, de haber mojado el hilo.

Y a la tercera:

—¿De qué tienes ese dedo tan largo?

—De haber torcido el hilo, de haber torcido el hilo.

El príncipe, asustado al ver aquello, juró que en adelante no volvería su esposa a tocar la rueca, con lo que ella se libró de esa odiosa ocupación.

EL PESCADOR Y SU MUJER

Había una vez un pescador que vivía con su mujer en una choza a la orilla del mar. El pescador iba todos los días a echar su anzuelo, y lo echaba y lo echaba sin cesar.

Estaba un día sentado junto a su caña en la ribera, con la vista dirigida hacia sus límpidas aguas, cuando de repente vio hundirse el anzuelo y bajar hasta lo más profundo. Al sacarlo tenía enganchado un barbo muy grande, que le dijo:

—Te suplico que no me quites la vida. No soy un barbo verdadero, soy un príncipe encantado; ¿de qué te serviría matarme si no así puedo serte de mucho regalo? Échame al agua y déjame nadar.

—Ciertamente no tenías necesidad de hablar tanto —le dijo el pescador—, pues no haré tampoco otra cosa que dejar nadar a sus anchas a un barbo que sabe hablar.

Lo echó al agua y el barbo se sumergió en el fondo, dejando tras sí una larga huella de sangre.

El pescador se fue a la choza con su mujer:

—Marido mío —le dijo—, ¿no has pescado hoy nada?

—No —contestó el marido—; he pescado un barbo que me ha dicho que era un príncipe encantado y le he dejado nadar lo mismo que antes.

—¿No le has pedido nada para ti? —replicó la mujer.

—No —repuso el marido—; ¿y qué había de pedirle?

—¡Ah! —respondió la mujer—; es tan triste, es tan triste vivir siempre en una choza tan sucia e infecta como esta... Hubieras debido pedirle una casa pequeñita para nosotros. Vuelve y llama al barbo, dile que quisiéramos tener una casa pequeñita, pues nos la dará de seguro.

—¡Vaya!, —dijo el marido— ¿y por qué he de volver?

—¿No le has pescado —continuó la mujer—, y dejado nadar como antes? Pues lo harás; ve corriendo.

El marido no hacía mucho caso; sin embargo, fue a la orilla de la mar, y cuando llegó allí la vio toda amarilla y verde. Se acercó al agua y dijo:

Tararira ondino, tararira ondino, hermoso pescado, pequeño vecino, mi pobre Isabel grita y se enfurece, hay que darle lo que se merece.

El barbo avanzó hacia él y le dijo:

—¿Qué quieres?

—¡Ah! —repuso el hombre—, hace poco que te pesqué; mi mujer insiste que hubiera debido pedirte algo. No está contenta con vivir en una choza de juncos, quisiera mejor una casa de madera.

—Puedes volver —le dijo el barbo—, pues ya la tiene.

Volvió el marido y su mujer no estaba ya en la choza. En su lugar había una casa pequeña y su mujer estaba a la puerta sentada en un banco. Le cogió de la mano y le dijo:

—Entra y mira; esto es mucho mejor.

Entraron los dos y hallaron dentro de la casa una bonita sala y una alcoba donde estaba su lecho; un comedor y una cocina con su espetera de cobre y estaño muy reluciente, y todos los demás utensilios completos. Detrás había un patio pequeño con gallinas y patos, y un canastillo con legumbres y frutas en la cocina.

—¿Ves qué bonito es esto? —le dijo la mujer.

—Sí —le dijo el marido—; si vivimos siempre aquí, seremos muy felices.

—Veremos lo que nos conviene —replicó la mujer.

Después cenaron y se acostaron. Continuaron así durante una o dos semanas, pero al fin dijo la mujer:

—Escucha, marido mío: esta casa es demasiado estrecha, ¡y el patio y el huerto son tan pequeños!... En realidad, el barbo hubiera debido darnos una casa mucho más grande. Yo quisiera vivir en un palacio de piedra. Ve a buscar al barbo; es preciso que nos dé un palacio.

—¡Ay!, mujer —replicó el marido—, esta casa es en realidad muy buena; ¿de qué nos serviría vivir en un palacio?

—Ve —dijo la mujer, el barbo puede muy bien hacerlo.

—No, mujer —replicó el marido—, el barbo acaba de darnos esta casa; no quiero volver, temería importunarle.

—Ve —insistió la mujer—, puede hacerlo y lo hará con mucho gusto; ve, te digo.

El marido sentía en el alma dar este paso, y no tenía mucha prisa, pues se decía: «No me parece bien»; pero obedeció. Cuando llegó cerca del mar, el agua tenía un color violeta y azul oscuro, parecía próxima a hincharse. No estaba verde y amarilla como la vez primera; sin embargo, reinaba la más completa calma. El pescador se acercó y dijo:

Tararira ondino, tararira ondino, hermoso pescado, pequeño vecino, mi pobre Isabel grita y se enfurece, hay que darle lo que se merece.

—¿Qué quiere tu mujer? —dijo el barbo.

—¡Ay! —contestó el marido medio turbado—, quiere habitar en un palacio grande de piedra.

—Vete —replicó el barbo—, la encontrarás a la puerta.

Marchó el marido, que creía volver a su morada. Pero cuando se acercaba a ella, vio en su lugar un gran palacio de piedra. Su mujer, que se hallaba en lo alto de las gradas, iba a entrar dentro; le tomó de la mano y le dijo:

—Entra conmigo.

Él la siguió. Tenía el palacio un inmenso vestíbulo, cuyas paredes eran de mármol; numerosos criados abrían las puertas con gran estrépito ante sí; las paredes resplandecían con los dorados y estaban cubiertas de hermosas colgaduras; las sillas y las mesas de las habitaciones eran de oro; de los techos colgaban millares de arañas de cristal, y había alfombras en todas las salas y piezas; las mesas estaban cargadas de los vinos y manjares más exquisitos, hasta el punto que parecía iban a romperse bajo su peso. Detrás del palacio había un patio muy grande, con establos para las vacas y caballerizas para los caballos, y magníficos carruajes. Había además un jardín grande y hermoso, adornado de las flores más bellas y lleno de árboles frutales; y por último, un parque de lo menos una legua de largo[54], donde se veían ciervos, gamos, liebres y todo cuanto se pudiera apetecer.

---

[54] Unos cinco kilómetros.

—¿No es muy hermoso todo esto? —dijo la mujer.

—¡Oh, sí! —repuso el marido—; quedémonos aquí y viviremos muy contentos.

—Ya reflexionaremos —dijo la mujer—, durmamos primero.

Y nuestras gentes se acostaron. A la mañana siguiente despertó la mujer cuando era ya muy de día y vio desde su cama la hermosa campiña que se ofrecía a su vista. El marido se estiró al despertarse, ella le dio con el codo y le dijo:

—Marido mío, levántate y mira por la ventana. ¿Ves?, ¿no podíamos llegar a ser reyes de todo este país? Corre a buscar al barbo y seremos reyes.

—¡Ay, mujer! —repuso el marido—, ¿y por qué hemos de ser reyes?, yo no tengo ganas de serlo.

—Pues si tú no quieres ser rey —replicó la mujer—, yo quiero ser reina. Ve a buscar al barbo, yo quiero ser reina.

—¡Ah, mujer! —insistió el marido—, ¿para qué quieres ser reina? Yo no quiero decirle eso.

—¿Y por qué no? —dijo la mujer—; ve al instante, es preciso que yo sea reina.

El marido fue, pero estaba muy apesadumbrado de que su mujer quisiese ser reina. «No me parece bien, no me parece bien en realidad —pensaba para sí—; no quiero ir». Y sin embargo, fue. Cuando llegó al mar, este estaba de color gris; el agua subía a borbotones desde el fondo a la superficie y tenía un olor fétido. Se adelantó y dijo:

Tararira ondino, tararira ondino, hermoso pescado, pequeño vecino, mi pobre Isabel grita y se enfurece; hay que darle lo que se merece.

—¿Y qué quiere tu mujer? —dijo el barbo.

—¡Ah! —contestó el marido—; quiere ser reina.

—Vuelve, que ya lo es —replicó el barbo.

Partió el marido, y cuando se acercaba al palacio, vio que este era mucho mayor y tenía una torre muy alta decorada con magníficos adornos. A la puerta había guardias de centinela y una multitud de soldados con trompetas y timbales. Cuando entró en el edificio vio por todas partes mármol del más puro, enriquecido con oro; tapices de terciopelo y grandes cofres de oro macizo. Le abrieron las puertas de la sala: toda la corte se hallaba reunida y su mujer estaba sentada en un elevado trono de oro y de diamantes. Llevaba en la cabeza una gran corona de oro; tenía en la mano un cetro de oro puro enriquecido con piedras preciosas, y a su lado estaban colocadas en una doble fila seis jóvenes, cuyas estaturas eran tales, que cada una le llevaba la cabeza a la otra. Se adelantó y dijo:

—¡Ah, mujer!, ¿ya eres reina?

—Sí —le contestó—, ya soy reina.

Se colocó ante ella y la miró, y en cuanto la hubo contemplado un instante, dijo:

—¡Ah, mujer!, ¡qué bueno es que seas reina! Ahora no tendrás ya nada que desear.

—De ningún modo, marido mío —le contestó, muy agitada—; hace mucho tiempo que soy reina, quiero ser mucho más. Ve a buscar al barbo y dile que ya soy reina, pero que necesito ser emperatriz.

—¡Ay, mujer! —replicó el marido—, yo sé que no puede hacerte emperatriz y no me atrevo a decirle eso.

—¡Yo soy reina —dijo la mujer—, y tú eres mi marido! Ve, que si ha podido hacernos reyes, también podrá hacernos emperadores. Ve, te digo.

Tuvo que marchar; pero al alejarse se hallaba turbado y se decía a sí mismo: «No me parece bien. ¿Emperador? Es pedir demasiado y el barbo se cansará». Pensando esto vio que el agua estaba negra y hervía a borbotones, la espuma subía a la superficie y el viento la levantaba soplando con violencia. Se estremeció, pero se acercó y dijo:

Tararira ondino, tararira ondino, hermoso pescado, pequeño vecino, mi pobre Isabel grita y se enfurece, hay que darle lo que se merece.

—¿Y qué quiere? —dijo el barbo.

—¡Ay, barbo! —le contestó—; mi mujer quiere llegar a ser emperatriz.

—Vuelve —dijo el barbo—; lo es desde este instante.

Volvió el marido, y cuando estuvo de regreso, todo el palacio era de mármol pulimentado, enriquecido con estatuas de alabastro y adornado con oro. Delante de la puerta había muchas legiones de soldados, que tocaban trompetas, timbales y tambores; en el interior del palacio los barones y los condes y los duques iban y venían en calidad de simples criados, y le abrían las puertas, que eran de oro macizo. En cuanto entró, vio a su mujer sentada en un trono de oro de una sola pieza y de más de mil pies[55] de alto. Llevaba una enorme corona de oro de cinco codos[56], guarnecida de brillantes y rubíes; en una mano tenía el cetro y en la otra el globo imperial. A un lado estaban sus guardias en dos filas, más pequeños unos que otros; además había gigantes enormes de cien pies de alto y pequeños enanos que no eran mayores que el dedo pulgar.

Delante de ella había una multitud de príncipes y de duques en pie: el marido avanzó por entre de ellos, y le dijo:

—Mujer, ya eres emperatriz.

—Sí —le contestó—, ya soy emperatriz.

Entonces se puso ante ella y comenzó a mirarla, y le parecía que veía al sol. En cuanto la hubo contemplado así un momento, dijo:

—¡Ah, mujer, qué buena cosa es ser emperatriz!

Pero ella permanecía tiesa, muy tiesa y no decía palabra. Al fin exclamó el marido:

—¡Mujer, ya estarás contenta, ya eres emperatriz! ¿Qué más puedes desear?

—Veremos —contestó la mujer.

Fueron enseguida a acostarse, pero ella no estaba contenta; la ambición le impedía dormir y pensaba siempre en ser todavía más[57]. El marido durmió profundamente, había andado todo el día; pero la mujer no pudo descansar un momento. Daba vueltas de un lado a otro durante toda la noche, pensando siempre en ser todavía más, y sin encontrar nada por lo que decidirse. Comenzó a amanecer y cuando percibió la aurora, se incorporó un poco y miró hacia la luz, y al ver entrar por su ventana los rayos del sol... «¡Ah! —pensó—; ¿por qué no he de poder mandar salir al Sol y a la Luna?».

---

[55] Más de trescientos metros. Da idea del gesto exagerado que acompaña a la narración para describir que era inalcanzable.

[56] Más de dos metros. Esta exageración narrativa y la altura posterior de los gigantes (cien pies, o más de treinta metros) parten de la misma idea de la nota anterior.

[57] Es un «fantasma hambriento», figura insaciable de cuerpo gigantesco y boca diminuta que desea más cuanto más tiene.

—Marido mío —dijo empujándole con el codo—, despiértate, ve a buscar al barbo; ¡quiero ser semejante a Dios!

El marido estaba dormido todavía, pero se asustó de tal manera que se cayó de la cama. Creyendo que había oído mal, se frotó los ojos y preguntó:

—¡Ay, mujer! ¿Qué dices?

—Marido mío, si no puedo mandar salir al Sol y a la Luna, si es preciso que los vea salir sin orden mía, no podré descansar y no tendré una hora de tranquilidad, pues estaré siempre pensando en que no puedo mandar que salgan.

Y al decir esto le miró con un ceño tan horrible, que el pescador y emperador sintió que todo su cuerpo se bañaba en un sudor frío.

—Ve al instante, quiero ser semejante a Dios.

—¡Ay, mujer! —dijo el marido arrojándose a sus pies—; el barbo no puede hacer eso; ha podido muy bien hacerte reina y emperatriz, pero te lo suplico, conténtate con ser emperatriz.

Entonces ella se echó a llorar. Sus cabellos volaron en desorden alrededor de su cabeza, despedazó su cinturón y propinó a su marido un puntapié mientras gritaba:

—No puedo, no quiero contentarme con esto; ve al instante.

El marido se vistió rápidamente y echó a correr, como un insensato. Pero la tempestad se había desencadenado y rugía furiosa; las casas y los árboles se movían; pedazos de roca rodaban por el mar, y el cielo estaba negro como la pez. Tronaba, relampagueaba y el mar levantaba olas negras tan altas como campanarios y montañas, y todas llevaban en su cima una corona blanca de espuma. Se puso a gritar, pues apenas podía oír él mismo sus propias palabras:

Tararira ondino, tararira ondino, hermoso pescado, pequeño vecino, mi pobre Isabel grita y se enfurece, hay que darle lo que se merece.

—¿Qué quieres tú, amigo? —dijo el barbo.

—¡Ay! —contestó—, ¡quiere ser semejante a Dios!

—Vuelve, y la encontrarás en la choza.

Y a estas horas viven allí todavía.

EL SASTRECILLO VALIENTE

Una hermosa mañana de verano, un sastrecillo estaba sentado a su mesa cerca de la ventana cosiendo alegremente y con mucha prisa, cuando acertó a pasar por la calle una mujer que voceaba:

—¿Quién compra buena crema? ¿Quién compra buena crema?

Esa palabra, «crema», sonó tan agradablemente a nuestro hombre que, asomando su pequeña cabeza por la ventana, exclamó:

—Aquí, buena mujer, entrad aquí y encontraréis comprador.

Subió cargada con su pesado cesto los tres escalones de la tienda del sastre y tuvo que poner delante de él todos sus cacharros para que los mirase, manejase y oliese el uno después del otro, y terminó por decir:

—Me parece que es buena esta crema; dadme dos onzas, buena mujer, y aunque sea un cuarterón[58].

La vendedora, que había creído hacer un negocio mucho mejor, le dio lo que pedía, pero se fue gruñendo y refunfuñando.

—Ahora —exclamó el sastrecillo—, suplico a Dios que tenga a bien bendecir esta buena crema para que me dé fuerza y vigor.

Tomó la hogaza de pan del armario y cortó una larga rebanada para extender su crema encima.

—¡Qué bien me va a saber! —pensó para sí—, pero antes de comérmela voy a acabar esta chaqueta.

Colocó la tostada a su lado y se puso a coser de nuevo, y era tal su alegría que daba las puntadas cada vez mayores. Pero el olor de la crema atraía las moscas que cubrían la pared y vinieron en gran número a colocarse encima de ella.

—¿Quién os ha llamado aquí? —dijo el sastre para echar a estos huéspedes incómodos.

---

[58] Cantidades pequeñas. Por debajo de sesenta gramos en el primer caso, menos de ciento veinte en el segundo.

Pero las moscas, sin hacerle caso, volvieron en mayor número que antes. Se enfadó entonces, y sacó de su cajón un pedazo de paño:

—Esperad —exclamó—, yo os arreglaré.

Y las golpeó sin piedad. Después del primer golpe, contó las muertas y había nada menos que siete, que estaban con las patas extendidas.

—¡Diablos! —se dijo, admirado de su valor—, parece que soy un valiente. Es necesario que lo sepa toda la ciudad.

Y en su entusiasmo, se hizo un cinturón y bordó encima con letras muy gordas: «Mató siete de un cachete».

—Pero la ciudad es muy pequeña —añadió enseguida—; debe saberlo el mundo entero.

El corazón le saltaba de alegría dentro del pecho, como la cola de un corderillo.

Se puso su cinturón y decidió correr el mundo, pues su tienda le pareció desde entonces un escenario muy pequeño para su valor.

Antes de salir de su casa buscó por toda ella lo que había de llevar, pero no encontró más que un queso rancio que se metió en la bolsa. Delante de la puerta había un pájaro en su jaula, que se metió en la bolsa con el queso. Después, emprendió valerosamente su camino y como era listo y activo, anduvo una semana. Pasó por una montaña, en cuya cumbre había un enorme gigante que miraba tranquilamente a los pasajeros. El sastrecillo se fue derecho a él y le dijo:

—Buenos días, compañero, ¿qué haces ahí sentado? ¿Estás mirando cómo se mueve el mundo a tus pies? Yo me he puesto en camino en busca de aventuras, ¿quieres venir conmigo?

El gigante le contestó con aire de desprecio:

—¡Bribonzuelo, esmirriado!

—¿Cómo te atreves a decirme eso? —exclamó el sastre.

Y desabotonándose el chaleco, le enseñó el cinturón diciendo:

—Lee aquí y verás con quien te las tienes.

El gigante, que leyó «siete de un cachete», se imaginó que eran hombres lo que había matado el sastre y miró con un poco más de respeto a su débil interlocutor. Sin embargo, para probarlo, puso un guijarro en la palma de su mano y lo apretó con tal fuerza que rezumaba agua.

—Ahora —le dijo—, haz lo que yo, si tienes tanta fuerza.

—¿No es más que eso? —dijo el sastre—, pues eso es un juego de niños para mí.

Y metiendo la mano en su bolsillo, sacó el queso que llevaba en él y le apretó en su mano de manera que le sacó todo el jugo que tenía.

—¿Qué te parece? —añadió—; ¿hay alguna diferencia entre los dos?

El gigante no sabía qué decir y no comprendía que un enanillo pudiera tener tantas fuerzas. Asió otro guijarro y lo tiró tan alto que apenas lo distinguía la vista más aguda, y le dijo:

—Vamos, hombrecillo, haz lo que yo.

—Bien tirado —dijo el sastre—, pero la piedra ha caído. Yo voy a tirar otra que no caerá.

Sacó el pájaro que estaba en su bolsillo y lo echó a volar.

El pájaro, contento al verse libre, partió más rápido que una flecha y no volvió más.

—¿Qué dices ahora, camarada? —añadió el sastrecillo.

—Está muy bien hecho —respondió el gigante—; mas quiero ver si cargas tanto como lejos tiras.

Y condujo al sastrecillo delante de una enorme encina que estaba caída en el suelo.

—Si verdaderamente tienes fuerzas —le dijo—, es preciso que me ayudes a levantar este árbol.

—Con mucho gusto —contestó el hombrecillo—, carga tú el tronco a tus espaldas, y yo cargaré con las ramas y la copa, que es lo más pesado.

El gigante se echó el tronco a las espaldas, pero el sastrecillo se sentó en una rama de manera que el gigante, que no podía mirar hacia atrás, llevaba todo el árbol y además al sastre, que se había instalado pacíficamente y cantaba con la mayor alegría: «Iban juntos tres sastres a caballo una tarde...».

Como si hubiera sido para él un juego de niños llevar un árbol. El gigante, agobiado bajo el peso y sin poder resistir más que unos pocos pasos, gritó:

—Mira, voy a tirarlo al suelo.

El hombrecillo saltó muy rápido al suelo y agarró el árbol entre sus brazos como si hubiera llevado lo que le correspondía, y le dijo al gigante:

—Muy flojo eres para ser tan alto.

Continuaron su camino y acertaron a pasar por delante de un cerezo. Agarró el gigante la copa del árbol donde se hallaba la fruta más madura, y doblándola hasta el suelo, se la puso en la mano al sastrecillo para que comiese las cerezas, pero este era demasiado débil para sostenerla, y en cuanto la soltó el gigante el árbol se enderezó y se llevó al sastre consigo. Bajó sin hacerse daño, pero el gigante le dijo:

—¿Qué es eso, no tienes fuerzas para encorvar semejante bagatela?

—No se trata de fuerzas —respondió el sastrecillo—, ¿qué es eso para un hombre que ha derribado siete de un cachete? He saltado por encima del árbol para librarme de las balas, porque allá abajo hay unos cazadores que tiran a los matorrales. Haz tú otro tanto si puedes.

El gigante probó, pero no pudo saltar por encima del árbol y se quedó encerrado en las ramas. Así conservó la ventaja el sastre.

—Puesto que eres un muchacho tan valiente —dijo el gigante—, es preciso que vengas a nuestra caverna y pases la noche con nosotros.

El sastre consintió en ello con mucho gusto. En cuanto llegaron encontraron a otros gigantes sentados cerca de la lumbre, comiéndose cada uno un carnero asado que tenía en la mano. El sastre creyó que el lugar era mucho mayor que su tienda.

El gigante le enseñó su cama y le mandó que se acostase pero, como la cama era demasiado grande para un cuerpo tan pequeño, se acurrucó en un rincón. A la media noche, creyendo el gigante que dormía con un profundo sueño, agarró una barra de hierro y dio un golpe muy grande en medio de la cama, con lo que pensó haber matado decididamente al enano. Los gigantes se levantaron al amanecer y se fueron al bosque. Se habían olvidado del sastre, pero cuando lo vieron salir de la caverna con un aire muy alegre y un tanto descarado se llenaron de miedo y temieron que los matase a todos, y echaron a correr sin esperar más.

Continuó el sastrecillo su viaje. Después de haber andado mucho tiempo, llegó al jardín de un palacio, y como estaba un poco cansado se echó en el musgo y se durmió. Las personas que pasaron por allí se pusieron a mirarle por todos lados y leyeron en su cinturón: «Siete de un cachete».

—¡Ah! —se dijeron entre sí—, ¿qué es lo que viene a hacer este rayo de la guerra aquí en el seno de la paz? Debe ser algún señor muy poderoso.

Fueron a dar parte a su rey, añadiendo que si llegaba a declararse la guerra sería un auxiliar muy eficaz, por lo que había que ponerle de su lado a cualquier precio. Agradó al rey este consejo, y envió a uno de sus cortesanos para que le ofreciera un empleo a su servicio en cuanto despertara. El enviado permaneció de centinela cerca del hombrecillo, y cuando este comenzó a abrir los ojos y a estirarse le hizo la propuesta.

—Con ese objeto he venido —respondió el sastrecillo—, estoy listo para entrar al servicio del rey.

Se lo recibió con toda clase de honores y le designaron una habitación en la Corte. Pero los militares estaban celosos de él y hubieran querido verlo a mil leguas de allí.

—¿En qué vendrá a parar todo esto? —se decían unos a otros.

—Si tenemos alguna pendencia con él, se arrojará sobre nosotros y matará a siete de una vez. Ninguno de nosotros sobrevivirá.

Decidieron acudir al rey y presentarle todos su renuncia.

—No podemos permanecer al lado de un hombre que derriba siete de un cachete —le dijeron.

El rey sintió mucho verse abandonado por todos sus leales servidores y hubiera deseado no haber conocido nunca al que era causa de ello y del que se hubiese deshecho con mucho gusto. Pero no se atrevía a despedirle por temor de que este hombre terrible lo matase, lo mismo que a su pueblo, para apoderarse del trono.

Después de haber pensado mucho en ello, el rey halló una solución. Mandó que se le hiciera al hombrecillo una oferta que no podía dejar de aceptar en su calidad de héroe. En un bosque de aquel país había dos gigantes que cometían toda clase de robos, asesinatos e incendios. Nadie se acercaba a ellos sin temer por su vida. Si conseguía vencerlos y matarlos, el rey le daría su hija única por mujer con la mitad del reino por dote. Para ayudarlo, en caso necesario, pusieron cien caballeros a su disposición. Pensó el sastrecillo que la ocasión de casarse con una princesa tan bella era muy buena y que no se la encontraría todos los días. Declaró que consentía en ir contra los gigantes, pero que para nada quería la escolta de los cien caballeros, pues el que había matado a siete de un cachete no temía a dos adversarios a la vez.

Se puso en marcha seguido de los cien caballeros y, cuando llegó a la entrada del bosque les dijo que le esperaran, que él solo se las arreglaría con los dos gigantes. Después entró en el bosque, mirando alrededor con precaución. Al cabo de un rato distinguió a los dos gigantes. Estaban dormidos bajo un árbol y roncaban con tanta fuerza que hacían encorvarse a las ramas. El sastrecillo llenó sus dos bolsillos de guijarros y subió al árbol sin perder tiempo. Se deslizó por una rama que se adelantaba precisamente por entre los dos gigantes dormidos y dejó caer varios guijarros, uno tras otro, sobre la tripa de uno de ellos. Al principio el gigante no sintió nada, pero al fin despertó, dio un empellón a su compañero y le dijo:

—¿Por qué me pegas?

—Estás soñando —dijo el otro—, yo no te he tocado.

Al poco rato volvieron a dormirse. El sastre tiró entonces una piedra al segundo.

—¿Qué hay? —exclamó este—, ¿qué es lo que has tirado?

—Yo no te he tirado nada, tú sueñas —respondió el primero.

Discutieron por algún tiempo, pero como estaban cansados acabaron por callar y volver a dormirse. Pero el sastre continuó con su juego, y escogiendo el mayor de los guijarros lo tiró con todas sus fuerzas sobre la tripa del primer gigante:

—¡Esto es ya demasiado! —exclamó este, y se levantó furioso y saltó sobre su compañero, que le pagó con la misma moneda.

El combate fue tan terrible, que arrancaban árboles enteros para utilizarlos como armas, y no cesó hasta que ambos quedaron muertos en el suelo. El sastrecillo bajó entonces de su puesto. «Por fortuna —pensó para sí—, no han arrancado también el árbol en que yo me hallaba, pues me hubiera visto obligado a saltar a otro como una ardilla; pero en nuestro oficio todos somos listos».

Sacó la espada, y después de haber dado dos buenos golpes en el pecho a cada uno de ellos volvió a reunirse a su escolta, a la que dijo:

—Ya he terminado. Les he dado el golpe de gracia. El asunto ha estado reñido, querían resistir y hasta han arrancado árboles para tirármelos, pero ¿de qué sirve todo esto contra un hombre como yo, que derriba siete de un cachete?

—¿No estás herido? —le preguntaron los caballeros.

—No —respondió—, no han podido tocarme ni la punta de un cabello.

Los caballeros no quisieron creerlo; entraron en el bosque y encontraron en efecto a los gigantes nadando en su sangre y árboles arrancados por todas partes a su alrededor.

El sastrecillo reclamó la recompensa prometida por el rey, pero este, que se arrepentía de haber empeñado su palabra, buscó un medio para librarse del héroe.

—Hay otra aventura que debes llevar a cabo antes de que consigas a mi hija y la mitad de mi reino —le dijo—. Frecuenta mis bosques un unicornio que hace muchos estragos, es preciso que te apoderes de él.

—Un unicornio me da todavía menos miedo que dos gigantes; siete de un cachete es mi divisa.

Tomó una cuerda y un hacha y entró en el bosque, mandando a los que le acompañaban que lo esperasen fuera. No tuvo que andar mucho tiempo, el unicornio apareció muy pronto y corrió hacia él para herirle.

—Poco a poco —dijo—, la mucha prisa no está en regla.

Permaneció inmóvil hasta que el animal estuvo cerca de él, y entonces se deslizó muy listo detrás del tronco de un árbol. El unicornio, que se había lanzado contra el árbol con todas sus fuerzas, clavó en él tan profundamente el cuerno que le fue imposible sacarlo, y así lo capturó. «El pájaro está en la jaula», se dijo el sastre; salió de su escondrijo, se acercó al unicornio, le pasó la cuerda alrededor del cuello, le partió el cuerno hincado en el árbol a fuerza de hachazos y, cuando hubo acabado, llevó el animal delante del rey.

Pero el rey no podía decidirse a cumplir su palabra y le impuso una tercera condición. Se trataba de apoderarse de un jabalí que hacía grandes estragos en los bosques. Los cazadores del rey tenían orden de ayudarlo. El sastre aceptó diciendo que esto no era más que un juego de niños. Entró solo en el bosque sin que lo sintieran los cazadores, a los que el jabalí había agredido, y muchas veces, de tal manera que no tenían ánimo de volver. En cuanto distinguió al sastre, el jabalí se precipitó hacia él echando espuma y enseñando sus agudos colmillos.

Pero el ligero hombrecillo se refugió en una ermita que había allí cerca y volvió a salir enseguida por la ventana. El jabalí entró detrás de él, pero el sastrecillo volvió en dos saltos y cerró la puerta de modo que la fiera se encontró presa, pues era demasiado pesada y grande para salir por el mismo camino saltando también por la ventana. Después de esta hazaña, llamó a los cazadores para que vieran al prisionero con sus propios ojos y se presentó ante rey, el cual se vio obligado esta vez a darle a pesar suyo su hija y la mitad de su reino. Con mucha más dificultad se hubiera decidido si hubiera sabido que su yerno no era un gran guerrero sino un infeliz sastrecillo. La boda se celebró con mucha magnificencia y poca alegría, y de un sastre se hizo rey.

Algún tiempo después, la joven reina oyó una noche que su marido decía en su sueño:

—Vamos, muchacho, concluye ese chaleco y remienda ese pantalón o si no te doy con la vara entre las orejas.

Comprendió entonces el sitio en que se había educado su marido y al día siguiente fue a quejarse a su padre y suplicarle que la librara de un marido que no era más que un miserable sastre.

Para consolarla le dijo el rey:

—Deja tu cuarto abierto esta noche. Mis criados estarán a la puerta y, en cuanto esté dormido, entrarán y le llevarán cargado de cadenas a un navío que lo conducirá lejos de aquí.

La reina estaba muy contenta, pero un escudero del rey, que lo había oído todo y que amaba al nuevo príncipe, fue y le descubrió la conjura.

—Yo lo arreglaré —le dijo el sastre.

Por la noche se acostó como de costumbre, y cuando su mujer lo creyó profundamente dormido, fue a abrir la puerta y volvió a acostarse a su lado. Pero el hombrecillo, que fingía dormir, se puso a gritar en alta voz:

—Vamos, muchacho, termina ese chaleco o te doy con la vara en las orejas. He derribado siete de un cachete, he matado a dos gigantes, y cazado un unicornio y un jabalí, ¿tendré miedo de gentes que estén ocultas a mi puerta?

Al oír estas últimas palabras se asustaron todos de tal modo que echaron a correr como si hubieran visto al diablo y nadie se atrevió ya a declararse contra él. De esta manera conservó la corona toda su vida.

CENICIENTA

Un hombre rico tenía a su mujer muy enferma, y cuando vio la mujer que se acercaba su fin, llamó a su hija única y le dijo:

—Querida hija, sé piadosa y buena, Dios te protegerá desde el cielo y yo no me apartaré de tu lado y te bendeciré.

Poco después, cerró los ojos y expiró. La niña iba todos los días a llorar al sepulcro de su madre y continuó siendo siempre piadosa y buena. Llegó el invierno y la nieve cubrió el sepulcro con su blanco manto; llegó la primavera y el sol doró las flores del campo, y el padre de la niña se casó de nuevo.

La esposa trajo dos niñas que tenían un rostro muy hermoso, pero un corazón muy duro y cruel; entonces comenzaron muy malos tiempos para la pobre huérfana.

—No queremos que esté ese pedazo de ganso sentada a nuestro lado, que gane el pan que coma, ¡que se vaya a la cocina con la criada!

Le quitaron sus vestidos buenos, le pusieron una saya remendada y vieja y le dieron unos zuecos. «¡Qué sucia está la orgullosa princesa!», decían riéndose, y le mandaron que fuera a la cocina. Tenía que trabajar allí desde por la mañana hasta por la noche; levantarse temprano; traer agua; encender la lumbre; coser y lavar. Además, sus hermanastras le hacían todo el daño posible, se burlaban de ella y hacían que derramase la comida en la lumbre, de manera que tenía que agacharse a buscarla entre las cenizas. Por la noche, cuando estaba cansada de tanto trabajar, no podía acostarse, pues no tenía cama, y la pasaba recostada al lado del hogar. Como siempre estaba llena de polvo y ceniza, le llamaban *Cenicienta*.

Sucedió que su padre fue en una ocasión a una feria y preguntó a sus hijastras lo que querían que les trajese.

—Un bonito vestido —dijo la una.

—Una buena sortija —añadió la segunda.

—Y tú Cenicienta, ¿qué quieres? —le dijo.

—Padre, traedme la primera rama que encontréis en el camino.

El hombre compró a sus dos hijastras hermosos vestidos y sortijas adornadas de perlas y piedras preciosas, y a su regreso, al pasar por un bosque cubierto de verdor, tropezó con su sombrero en una rama de zarza y la cortó. Cuando volvió a su casa dio a sus hijastras lo que le habían pedido y la rama a Cenicienta, que se lo agradeció. Corrió al sepulcro de su madre, plantó la rama en él y lloró tanto que, regada por sus lágrimas, no tardó la rama en crecer y convertirse en un hermoso árbol. Cenicienta iba todos los días tres veces a ver el árbol; lloraba y oraba. Siempre iba a descansar en él un pajarillo, y cuando sentía algún deseo, en el acto le concedía el pajarillo[59] lo que deseaba.

Celebró por entonces el rey unas grandes fiestas, que debían durar tres días, e invitó a ellas a todas las jóvenes del país para que su hijo eligiera la que más le agradase por esposa. Cuando supieron las dos hermanastras que debían asistir a aquellas fiestas, llamaron a Cenicienta y le dijeron:

—Péinanos, límpianos los zapatos y ponles bien las hebillas, pues vamos a una boda al palacio del rey.

Cenicienta las escuchó llorando, pues las hubiera acompañado al baile con mucho gusto, y suplicó a su madrastra que se lo permitiese.

—Cenicienta —le dijo—, estás llena de polvo y ceniza, ¿y quieres ir a una boda? No tienes vestidos ni zapatos, ¿y quieres bailar?

Pero como insistiese en sus súplicas, le dijo por último:

—Se ha caído un plato de lentejas en la ceniza, si las sacas de allí antes de dos horas, vendrás con nosotras.

La joven salió al jardín por la puerta trasera y dijo:

—Tiernas palomas, amables tórtolas, pájaros del cielo, venid todos y ayudadme a sacar las lentejas de la ceniza.

Las buenas en el puchero, las malas en el caldero.

Entraron por la ventana de la cocina dos palomas blancas, y después dos tórtolas y por último comenzaron a revolotear alrededor del hogar todos los pájaros del cielo, que acabaron por bajarse a la ceniza. Las palomas picoteaban con sus piquitos diciendo pi, pi, y los restantes pájaros comenzaron también a decir pi, pi, y pusieron todos los

---

[59] Un hada madrina en otras versiones de *Cenicienta* como la de CHARLES PERRAULT.

granos buenos en el puchero. Aún no había trascurrido una hora, ya estaba todo concluido y se marcharon volando. Llevó entonces la niña llena de alegría el puchero a su madrastra, creyendo que le permitiría ir a la boda, pero esta le dijo:

—No, Cenicienta, no tienes vestido y no sabes bailar, se reirían de nosotras —mas viendo que lloraba añadió—: Si puedes recoger de entre la ceniza dos platos llenos de lentejas en una hora, irás con nosotras.

Creyendo en su interior que Cenicienta no podría hacerlo, vertió los dos platos de lentejas en la ceniza y se marchó, pero la joven salió entonces al jardín por la puerta trasera y volvió a decir:

—Tiernas palomas, amables tórtolas, pájaros del cielo, venid todos y ayudadme a sacar las lentejas de la ceniza.

Las buenas en el puchero, las malas en el caldero.

Entraron por la ventana de la cocina dos palomas blancas, después dos tórtolas, y por último comenzaron a revolotear alrededor del hogar todos los pájaros del cielo, que acabaron por bajarse a la ceniza. Las palomas picoteaban con sus piquitos diciendo pi, pi, y los demás pájaros comenzaron a decir también pi, pi, y pusieron todas las lentejas buenas en el puchero; y aún no había trascurrido media hora cuando ya estaba todo concluido y se marcharon volando. Llevó la niña llena de alegría el puchero a su madrastra, creyendo le permitiría ir a la boda, pero le dijo:

—Todo es inútil, no puedes venir, porque no tienes vestido y no sabes bailar; se reirían de nosotras.

Le volvió entonces la espalda y se marchó con sus orgullosas hijas.

En cuanto quedó sola en casa, fue Cenicienta al sepulcro de su madre, debajo del árbol, y comenzó a decir:

Arbolito pequeño, dame un vestido; que sea de oro y plata, muy bien tejido.

El pájaro le dio entonces un vestido de oro y plata y unos zapatos bordados de plata y seda. Enseguida se puso ella el vestido y se marchó a la boda. Las hermanastras y la madrastra no la reconocieron. Creían que sería alguna princesa extranjera, pues les pareció muy hermosa con su vestido de oro, y ni se acordaban de Cenicienta, pues creían que estaría limpiando lentejas sentada en el hogar. Salió a su encuentro el hijo del rey, tomó su mano y bailó con ella. No permitió que bailase con nadie más, pues no se soltó de su mano, y si se acercaba algún otro a invitarla, le decía:

—Es mi pareja.

Bailó hasta el amanecer[60] y entonces decidió marcharse. El príncipe le dijo:

—Iré contigo y te acompañaré —pues deseaba saber quién era aquella joven.

Pero ella se despidió y saltó al palomar. Entonces aguardó el hijo del rey a que acudiera su padre y le dijo que la doncella extranjera había saltado al palomar. El anciano creyó que debía ser Cenicienta. Trajeron una piqueta y un martillo para derribar el palomar, pero no había nadie dentro. Cuando llegaron a la casa de Cenicienta, la encontraron sentada en el hogar con sus sucios vestidos y un turbio candil ardía en la chimenea, pues Cenicienta había entrado y salido muy ligera en el palomar y corrió hacia el sepulcro de su madre, donde se quitó los hermosos vestidos, que se llevó el pájaro, y después fue a sentarse con su saya gris a la cocina.

Al día siguiente, cuando llegó la hora en que iba a empezar la fiesta y se marcharon sus padres y sus hermanastras, corrió Cenicienta junto al arbolito y dijo:

Arbolito pequeño, dame un vestido; que sea de oro y plata, muy bien tejido.

Le dio entonces el pájaro un vestido mucho más hermoso que el del día anterior. Cuando se presentó en la boda con aquel traje dejó a todos admirados por su extraordinaria belleza. El príncipe, que la estaba aguardando, la tomó de la mano y bailó toda la noche con ella. Cuando iba algún otro a invitarla, él decía:

—Es mi pareja.

---

[60] Hasta la medianoche, en la versión de PERRAULT.

Al amanecer manifestó ella deseos de marcharse, pero el hijo del rey la siguió para ver la casa en que entraba; pero de repente se metió ella en el jardín de detrás de la casa. Había en él un hermoso árbol, muy grande, del cual colgaban hermosas peras; Cenicienta trepó por sus ramas y el príncipe no pudo saber por dónde había ido. Aguardó hasta que vino su padre y le dijo:

—La doncella extranjera se me ha escapado, me parece que ha saltado en el peral.

El padre creyó que debía ser Cenicienta; mandó traer un hacha y derribó el árbol, pero no había nadie en él. Cuando llegaron a la casa, estaba Cenicienta sentada en el hogar, como la noche anterior, pues había saltado por el otro lado del árbol y fue corriendo al sepulcro de su madre, donde dejó al pájaro sus hermosos vestidos y se puso su basquiña gris.

Al día siguiente, cuando se marcharon sus padres y sus hermanastras, fue también Cenicienta al sepulcro de su madre y dijo al arbolito:

Arbolito pequeño, dame un vestido; que sea de oro y plata, muy bien tejido.

Le dio entonces el pájaro un vestido que era mucho más hermoso y magnífico que ninguno de los anteriores, y los zapatos eran completamente de oro[61]. Cuando se presentó en la boda con aquel vestido, nadie tenía palabras para expresar su asombro; el príncipe bailó toda la noche con ella y cuando se acercaba alguno a invitarla, le decía:

—Es mi pareja.

Al amanecer se empeñó en marcharse Cenicienta, y el príncipe en acompañarla; pero se escapó ella con tal ligereza que no pudo seguirla. El hijo del rey había mandado untar toda la escalera de pez y se quedó pegado en ella el zapato izquierdo de la joven; lo levantó el príncipe y vio que era muy pequeño, bonito y todo de oro. Al día siguiente fue a ver al padre de la Cenicienta y le dijo:

—He decidido sea mi esposa aquella a la que venga bien este zapato de oro.

---

[61] De cristal en otras versiones.

Se alegraron mucho las dos hermanas, porque tenían los pies muy bonitos. La mayor entró con el zapato en su cuarto para probárselo, su madre estaba a su lado, pero no podía ponérselo porque sus dedos eran demasiado largos y el zapato muy pequeño. Al verlo, le dijo su madre alcanzándole un cuchillo:

—Córtate los dedos, pues cuando seas reina no irás nunca a pie.

La joven se cortó los dedos; metió el pie en el zapato, ocultó su dolor y salió a reunirse con el hijo del rey, que la subió a su caballo como si fuera su novia y se marchó con ella. Pero tenían que pasar al lado del sepulcro de la primera mujer de su padrastro, en cuyo árbol había dos palomas, que comenzaron a decir.

No sigas más adelante, detente a ver un instante, que el zapato es muy pequeño y esa novia no es su dueño.

El príncipe se detuvo, le miró los pies y vio correr la sangre. Dio la vuelta a su caballo, condujo a su casa a la novia fingida y dijo no era la que había pedido, que se probase el zapato la otra hermana. Entró esta en su cuarto y el pie se le metió bien por delante, pero el talón era demasiado grueso. Entonces su madre le dio un cuchillo y le dijo:

—Córtate un pedazo del talón, pues cuando seas reina, no irás nunca a pie.

La joven se cortó un pedazo de talón, metió un pie en el zapato, y ocultando el dolor, salió a ver al hijo del rey, que la subió en su caballo como si fuera su novia y se marchó con ella. Cuando pasaron delante del árbol estaban en él las dos palomas, que comenzaron a decir:

No sigas más adelante, detente a ver un instante, que el zapato es muy pequeño y esa novia no es su dueño.

Se detuvo, le miró los pies, y vio correr la sangre. Dio la vuelta a su caballo y condujo a su casa a la novia fingida.

—Tampoco es esta la que busco —y dijo—: ¿Tenéis otra hija?

—No —contestó el marido—, de mi primera mujer tuve una pobre chica, a que llamamos Cenicienta porque está siempre en la cocina, pero esa no puede ser la novia que buscáis.

El hijo del rey insistió en verla, pero la madre le replicó:

—No, no, está demasiado sucia para atreverme a enseñarla.

Sin embargo, se empeñó el príncipe en que saliera y hubo que llamar a Cenicienta. Se lavó primero la cara y las manos, y salió después a presencia del príncipe, que le dio el zapato de oro. Se sentó ella en su banco, sacó su pie del pesado zueco y se puso el zapato, que le venía perfectamente. Cuando se levantó y le vio el príncipe la cara, reconoció a la hermosa doncella que había bailado con él y dijo:

—Esta es mi verdadera novia.

La madrastra y las dos hermanastras se pusieron pálidas de ira, pero él subió a Cenicienta en su caballo y se marchó con ella; y cuando pasaban por delante del árbol, dijeron las dos palomas blancas:

Sigue, príncipe, sigue adelante sin parar un sólo instante, pues ya encontraste el dueño del zapatito pequeño.

Después de decir esto, echaron a volar y se posaron en los hombros de Cenicienta, una en el derecho y otra en el izquierdo.

Cuando se celebró la boda, fueron las falsas hermanas a acompañarla y tomar parte en su felicidad. Al dirigirse los novios a la iglesia, iba la mayor a la derecha y la menor a la izquierda, y las palomas que llevaba Cenicienta en sus hombros picaron a la mayor en el ojo derecho y a la menor en el izquierdo, de modo que picaron a cada una un ojo. A su regreso se puso la mayor a la izquierda y la menor a la derecha, y las palomas picaron a cada una en el otro ojo, quedando ciegas toda su vida por su falsedad y su envidia.

LOS MÚSICOS DE BREMEN

Un pobre labrador tenía un asno que le había servido lealmente durante muchos años, pero cuyas fuerzas se habían debilitado de manera que ya no servía para el trabajo. El amo pensó en desollarle para aprovechar la piel, pero el asno, comprendiendo que el viento soplaba de mala parte, se escapó y tomó el camino de Bremen.

—Allí podré hacerme músico de la municipalidad —dijo.

Después de haber andado por algún tiempo encontró en el camino a un perro de caza, que ladraba como un animal cansado tras una larga carrera.

—¿Por qué ladras así, camarada? —le dijo.

—¡Ay! —contestó el perro—, porque soy viejo, voy perdiendo fuerzas de día en día, y no puedo ir a cazar; mi amo ha querido matarme y yo he puesto patas en polvorosa; pero ¿cómo me arreglaré para buscarme la vida?

—No tengas cuidado —repuso el asno—, yo voy a Bremen para hacerme músico de la ciudad; ven conmigo y procura que te reciban también en la banda. Yo tocaré la trompa, y tú tocarás los timbales.

El perro aceptó y continuaron juntos el camino. Un poco más adelante encontraron a un gato echado en el camino con una cara muy triste, porque hacía tres días que estaba lloviendo.

—¿Qué tienes, viejo bigotudo? —le dijo el asno.

—Cuando está en peligro la cabeza, no tiene uno muy buen humor —respondió el gato—. Como mi edad es algo avanzada, mis dientes están un poco gastados y me gusta más dormir junto al hogar que correr tras los ratones, mi amo ha querido matarme. Me he salvado a tiempo; pero, ¿qué he de hacer ahora?, ¿adónde he de ir?

—Ven con nosotros a Bremen, tú entiendes muy bien la música nocturna y te harás músico de la municipalidad como nosotros.

Agradó al gato el consejo y partió con ellos. Nuestros viajeros pasaron muy pronto por delante de un corral, encima de cuya puerta había un gallo que cantaba con todas sus fuerzas.

—¿Por qué gritas de esa manera? —dijo el asno.

—Estoy anunciando el buen tiempo —contestó el gallo—. Como mañana es domingo, hay una gran comida en casa y el ama, sin la menor compasión, le ha dicho a la cocinera que con el mayor gusto me comerá con arroz. Esta noche tiene que retorcerme el pescuezo. Así que he gritado con todas mis fuerzas, no sin cierta satisfacción, viendo que respiro todavía.

—Cresta roja —dijo el asno—; vente con nosotros a Bremen; en cualquier parte encontrarás algo que sea mejor que la muerte. Tú tienes buena voz, y cuando cantemos juntos haremos un concierto admirable.

Agradó al gallo la propuesta y echaron a andar los cuatro juntos; pero no podían llegar en aquel día a la ciudad de Bremen. Al caer la tarde pararon en un bosque, donde decidieron pasar la noche. El asno y el perro se colocaron debajo de un árbol muy grande; el gato y el gallo subieron a su copa, pero el gallo voló un poco más para colocarse en lo más elevado, donde se creía más seguro. Antes de dormirse, cuando paseaba sus miradas hacia los cuatro vientos, le pareció ver a lo lejos como una luz y dijo a sus compañeros que debía haber alguna casa cerca, pues se distinguía bastante claridad.

—Siendo así —contestó el asno—, desalojemos y marchemos aprisa hacia ese lado, pues esta posada no es muy de mi gusto.

A lo cual añadió el perro:

—En efecto, no me vendrían mal algunos huesos con su poco de carne.

Se dirigieron hacia el punto de donde salía la luz. No tardaron en verla brillar y agrandarse, hasta que al fin llegaron a una casa de ladrones muy bien iluminada.

El asno, que era el más grande de todos, se acercó a la casa y miró adentro.

—¿Qué ves, rucio? —le preguntó el gallo.

—¿Que qué veo? —dijo el asno—: Una mesa llena de manjares y botellas y alrededor unos ladrones, que según parece no se dan mal trato.

—¡Qué buen negocio sería ese para nosotros! —añadió el gallo.

—De seguro —repuso el asno—; ¡ah, si estuviéramos dentro!

Comenzaron a idear un medio para echar de allí a los ladrones y al fin lo encontraron. El asno se puso debajo, colocando sus patas delanteras sobre el poyo de la ventana; el perro se montó sobre la espalda del asno; el gato trepó encima del perro, y el gallo voló y se colocó encima de la cabeza del gato. Colocados de esta manera, comenzaron todos su música a una señal convenida. El asno comenzó a rebuznar, el perro a ladrar, el gato a maullar y el gallo a cantar; después se precipitaron por la ventana dentro del cuarto rompiendo los vidrios, que volaron en mil pedazos. Los ladrones, al oír aquel espantoso ruido, creyeron que entraba en la sala algún espectro y escaparon asustados al bosque. Entonces los cuatro compañeros se sentaron a la mesa, se arreglaron con lo que quedaba y comieron como si debieran ayunar un mes.

Apenas hubieron concluido los cuatro instrumentistas, apagaron las luces y buscaron un sitio para descansar, cada uno conforme a su gusto. El asno se acostó en el estiércol; el perro detrás de la puerta; el gato en el hogar, cerca de la ceniza caliente; el gallo en una viga; y como estaban cansados de su largo viaje no tardaron mucho en dormirse. Después de media noche, cuando los ladrones vieron desde lejos que no había luz en la casa y que todo parecía tranquilo, les dijo el capitán:

—No hemos debido dejarnos derrotar de esa manera.

Y mandó a uno de los suyos a que fuese a ver lo que pasaba en la casa. El enviado lo halló todo tranquilo; entró en la cocina y fue a encender la luz; agarró una pajita y como los inflamados y brillantes ojos del gato le parecían dos ascuas, acercó a ellos la pajita para encenderla; pero como el gato no entendía de bromas, saltó a su cara y lo arañó, bufando. Lleno de un horrible miedo corrió nuestro hombre para huir hacia la puerta, mas el perro, que estaba echado detrás de ella, se tiró a él y le mordió una pierna; cuando pasaba por el corral al lado del estiércol, le soltó un par de coces el asno; mientras el gallo, despierto con el ruido y alerta ya, gritaba: ¡qui-qui-ri-quí! —desde lo alto de la viga.

El ladrón corrió a toda prisa hacia donde estaba su capitán y le dijo:

—Hay en nuestra casa una horrorosa hechicera que me ha arañado bufando con sus largas uñas; junto a la puerta se halla un hombre armado con un enorme cuchillo, que me ha atravesado la pierna; se ha aposentado en el patio un monstruo negro que me ha aporreado con los golpes de su maza; y en lo alto del techo se ha colocado el juez que gritaba: «¡Traédmele aquí, traédmele aquí, delante de mí!», por lo que he creído que debía huir.

Desde entonces no se atrevieron los ladrones a entrar más en la casa, y los cuatro músicos de Bremen se hallaban tan bien en ella que no quisieron abandonarla.

LOS TRES PELOS DE ORO DEL DIABLO

Había una mujer que dio a luz un hijo que nació de pie, por lo que le predijeron que a los catorce años se casaría[62] con la hija del rey. Por los mismos días pasó el rey por aquella aldea sin que nadie le conociese, y preguntando lo que había de nuevo, le respondieron que acababa de nacer un niño de pie, y que todo lo que emprendiese le saldría bien, y que le habían vaticinado que cuando tuviera catorce años se casaría con la hija del rey. El rey tenía muy mal corazón, y esta predicción lo incomodó. Fue a buscar a los padres del recién nacido y les dijo en tono amistoso:

—Vosotros sois pobres, dadme a vuestro hijo y yo cuidaré de él.

Se negaron, desde luego, mas el forastero les ofreció mucho oro y se dijeron a sí mismos: «Puesto que el niño ha nacido de pie, todo lo que le suceda será por su bien». Y acabaron por ceder y entregar a su hijo.

El rey lo puso en una caja y le llevó a orillas de un río, donde lo arrojó pensando que libraba a su hija de un amante con el que no contaba. Pero en vez de irse a fondo, la caja comenzó a flotar como un barquichuelo sin que entrase en ella ni una sola gota de agua; la corriente la arrastró hasta dos leguas más allá de la capital y se detuvo junto a la esclusa de un molino. Un criado del molinero, que se hallaba allí por casualidad, la vio y la sacó con un garfio, esperando encontrar al abrirla grandes tesoros, pero se halló con un niño muy bonito, despierto y alegre[63]. Lo llevó al molino y el molinero y su mujer, que no tenían hijos, lo recibieron como si se lo hubiera enviado Dios. Trataron muy bien al huerfanito, que creció en su casa en fuerzas y en buenas cualidades.

---

[62] La expectativa de vida de la época era mucho más baja que la actual, era considerado normal contraer matrimonio a edad tan temprana.

[63] Reflejo de la historia del profeta bíblico Moisés, entregado al Nilo en una cesta y encontrado vivo por la hija del Faraón, que se lo llevó a palacio para criarlo.

Sorprendido un día el rey por una tempestad, entró en el molino y preguntó al molinero si era hijo suyo aquel joven.

—No, señor —le contestó—, es un expósito que hemos encontrado en una caja que arrastró el agua hasta la esclusa del molino hará unos catorce años, mi criado lo sacó del agua.

El rey supo entonces que este era el niño que había nacido de pie y que él arrojó al río.

—Buenas gentes —les dijo—; ¿no podría este joven llevar una carta de parte mía a la reina? Le daré dos monedas de oro por su trabajo.

—Lo que mande Vuestra Majestad —le contestaron.

Y le dijeron al joven que se preparase para ponerse en camino. El rey envió a la reina una carta en que la mandaba prender al portador, darle muerte y enterrarlo, de manera que a su regreso él lo encontrase hecho todo. El muchacho se puso en camino con la carta, pero se extravió y llegó por la noche a un bosque muy espeso. A lo lejos distinguió una débil luz en medio de las tinieblas, se dirigió hacia aquel lado y llegó a una casita pequeña, donde se encontró una vieja sentada junto al hogar. Sorprendida al ver al joven, le dijo aquella mujer:

—¿De dónde vienes y qué quieres?

—Vengo del molino —respondió—, llevo una carta a la reina, me he perdido en el camino y quisiera pasar la noche aquí.

—Desgraciado joven —le replicó la mujer—, has caído en una cueva de ladrones, y si te encuentran aquí morirás sin remedio.

—A Dios gracias —dijo el joven—, no tengo miedo, y además estoy tan cansado que me es imposible ir más lejos.

Se echó en un banco y se durmió. Poco después llegaron los ladrones y preguntaron enfadados por qué se hallaba allí aquel forastero.

—¡Ah! —dijo la vieja—, es un pobre niño que se ha perdido en el bosque y lo he recibido por compasión, lleva una carta a la reina.

Los ladrones pidieron la carta para leerla y vieron que contenía la orden de dar muerte al portador. A pesar de la dureza de su corazón se compadecieron del pobre diablo, el capitán rompió la carta y puso otra en su lugar en la que decía que tan pronto como llegase se casara el joven con la hija del rey. Después los ladrones lo dejaron dormir en el banco hasta la mañana siguiente, y en cuanto despertó le entregaron la carta y le enseñaron el camino.

Apenas recibió la carta ejecutó la reina lo que se decía en su contenido, se celebraron las bodas con magnificencia, la hija del rey se casó con el niño nacido de pie y, como era guapo y amable, vivía a gusto con él. Algún tiempo después volvió el rey a su palacio y vio que se había cumplido la predicción y que el niño nacido de pie se había casado con su hija.

—¿Cómo habéis hecho eso? —dijo—, yo había dado en la carta una orden muy diferente.

La reina le enseñó la carta y le dijo que podía ver lo que contenía. La leyó el rey y vio que habían cambiado la suya. Preguntó al joven lo que había hecho de la carta que le había entregado, y por qué había dado otra.

—No sé nada de eso —replicó el joven—, a menos que la hayan cambiado la noche que pasé en el bosque.

El rey, encolerizado, le dijo:

—Esto no puede quedar así, el que pretenda a mi hija debe traerse del infierno tres pelos de oro de la cabeza del diablo. Tráemelos, y entonces te pertenecerá mi hija.

Al darle esta comisión, el rey creía que no volvería jamás. El joven le respondió:

—No tengo miedo del diablo, iré a buscar los tres pelos de oro.

Y se despidió del rey y se puso en camino. Llegó al poco tiempo ante una gran ciudad, a cuya puerta le preguntó el centinela cuál era su estado y lo que sabía.

—Lo sé todo —le respondió.

—Entonces —dijo el centinela—, haz el favor de decirnos por qué se ha secado la fuente de nuestro mercado, que antes daba siempre vino y ya no mana más que agua.

—Esperad —le respondió—, y os lo diré a mi regreso.

Más lejos, llegó ante otra ciudad, el centinela de la puerta le preguntó cuál era su estado y lo que sabía.

—Todo —le contestó.

—Entonces haz el favor de decirnos por qué no produce ya ni siquiera hojas el árbol grande de nuestra ciudad, que antes daba siempre manzanas de oro.

—Esperad —le respondió—, y os lo diré a mi regreso.

Más lejos todavía llegó ante un ancho río que necesitaba cruzar. El barquero le preguntó su estado y lo que sabía.

—Todo —le respondió.

—Entonces —dijo el barquero—, haz el favor de decirme si voy a permanecer siempre en este puesto sin ser relevado nunca.

—Espera —le contestó—, y te lo diré a mi regreso.

Al otro lado del agua encontró la boca del infierno, que estaba negra y llena de humo. El diablo no se hallaba en su casa, pero encontró a su patrona, que estaba sentada en un sillón grande.

—¿Qué quieres? —le preguntó, con un tono bastante dulce.

—Necesito tres pelos de oro de la cabeza del diablo, sin lo cual no puedo vivir con mi mujer.

—Mucho pedir es eso —le dijo—, y si el diablo te ve cuando entre pasarás un rato muy malo, sin embargo, tengo interés por ti y voy a procurar ayudarte.

Lo convirtió en hormiga y le dijo:

—Ocúltate entre los pliegues de mi vestido, aquí estarás seguro.

—Gracias —le contestó—; creo que esto va bien; pero necesito además saber tres cosas: por qué de una fuente que manaba siempre vino, no mana ya ni siquiera agua; por qué un árbol que daba manzanas de oro, no produce ya ni siquiera hojas; y si cierto barquero debe permanecer siempre en su puesto sin ser relevado nunca.

—Esas son tres preguntas muy difíciles pero no tengas cuidado, presta atención a lo que diga el diablo cuando le arranque los tres pelos de oro.

Por la noche volvió el diablo a su casa[64] y, apenas había entrado, notó un olor extraño.

—¿Qué hay aquí de nuevo? —dijo—; huele a carne humana.

Registró todos los rincones, pero sin encontrar nada, y la patrona le armó una pelea.

—Acabo de barrer y de arreglarlo todo —le dijo—, y vas a desarreglarlo; siempre estás oliendo a carne humana, siéntate y cena.

Como estaba cansado, en cuanto cenó puso la cabeza sobre las rodillas de la patrona y le dijo que le espulgase un poco, pero no tardó en dormirse y roncar. La vieja cogió un pelo de oro, lo arrancó y lo puso a su lado.

---

[64] El diablo es presentado aquí en una llamativa imagen doméstica.

—¡Ay! —exclamó el diablo—, ¿qué haces?

—He tenido un mal sueño —dijo la patrona—, y te he agarrado del pelo.

—¿Qué has soñado? —le preguntó el diablo.

—He soñado que la fuente de un mercado que manaba siempre vino, se ha secado y no da ya ni siquiera agua; ¿cuál puede ser la causa?

—¡Ah, si lo supieran! —contestó el diablo—; hay un sapo en la fuente debajo de una piedra, no tienen más que matarlo y volverá a manar vino.

La patrona se puso a espulgarle otra vez. Él volvió a dormirse y comenzó a roncar. Entonces le arrancó el segundo pelo.

—¡Ay! ¿qué haces? —exclamó el diablo, encolerizado.

—No te muevas —le respondió—, es un sueño que he tenido.

—¿Qué has soñado? —le preguntó.

—He soñado que en cierto país hay un árbol que daba antes manzanas de oro y ahora no tiene ni siquiera hojas; ¿cuál puede ser el motivo?

—¡Oh, si lo supieran! —replicó el diablo—; hay un ratón que seca la raíz, no tienen más que matarlo y el árbol volverá a producir manzanas de oro, pero si continúa royéndola se secará por completo. Ahora dejadme en paz tú y tus sueños. Si me vuelves a despertar te daré un bofetón.

La patrona lo pacificó y volvió a espulgarle hasta que se durmió y comenzó a roncar. Entonces le arrancó el tercer pelo de oro. El diablo se levantó gritando y quería pegarle, pero ella supo engañarle diciéndole:

—¿Quién puede librarse de un mal sueño?

—¿Qué has soñado ahora? —le preguntó con curiosidad.

—He soñado con un barquero que se queja de estar pasando siempre el río con su barca sin que lo reemplace nunca nadie.

—¡Ah, el tonto! —repuso el diablo—; no tiene más que poner el remo en la mano al primero que vaya a pasar el río y quedará libre, viéndose el otro obligado a servir a su vez de barquero.

Como la patrona le había arrancado los tres cabellos de oro y había sabido las tres respuestas que quería saber, lo dejó en paz y él se durmió hasta la mañana siguiente. Apenas hubo salido el diablo de la casa, buscó la vieja a la hormiga entre los pliegues de su vestido, y volvió al joven su forma humana.

—Ahí tienes los tres cabellos —le dijo—. ¿Has oído bien las respuestas del diablo a tus tres preguntas?

—Muy bien —respondió—, no las olvidaré.

—Entonces ya no tienes de qué preocuparte —le dijo— y puedes seguir tu camino.

Dio gracias a la vieja por lo bien que le había ayudado y salió del infierno muy contento de haber tenido tan buena fortuna. Cuando llegó donde estaba el barquero se hizo pasar al otro lado antes de darle la respuesta prometida, y entonces le dio el consejo del diablo.

—No tienes más que poner el remo en la mano al primero que venga a pasar el río[65].

Poco después llegó a la ciudad donde se hallaba el árbol estéril; el centinela esperaba también su respuesta.

—Mata al ratón que roe las raíces —le dijo—, y volverán a nacer las manzanas de oro.

El centinela le dio en agradecimiento dos asnos cargados de este metal precioso[66]. Tocó, por último, en la ciudad cuya fuente estaba seca y le dijo al centinela:

—En la fuente, debajo de la piedra, hay un sapo; buscadlo y matadlo, y volverá a correr el vino en abundancia.

El centinela le dio las gracias y además dos asnos cargados de oro.

El niño nacido de pie llegó por último donde se hallaba su mujer, que se regocijó de todo corazón por su regreso, y sobre todo al saber que todo le había salido bien. Entregó al rey los tres pelos de oro del diablo; el rey quedó muy satisfecho al ver los cuatro asnos cargados de oro y le dijo:

—Ahora has cumplido ya con todas las condiciones, y mi hija es tuya. Pero, querido hijo mío, dime, ¿de dónde has sacado tanto oro? Pues has traído un verdadero tesoro.

—Lo he encontrado —le contestó—, cerca de un río que he atravesado; es la arena que hay en aquella orilla.

---

[65] A observar la astucia del joven, que responde una vez ya cruzado el río para evitar ser él quien reciba el remo del barquero.

[66] Puede parecer una incongruencia del cuento el que un centinela disponga de tales riquezas, si bien el centinela pudiera ser simplemente el encargado de la entrega de las mismas, o bien el símbolo de algo de mucho mayor alcance.

—¿Podría yo hacerme con otro tanto? —le preguntó el rey, que era muy avaro.

—Y mucho más —le respondió—; hay un barquero, dirigíos a él para pasar el río y podréis llenar todos los sacos que llevéis.

El avaro monarca se puso enseguida en camino y al llegar a la orilla del río hizo señal al barquero para que arrimase la barca. El barquero lo hizo entrar, y en cuanto estuvieron al otro lado le puso el remo en la mano y saltó fuera. El rey quedó así de barquero en castigo de sus pecados.

—¿Sigue siéndolo todavía?

—¡Ah! sin duda, puesto que nadie le ha tomado el remo.

LA MESA, EL ASNO Y LA VARA MARAVILLOSA

Había una vez un sastre que tenía tres hijos y una cabra. Como la cabra daba leche para toda la familia, era necesario procurar que tuviera buen pasto y llevarla al campo todos los días. Los hijos se hallaban obligados a ello y lo hacían por turno. Un día la llevó el mayor al cementerio, donde había yerba muy crecida que comió con extraordinaria alegría, dando muchos saltos. Cuando volvían a casa al anochecer, preguntó el mancebo.

—¿Has comido, cabra?

A lo que la cabra contestó:

Estoy atascada, saciada. ¡Baah!, ¡baah!

—Vamos a casa —dijo el joven—, y cogiéndola por la cuerda la llevó al establo, donde la ató.

—¿Ha comido la cabra todo lo que quería? —dijo el sastre viejo.

—Sí —contestó el hijo—, está atascada y saciada.

Mas queriendo el padre asegurarse por sí mismo, fue al establo y se puso a acariciar a su querido animal, diciéndole.

—¿Cabrita, has comido bien?

La cabra le contestó:

¿Cómo había de comer, si no he hecho más que correr sin hallar una hoja que pacer? ¡Beeh!, ¡beeh!

—¡Pero, qué oigo! —dijo el sastre, que salió del establo y regañó a su hijo.

—¡Embustero!, ¿pues no me has dicho que la cabra estaba harta y ha vuelto en ayunas?

Asió encolerizado la vara de medir y lo echó de la casa dándole de palos. Al día siguiente tocaba la vez al hijo segundo, que buscó a lo largo del cercado del jardín un lugar bien provisto de yerba, de la que la cabra cortó hasta el último tallo. Por la noche, cuando había que regresar, le preguntó:

—¿Has comido, cabra?

A lo que la cabra contestó:

Estoy atascada, saciada. ¡Baah!, ¡baah!

—Vamos a casa —dijo el joven, y la llevó al establo, donde la ató.

—¿Ha comido la cabra todo lo que necesitaba? —dijo el sastre.

—¡Claro que sí! —contestó el hijo—, está atascada y saciada.

El sastre, que era aficionado a verlo todo por sí mismo, fue al establo y preguntó.

—¿Cabrita, has comido bien?

A lo que respondió la cabra:

¿Cómo había de comer, si no he hecho más que correr sin hallar una hoja que pacer? ¡Beeh!, ¡beeh!

—¡Miserable! —exclamó el sastre—, ¡dejar en ayunas a animal tan bueno!

Y puso también en la calle a palos a su hijo segundo. Le tocó al hijo menor al día siguiente, y para hacer bien las cosas buscó sotos provistos de buenas yerbas en los que puso a comer a la cabra. Por la noche, cuando era hora de volver, le preguntó.

—¿Has comido, cabra?

A lo que la cabra contestó:

Estoy atascada, saciada, ¡Baah!, ¡baah!

—Vamos a casa —dijo el joven, y la llevó al establo y la ató.

—¿Ha comido la cabra todo lo que necesitaba? —preguntó el sastre.

—Sí —contestó el hijo—, está atascada y saciada.

Pero el sastre, que no tenía confianza, fue al establo y preguntó.

—¿Has comido bien, cabrita?

Pero el malvado animal contestó:

¿Cómo había de comer si no he hecho más que correr sin hallar una hoja que pacer? ¡Beeh!, ¡beeh!

—¡Raza de embusteros! —gritó el sastre—, tan malos y tan desalmados unos como otros; ¡pero ya no me engañaréis más!

Y fuera de sí por la cólera, molió a su hijo a palos con la vara de medir de manera que el joven escapó a su vez de la casa paterna. El sastre se quedó entonces sólo con su cabra. Al día siguiente fue al establo, se puso a acariciarla y le dijo:

—Ven, querida cabrita, voy a llevarte a pacer yo mismo.

Asió la cabra y la llevó a unos prados llenos de verde, a sitios donde brotaba la yerba con mil hojas y a otros lugares que agradan a las cabras.

—Hoy —le dijo—, puedes sacar la tripa de mal año.

Y la dejó que paciera hasta la noche. Entonces le preguntó.

—¿Has comido, cabra?

A lo que ella contestó:

Estoy atascada, saciada, ¡Baah!, ¡baah!

—Vamos a casa —dijo el sastre, y la llevó al establo, donde la ató. Al salir repitió su pregunta.

—¿Has comido bien hoy?

Pero la cabra no se portó mejor con el padre de lo que se había portado con los hijos:

¿Cómo había de comer si no he hecho más que correr sin hallar una hoja que pacer? ¡Beeh!, ¡beeh!

Se sorprendió el sastre al oír eso y comprendió que había echado a sus hijos de su casa injustamente.

—Espera, ingrato animal —dijo—, echarte así sería muy poco, quiero marcarte de manera que no te atrevas jamás a presentarte delante de ningún honrado sastre.

En el mismo instante asió la navaja de afeitar, dio jabón a la cabra en la cabeza y se la dejó tan lisa como la palma de la mano. Como la vara era demasiado hermosa para gastarla en ella, asió su látigo y le dio tales latigazos que la cabra echó a correr dando saltos prodigiosos. El sastre se vio solo en su casa y empezó a enfadarse. Hubiera querido llamar a sus hijos, pero nadie sabía lo que les había sucedido.

El mayor se había puesto de aprendiz en casa de un ebanista. Aprendió el oficio con aplicación, y cuando terminó el tiempo de su contrato quiso marcharse a probar fortuna. Su maestro le regaló una mesita, común en apariencia, pero dotada de una preciosa cualidad. Cuando la ponían delante de alguien que le decía: «mesa, sírveme», aparecía en el mismo instante un hermoso mantel blanco, con su plato, su cuchillo, su tenedor, y otros platos llenos de toda clase de manjares, tantos como cabían en ella, y además un vaso lleno de vino tinto que regocijaba el corazón.

El joven creyó que sería rico mientras viviera y echó a correr por el mundo sin hacer caso de si las posadas eran buenas o malas, o de si encontraba o no qué comer. Muchas veces ni siquiera entraba en parte alguna, sino que en medio del campo, o en un bosque, o en una pradera, ponía su mesa y sin más que decirle «mesa, sírveme», se hallaba servido en el mismo instante.

Se le ocurrió al fin volver a casa de su padre, porque creía que ya se habría apaciguado su cólera y que sería bien recibido junto a la mesa maravillosa. En el camino entró una noche en una posada que estaba llena de viajeros, que le dieron buena hospitalidad por su llegada y lo invitaron a sentarse a la mesa con ellos, pues si no le costaría mucho trabajo encontrar comida.

—No —contestó—, no quiero tomar parte en vuestro reparto, por el contrario, os convido a tomar la cena conmigo.

Se echaron a reír porque creían que quería burlarse de ellos. A pesar de todo, el joven preparó su mesa en medio de la sala y dijo:

—Mesa, sírveme.

Enseguida se cubrió de manjares, tales como no habían salido nunca de la cocina de la posada y cuyo olor agradaba el olfato de los convidados.

—¡Vamos, señores —exclamó—, a la mesa!

Viendo de lo que se trataba no se hicieron de rogar y se pusieron a trabajar heroicamente con el cuchillo en la mano. Pero les llenaba de admiración ver que a medida que se vaciaba un plato, lo reemplazaba otro lleno. El posadero se hallaba en un rincón viendo todo esto y sin saber qué pensar, pero se decía a sí mismo que una cocina de esta clase le sería muy útil en su posada. El ebanista y sus compañeros pasaron alegremente una parte de la noche y al fin fueron a acostarse. Al meterse en la cama el joven colocó su mesa cerca de la pared; pero el posadero no podía dormir, agitado por diferentes pensamientos. Recordó que tenía en el granero una mesa vieja exactamente igual. Fue a buscarla en silencio y la colocó en lugar de la otra. Despertó al día siguiente el ebanista y, después de haber pagado por la noche que había pasado en la posada, agarró la mesa sin apercibirse del cambio y continuó su camino. Llegó al medio día a la casa de su padre, que lo recibió con extraordinario placer.

—¿Qué has aprendido, querido hijo? —le preguntó.

—El oficio de ebanista —padre mío.

—Es un buen oficio —replicó el anciano—, y ¿qué has traído de tus viajes?

—Padre, lo mejor de cuanto poseo es una mesita pequeña.

El padre la miró por todas partes y le dijo:

—Si es esa tu obra maestra, no tiene nada de extraordinario; es un mueble viejo que apenas puede tenerse en pie.

—¡Oh! —contestó el hijo—, es una mesa mágica. Cuando le mando que me sirva se llena de los platos mejores y de vino para alegrar el corazón. Convidemos a todos nuestros parientes y amigos; que vengan a darse un festín, la mesa bastará para todos.

Apenas estuvieron reunidos, puso su mesa en medio del cuarto y dijo:

—Mesa, sírvenos.

Mas no escuchó sus órdenes y continuó vacía como una mesa ordinaria. El pobre muchacho supo entonces que se la habían cambiado y quedó tan avergonzado como un embustero pillado en una mentira. Los parientes se burlaron de él y volvieron a sus casas sin haber comido ni bebido. El padre tomó su aguja y su dedal y el hijo se puso a trabajar en casa de un maestro ebanista.

El segundo hijo entró en casa de un molinero. Cuando terminó su contrato le dijo su amo:

—Te voy a dar este asno para recompensarte por tu buena conducta. Es de una raza especial y no sirve para carga ni para tiro.

—¿Pues entonces, para qué sirve? —contestó el joven.

—Da oro —contestó el molinero—, no tienes más que colocarlo encima de un paño extendido, decir «aquieloro» y el bueno del animal echará oro por delante y por detrás.

—He ahí un animal maravilloso —repuso el joven.

Dio gracias a su amo y comenzó a correr el mundo. Cuando necesitaba dinero, con sólo decir «aquieloro» a su asno le llovían las monedas de oro sin tener más trabajo que el de reunirlas. Por todas partes por donde iba lo mejor no era bastante bueno para él y lo más caro estaba a su disposición, pues tenía siempre la bolsa repleta. Después de haber viajado algún tiempo, creyó se habría mitigado ya la cólera de su padre y que podría ir a reunirse con él, que podría ser bien recibido, por lo menos en consideración a su asno. Entró en la única posada, la misma en la que su hermano había perdido la mesa. Llevaba su asno suelto, el posadero quiso atarlo, mas el joven le dijo:

—No os toméis ese trabajo, yo mismo iré y ataré a mi asno en la cuadra porque quiero saber siempre dónde se halla.

Sorprendido el posadero, supuso que un hombre que quería cuidar por sí mismo de su asno no hacía mucho gasto y sería pobre, pero cuando el forastero metió la mano en el bolsillo, sacó dos monedas y le mandó que le sirviera de todo lo mejor, abrió unos ojos muy grandes y se puso a buscar todo lo mejor que tenía. Después de la comida preguntó al posadero cuánto le debía. El posadero, que no perdonó medio alguno para aumentar la cuenta, le contestó que debía aún otras dos monedas de oro. El joven metió la mano en el bolsillo, pero estaba vacío.

—Esperad un instante —dijo—, voy a buscar dinero. Y salió, llevándose el mantel.

El posadero no comprendía nada de lo que estaba viendo, pero era curioso. Siguió al viajero y, aunque este cerró la puerta de la cuadra, miró por una rendija. El forastero extendió el mantel debajo del asno, dijo «aquieloro», y el animal comenzó enseguida a echar oro por delante y por detrás, era una lluvia de oro.

—¡Diablo! —dijo el posadero—, ¡monedas nuevecitas! Y semejante tesoro no le hace daño al asno...

El joven pagó su gasto y fue a acostarse; mas el posadero se deslizó por la noche en la cuadra, quitó el asno que daba dinero y puso otro en su lugar. A la mañana siguiente tomó el joven su asno y se puso en camino creyendo que llevaba su animal mágico. Llegó al medio día a casa de su padre, que se alegró de verlo y lo recibió con los brazos abiertos.

—¿Qué has hecho, hijo mío? —le preguntó el viejo.

—Soy molinero, querido padre —le contestó.

—¿Y qué traes de tu viaje?

—Nada más que un asno.

—No faltan asnos entre nosotros —replicó el padre—; mejor hubieras hecho en traernos una buena cabra.

—Pero —repuso el hijo—, mi asno no es como los demás, es un asno mágico. No tengo más que decir «aquieloro», y enseguida deja caer tantas monedas de oro que hay para llenar una manta. Mandad llamar a todos nuestros parientes, que voy a enriquecerlos de un golpe.

—No me disgusta —replicó el padre—; ya no me cansaré de tirar de la aguja.

Y fue a buscar a toda su parentela. Cuando estuvieron reunidos, hizo sitio el molinero, extendió su paño y colocó el asno encima.

—¡Atención! —exclamó, y dijo—: «aquieloro».

Pero el asno no comprendía la magia, y lo que dejó caer en el paño ni aun por lo amarillo se parecía al oro[67]. El pobre molinero supo que le habían robado y poniendo una cara muy triste pidió perdón a sus parientes, que volvieron a sus casas tan pobres como habían venido. Su padre continuó obligado a vivir de la aguja y él se hizo criado en un molino.

El tercer hermano se había puesto de aprendiz en casa de un tornero y como el oficio es difícil, tardó mucho más tiempo en aprenderlo que sus otros dos hermanos. Le enviaron una carta para contarle las desgracias que les habían sucedido y que el posadero les había robado los regalos mágicos de los que eran poseedores. Cuando el tornero concluyó su aprendizaje y le llegó el tiempo de viajar, su maestro, para recompensarle por su buena conducta, le dio un saco en el que había un palo muy gordo.

—El saco me puede servir de algo —se dijo—, me lo echaré a las espaldas; pero ¿de qué me servirá el palo, como no sea de peso?

—Voy a enseñarte su uso, le contestó el maestro. Si alguno te hace mal, no tienes más que decir estas palabras: «¡palo, fuera del saco!». Enseguida saltará el palo a sus espaldas y se meneará con tanta ligereza, que ese no podrá moverse en ocho días. La broma no terminará hasta que digas: «¡palo, al saco!».

El oficial dio gracias a su maestro y se puso en camino con su saco. Si se le arrimaba alguien demasiado y quería tocarle, no tenía más que decir: «¡palo, fuera del saco!», y enseguida se ponía a limpiar la ropa de las gentes sin que tuviesen tiempo de quitársela.

---

[67] Sin duda ha habido muchísimas generaciones que han reído con este chiste.

Llegó una noche a la posada donde habían robado a sus dos hermanos. Colocó su saco delante y se puso a contar todas las curiosidades que había visto en el mundo.

—Sí —decía—, cierto es que hay mesas que sirven de comer por sí solas; asnos que dan oro y otras cosas semejantes que me hallo muy lejos de despreciar; pero todo esto no vale nada al lado del tesoro que llevo yo en mi saco.

El posadero enderezaba las orejas.

—¿Qué podrá ser? —pensaba para sí—, sin duda su saco está lleno de piedras preciosas. Me alegraría unirlo al asno y a la mesa, pues todas las cosas buenas entran de tres en tres[68].

Cuando se acostaron el joven se echó en un banco y se puso el saco debajo de la cabeza a manera de almohada. El posadero, apenas creyó que estaba profundamente dormido, se acercó a él suavemente y comenzó a tirar poco a poco del saco para ver si podía sacarlo y colocar otro en su lugar. Mas el tornero lo estaba espiando hacía mucho rato, y en el momento en que el ladrón dio un tirón fuerte, exclamó: «palo, fuera del saco». Inmediatamente saltó el palo a las espaldas del bribón y comenzó a plancharle las costuras del vestido. El desgraciado pedía perdón y misericordia, pero cuanto más gritaba, más fuerte caía el palo sobre sus espaldas, de modo que al fin dio con su cuerpo en tierra. Entonces, le dijo el tornero:

—Si no me das en este mismo instante la mesa y el asno, va a comenzar la danza otra vez.

—¡Ay, no! —exclamó el posadero con una voz muy débil—, todo te lo devolveré, pero haz entrar en el saco a este maldito diablo.

—Sin embargo, sería muy justo volver a comenzar —dijo el oficial—, pero te perdonaré si cumples tu palabra.

Después añadió «¡palo, al saco!» y lo dejó en paz.

El tornero llegó al día siguiente a casa de su padre con la mesa y el asno; su padre se alegró de volver a verlo, y le preguntó qué había aprendido.

—El oficio de tornero, querido padre —le contestó.

—Buen oficio —replicó el padre—, ¿y qué traes de tus viajes?

—Una hermosa pieza, amado padre, un palo metido en un saco.

---

[68] Parece que hoy las cosas han cambiado un poco y se dice que lo que entra de tres en tres son los males.

—¿Un palo? —exclamó el padre—, ¿y para qué?, ¿faltan acaso en alguna parte?

—Pero no como el mío, querido padre. Cuando le digo «palo, fuera del saco», se lanza sobre los que me hacen daño y los apalea hasta que caen al suelo y piden perdón. Como veréis, me ha servido para recobrar la mesa y el asno que ese ladrón de posadero había robado a mis hermanos. Mandadlos venir a los dos y convidad a todos nuestros parientes, que quiero obsequiarles y llenar sus bolsillos.

El sastre viejo fue a buscar a sus parientes, aunque no tenía mucha confianza. El tornero extendió un paño en el cuarto, trajo al asno e invitó a su hermano a que pronunciase las palabras mágicas. El molinero dijo «aquieloro», y enseguida cayeron monedas de oro como si fueran granizo, y no cesó la lluvia hasta que todos ellos tuvieron más de las que podían llevar (no te hubiera desagradado encontrarte allí, querido lector). Enseguida cogió el tornero la mesa y dijo a su hermano el ebanista:

—Ahora te toca a ti.

Y apenas hubo dicho este «mesa, sírvenos», quedó servida y cubierta de los platos más apetitosos.

Hubo entonces un festín como nunca había visto el viejo en su casa y todos continuaron reunidos divirtiéndose hasta que llegó la noche.

El sastre guardó cuidadosamente sus agujas, su dedal, su vara y sus hilos, y vivió contento y alegre el resto de sus días en compañía de sus tres hijos.

¿Pero qué le había sucedido a la cabra que fue causa de que el padre echara de su casa a sus tres hijos? Voy a contarlo.

Como le daba vergüenza ver su cabeza pelada, fue a esconderse en una madriguera de zorro. El zorro, al volver, percibió en la oscuridad dos ojos grandes que brillaban como ascuas, se amedrentó y huyó.

Lo encontró un oso, que le dijo viendo su turbación:

—¿Qué hay, hermano zorro, de dónde vienes tan asustado?

—¡Ay! —respondió el zorro—; en el fondo de mi madriguera hay un monstruo espantoso, que me ha mirado con dos ojos como dos ascuas.

—Pronto lo echaremos —dijo el oso.

Y fue también a mirar al fondo de la madriguera. Pero cuando vio aquellos terribles ojos se llenó también de espanto y huyó con la mayor ligereza para no tener que habérselas con el monstruo.

Lo encontró una abeja y viendo que su aspecto era poco tranquilo, le dijo:

—¡Ah, compadre, qué cara tan triste tienes! ¿Qué ha sido de tu alegría?

—Dices bien —contestó el oso—; pero hay en la madriguera del zorro un monstruo de miradas tan temibles que no podemos echarlo de allí.

La abeja le replicó:

—Me da lástima de vosotros. Yo soy una criatura débil, que apenas te dignas mirar en tu camino, pero creo que podré serte útil.

Volvió a la madriguera, se colocó en la cabeza de la cabra y la picó con tal fuerza que la chiva no pudo menos de gritar «¡beeh!, ¡beeh!», y se lanzó al bosque como una loba. Y desde entonces nadie sabe lo que ha sido de ella.

PULGARCITO[69]

Un pobre labrador estaba sentado una noche en el rincón del hogar, y mientras su mujer hilaba a su lado él le decía:

—¡Cuánto siento no tener hijos! ¡Qué silencio hay en nuestra casa, mientras en las demás todo es alegría y ruido!

—Sí —respondió su mujer suspirando—, yo quedaría contenta aunque no tuviésemos más que uno sólo, aunque fuera tan grande como el dedo pulgar le querríamos con todo nuestro corazón.

En este tiempo se quedó embarazada la mujer, y al cabo de siete meses dio a luz un niño bien formado con todos sus miembros, pero que no era más alto que el dedo pulgar. Entonces dijo:

—Es tal como lo hemos deseado, mas no por eso lo queremos menos.

Y sus padres le llamaron Pulgarcito[70], por causa de su tamaño. Lo criaron lo mejor que pudieron, mas no creció y quedó como había sido desde su nacimiento. Sin embargo, parecía que tenía talento; sus ojos eran inteligentes y manifestó muy pronto en su pequeña persona astucia y actividad para llevar a cabo lo que se le ocurría. El labrador se preparaba un día para ir a cortar madera a un bosque, y se decía: «Cuánto me alegraría tener alguien que llevase la carreta».

—Padre —exclamó Pulgarcito—, yo quiero guiarla, yo; no tengáis cuidado, llegará en buen momento.

El hombre se echó a reír.

—Tú no puedes hacer eso —le dijo—, eres demasiado pequeño para llevar al caballo de la brida.

—¿Qué importa eso, padre? Si mamá quiere enganchar, me meteré en la oreja del caballo y le dirigiré donde queráis que vaya.

—Está bien —dijo el padre—, veamos.

---

[69] Tom Pouce en la traducción de Biedma.
[70] *Daumesdick,* en el original alemán. Literalmente, «dedo gordo».

La madre enganchó y puso a Pulgarcito en la oreja del caballo, y el hombrecillo lo guiaba por el camino que había que tomar. Lo hacía tan bien que el caballo marchó como si le condujese un buen carretero, y la carreta fue al bosque por buen camino.

Mientras daban la vuelta a un recodo del camino, el hombrecillo gritaba:

—¡Soo!, ¡arre!

Pasaban dos forasteros.

—Dios mío —exclamó uno de ellos—, ¿qué es eso? Ahí tenemos una carreta que va andando; se oye la voz del carretero, pero no se ve a nadie.

—Es una cosa bastante extraña —dijo el otro—, vamos a seguir a esa carreta y ver dónde se detiene.

La carreta continuó su camino y se detuvo en el bosque, precisamente en el lugar donde había madera cortada. Pulgarcito miró a su padre y le gritó:

—¿Veis, padre, qué bien he traído la carreta? Ahora, bajadme.

El padre asió con una mano la brida, sacó con la otra a su hijo de la oreja del caballo y lo puso en el suelo; el pequeñuelo se sentó alegremente en una brizna de paja.

Al ver a Pulgarcito se admiraron los dos forasteros, que no sabían qué pensar.

Uno de ellos llamó aparte al otro y le dijo:

—Ese diablillo podría hacer nuestra fortuna si lo mostrásemos por dinero en alguna ciudad, hay que comprarlo.

Se acercaron al labrador y le dijeron:

—Vendednos ese enanillo, lo cuidaremos bien.

—No —respondió el padre—, es hijo mío y no lo vendo por todo el oro del mundo.

Pero al oír la conversación, Pulgarcito había trepado por los pliegues del vestido de su padre y subió hasta su hombro, desde donde le dijo al oído:

—Padre, vendedme a esos hombres, volveré pronto.

Su padre se lo cambió a los hombres por una hermosa moneda de oro.

—¿Dónde quieres ponerte? —le dijeron.

—¡Ah!, ponedme en el ala de vuestro sombrero; podré pasearme y ver el campo, y ya tendré cuidado de no caerme.

Hicieron lo que él quería, y en cuanto Pulgarcito se despidió de su padre se marcharon con él, caminando hasta la noche. Entonces les gritó el hombrecillo:

—Esperadme, necesito bajar.

—Quédate en el sombrero —dijo el hombre—; poco me importa lo que tengas que hacer, los pájaros hacen mucho más algunas veces[71].

—No, no —dijo Pulgarcito—, bajadme enseguida.

El hombre lo agarró y lo puso en el suelo, en un bancal junto al camino. Pulgarcito corrió un instante entre los surcos y después se metió en un agujero que había buscado expresamente.

—Buenas noches, caballeros, ya estáis de más aquí —les gritó, riendo.

Quisieron atraparlo metiendo palos en el agujero, mas fue trabajo perdido. Pulgarcito se escondía cada vez más adentro y, como empezó a oscurecer de repente, los forasteros se vieron obligados a volver a su casa, enfadados y con las manos vacías. Cuando estuvieron lejos, salió Pulgarcito de su cueva. Temía aventurarse por la noche en medio del campo, pues una pierna se rompe enseguida. Por fortuna encontró un caracol vacío:

—A Dios gracias —dijo—, pasaré la noche segura aquí dentro.

Y se instaló allí. Cuando iba a dormirse oyó a dos hombres que pasaban, y el uno decía al otro:

—¿Cómo nos arreglaríamos para robar el oro y la plata a ese cura tan rico?

—Yo os lo diré —les gritó Pulgarcito.

—¿Qué hay? —exclamó uno de los ladrones asustados—, ¿he oído hablar a alguien?

Continuaban escuchando y Pulgarcito les gritó de nuevo:

—Llevadme con vosotros y os ayudaré.

—¿Dónde estás?

—Buscadme por el suelo, por donde sale la voz.

Los ladrones terminaron por encontrarlo.

---

[71] Se refiere a lo que los pájaros dejan caer en vuelo, que él tomaba por el motivo de la parada solicitada.

—Pequeño extracto de hombre —le dijeron—, ¿cómo quieres sernos útil?

—Mirad —les dijo—: me deslizaré por entre los hierros de la ventana en el cuarto del cura, y os pasaré todo lo que me pidáis.

—Pues vamos a probarlo —le dijeron.

En cuanto llegaron al presbiterio, Pulgarcito se deslizó en la habitación, después se puso a gritar con todas sus fuerzas:

—¿Queréis todo lo que hay aquí?

Los ladrones asustados le dijeron:

—Habla bajo, vas a despertar a la gente.

Pero él, haciendo como si no los hubiera oído, gritó de nuevo:

—¿Qué es lo que queréis? ¿Queréis todo lo que hay aquí?

La criada, que dormía en el cuarto de al lado, oyó este ruido, se levantó y escuchó. Los ladrones se habían batido en retirada. Por fin, tomaron ánimo, y creyendo únicamente que el picarillo quería divertirse a sus expensas, volvieron atrás y le dijeron por lo bajo.

—Déjate de bromas, pásanos algo.

Entonces Pulgarctio se puso a gritar con todas sus fuerzas:

—Voy a dároslo todo: abrid las manos.

La criada oyó muy clarito esta vez, saltó de la cama y corrió a la puerta. Al ver esto los ladrones echaron a correr como si el diablo se les hubiera aparecido. Al rato, como la criada no oyó nada más, fue a encender una luz. Cuando volvió Pulgarcito fue a ocultarse en un pequeño pajar sin que lo viese. La criada, después de haber registrado todos los rincones sin descubrir nada, fue a acostarse y creyó que había soñado.

Pulgarcito había subido al heno, donde se arregló una camita; pensaba descansar allí hasta el día y volver enseguida a casa de sus padres. ¡Pero debía sufrir tantas pruebas todavía! ¡Hay tanto malo en el mundo!

La criada se levantó a la aurora para dar de comer al ganado. Su primera visita fue al pajar, agarró una brazada de heno con el pobre Pulgarcito dormido dentro. Dormía tan profundamente que no se dio cuenta de nada, y no despertó hasta que estaba en la boca de una vaca que lo había absorbido con un puñado de heno. Creyó en un principio que había caído dentro de un molino, pero comprendió enseguida donde se hallaba en realidad. Evitaba dejarse mascar entre los dientes, y terminó por deslizarse por la garganta de la vaca hacia la panza. El lugar le parecía estrecho, sin ventana, y no veía ni sol, ni luz. La morada le desagradaba mucho, y lo que complicaba más su situación es que bajaba siempre más heno y el espacio se le hacía más estrecho cada vez.

Lleno de terror, gritó al fin lo más alto que pudo:

—¡Basta de heno! ¡Basta de heno, no quiero más!

La criada estaba precisamente en aquel momento ocupada en ordeñar la vaca; aquella voz, que oyó sin ver a nadie y que reconoció como la que la había despertado ya la noche anterior, la asustó de tal modo, que se cayó al suelo y vertió la leche. Fue corriendo a buscar a su amo y le dijo:

—¡Ay, Dios mío, señor cura, que habla la vaca!

—Tú estás loca —respondió el sacerdote.

Y él mismo fue al establo para asegurarse de lo que pasaba.

Pero apenas había entrado, gritó de nuevo Pulgarcito:

—¡Basta de heno!, ¡no quiero más!

El cura se asustó a su vez, y creyendo que la vaca tenía el diablo en el cuerpo, dijo que era preciso matarla. La mataron, y la panza en que se hallaba prisionero el pobre Pulgarcito fue arrojada al estiércol.

El pobrecillo trabajó mucho para desenredarse, y empezaba ya a sacar la cabeza fuera cuando le sucedió una nueva desgracia. Un lobo hambriento se arrojó sobre la panza y se la tragó de una vez. Pulgarcito no perdió el ánimo.

—Quizá sea tratable este lobo —pensó para sí.

Y desde su vientre, donde estaba encerrado, le gritó:

—Querido amigo, quiero enseñarte dónde puedes hallar una buena comida.

—¿Dónde? —le dijo el lobo.

—En tal y tal casa; no tienes más que deslizarte por el albañal[72] a la cocina y encontrarás tortas, tocino, salchichas; todo a pedir de boca.

Y le describió la casa de su padre con la mayor exactitud. El lobo no se lo hizo decir dos veces. Se introdujo en la cocina y le dio un buen envite a las provisiones. Pero cuando estuvo harto y tuvo que salir, se hallaba tan hinchado con el alimento que no consiguió pasar por el al-

---

[72] Conducto de salida de aguas residuales.

bañal. Pulgarcito, que contaba con esto, comenzó a hacer un ruido terrible en el cuerpo del lobo saltando y brincando con todas sus fuerzas

—¿Quieres estarte quieto? —le dijo el lobo—, vas a despertar a todos.

—¿Y qué? —le respondió el hombrecillo—. ¿No te has dado un atracón tú?, también yo quiero divertirme.

Y se puso a gritar todo lo que pudo. Acabó por despertar a sus padres, que corrieron y miraron en la cocina a través de la cerradura. Cuando vieron que había un lobo, el hombre se armó con un hacha y la mujer con una hoz.

—Ponte detrás —dijo el hombre a su mujer cuando entraron en el cuarto—, voy a darle con mi hacha, si no le mato del golpe, le cortas tú el vientre.

Pulgarcito, que oyó la voz de su padre, se puso a gritar:

—Soy yo, querido padre, quien está en el vientre del lobo.

—Gracias a Dios —dijo el padre lleno de alegría—, que hemos encontrado a nuestro hijo.

Y mandó a su mujer que dejara la hoz de lado para no herir a su hijo. Después levantó su hacha, y tendió muerto al lobo de un golpe en la cabeza. Enseguida le abrió el vientre con su cuchillo y sus tijeras y sacó al pequeño Pulgarcito.

—¡Ah! —le dijo—, ¡qué inquietos hemos estado por tu suerte!

—Sí, padre, he corrido mucho, pero por fortuna aquí estoy, vuelto a la luz.

—¿Dónde has estado?

—¡Ay, padre! he estado en un hormiguero, en la panza de una vaca y en el vientre de un lobo. Ahora me quedo con vosotros.

—Y no volveremos a venderte por todo el oro del mundo —dijeron sus padres abrazándole y estrechándole contra su corazón.

Le dieron de comer y le compraron vestidos, porque los suyos se habían estropeado durante el viaje.

LOS ENANOS MÁGICOS

I

Había un zapatero que, a consecuencia de muchas desgracias, llegó a ser tan pobre que no le quedaba material más que para hacer un solo par de zapatos. Lo cortó por la noche para hacerlo a la mañana siguiente. Después, como era hombre de buena conciencia, se acostó tranquilamente, rezó y se durmió. Al levantarse al otro día fue a ponerse a trabajar, pero encontró encima de la mesa el par de zapatos ya hecho. Grande fue su sorpresa, pues ignoraba cómo había podido ocurrir esto. Tomó los zapatos, los miró por todas partes y estaban tan bien hechos que no tenían falta ninguna; eran una verdadera obra maestra.

Entró en la tienda un comprador, al que agradaron tanto aquellos zapatos que los pagó al doble de su precio. Con este dinero, el zapatero pudo comprar cuero para dos pares más. Los cortó también por la noche y los dejó preparados para hacerlos al día siguiente, pero al despertar los halló también terminados. Tampoco le faltaron compradores entonces y con el dinero que sacó de ellos pudo comprar cuero para otros cuatro pares. A la mañana siguiente los cuatro pares estaban también hechos. Para concluir: toda la obra que cortaba por la noche la hallaba concluida a la mañana siguiente, de manera que mejoró de fortuna y casi llegó a hacerse rico. Una noche, cerca de Navidad, cuando acababa de cortar el cuero e iba a acostarse, le dijo su mujer:

—Vamos a quedarnos esta noche en vela para ver quiénes son los que nos ayudan de esta manera.

El marido consintió en ello. Dejaron una luz encendida; se escondieron en un armario, detrás de los vestidos que había colgados en él y aguardaron para ver lo que iba a suceder. Cuando dieron las doce de la noche, entraron en el cuarto dos lindos enanitos completamente desnudos. Se pusieron en la mesa del zapatero, tomaron con sus pequeñas manos el cuero cortado y comenzaron a trabajar con tanta ligereza y

117

destreza que era cosa muy digna de ver. Trabajaron casi sin cesar hasta que estuvo concluida la obra y entonces desaparecieron de repente.

Al día siguiente le dijo la mujer:

—Esos enanitos nos han enriquecido, tenemos que manifestarnos agradecidos con ellos. Deben estar muertos de frío teniendo que andar casi desnudos, sin nada con qué cubrirse el cuerpo; ¿te parece que le haga a cada uno camisa, casaca, chaleco y pantalones, y además un par de medias? Hazle tú también a cada uno un par de zapatos.

El marido aprobó este pensamiento. Por la noche, cuando estuvo todo concluido, colocaron estos regalos encima de la mesa en vez del cuero cortado y se ocultaron otra vez para ver cómo los tomaban. Los enanos iban a ponerse a trabajar al dar las doce, pero en vez de cuero hallaron encima de la mesa los lindos vestiditos. En un principio manifestaron su asombro, al que muy pronto sucedió una gran alegría. Se pusieron en un momento los vestidos y comenzaron a cantar.

Después empezaron a saltar y a bailar encima de las sillas y de los bancos y, por último, se marcharon bailando.

Desde aquel momento no se los volvió a ver más; pero el zapatero siguió siendo feliz el resto de su vida, y todo lo que emprendía le salía bien.

II

Había una vez una pobre criada que era muy limpia y trabajadora, barría la casa todos los días y sacaba la basura a la calle. Una mañana, al ponerse a trabajar, encontró una carta en el suelo y como no sabía leer dejó la escoba en un rincón y se la llevó a sus amos. Era una invitación de los enanos mágicos, que la invitaban a ser la madrina de uno de sus hijos. Ignoraba qué hacer, pero al fin, después de muchas vacilaciones, aceptó porque le dijeron que era peligroso negarse.

Vinieron a buscarla tres enanos y la llevaron a una cueva que habitaban en la montaña. Todo era allí sumamente pequeño, pero tan bonito y tan lindo que era cosa digna de ver. La recién parida estaba en una cama de ébano incrustada de perlas, con cortinas bordadas de oro; la cuna del niño era de marfil y su baño de oro macizo. Después del bautizo quería la criada volver enseguida a su casa, pero los enanos le suplicaron con instancia que permaneciese tres días con ellos. Los pasó en festejos y diversiones, pues estos pequeños seres le hicieron una brillante recepción.

Al cabo de los tres días quiso volverse decididamente. Le llenaron los bolsillos de oro y la condujeron hasta la puerta de su subterráneo. Al llegar a la casa de sus amos, quiso ponerse a trabajar porque encontró la escoba en el mismo sitio en que la había dejado. Pero halló en la casa personas extrañas que le preguntaron quién era y lo que quería. Entonces supo que no había permanecido tres días, como creía, sino siete años enteros en casa de los enanos y que durante este tiempo habían muerto sus amos[73].

III

Un día, a una mujer le quitaron los enanos a su hijo que estaba en la cuna y pusieron en su lugar un pequeño monstruo que tenía una cabeza muy grande y unos ojos muy feos, y que quería comer y beber sin cesar. La pobre madre fue a pedirle consejo a su vecina, que le dijo que debía llevar el monstruo a la cocina, ponerle junto al fogón, encender lumbre a su lado, hacer hervir agua en dos cáscaras de huevo y que esto haría reír al monstruo, y que si se reía una vez se vería obligado a marcharse.

La mujer siguió el consejo de su vecina. En cuanto vio a la lumbre las cáscaras de huevo llenas de agua, exclamó el monstruo.

Yo no he visto nunca aunque soy muy viejo, poner a hervir agua en cáscaras de huevo.

Y partió dando risotadas.

Enseguida vinieron una multitud de enanos que trajeron al verdadero niño, lo depositaron en la chimenea y se llevaron a su monstruo consigo.

---

[73] Abundan los relatos sobre la distorsión temporal que ocurre al entrar en el terreno de lo mágico, como en el caso de la leyenda de san Virila, que data del siglo X.

ROSA CON ESPINAS

Obra conocida también como «La bella durmiente»

Hace muchos años vivían un rey y una reina que decían todos los días:

—¡Ay, si tuviéramos un hijo! —y no les nacía ninguno.

Pero una vez que la reina estaba en el baño, saltó una rana en el agua, la cual le dijo:

—Antes de un año verás cumplido tu deseo y tendrás una hija.

No tardó en verificarse lo que había predicho la rana, pues la reina dio a luz una niña tan hermosa, que el rey, lleno de alegría, no sabía qué hacer y dispuso un gran festín, al cual invitó no sólo a sus parientes, amigos y conocidos, sino también a las hadas para que la niña fuese amable y de buenas costumbres. Había trece hadas en su reino, pero como sólo tenía doce cubiertos de oro, que son los únicos con que ellas comen, una de ellas no podría asistir al banquete. Se celebró este con gran magnificencia y, al terminarse, cada una de las hadas regaló a la niña un don especial: esta, la virtud; aquella, la hermosura; otra, las riquezas, y así le fueron concediendo todo cuanto puede desearse en el mundo. Pero cuando había terminado de hablar la undécima, entró de repente la decimotercera, deseosa de vengarse porque no la habían invitado, y sin saludar ni mirar a nadie, dijo en alta voz:

—La princesa se herirá con un huso al cumplir los quince años y quedará muerta en el acto.

Y salió de la sala sin decir otra palabra. Se asustaron todos los presentes, pero entró enseguida la duodécima, que no había hecho aún su regalo. Como no podía evitar el mal que había predicho su compañera, procuró modificarlo y dijo:

—La princesa no morirá, pero estará sumergida en un profundo sueño por un siglo, y transcurrido ese tiempo, volverá.

El rey, que quería evitar a su querida hija todo género de desgracias, dio la orden de que se quemasen todos los husos de su reino. La joven se hallaba adornada de todas las gracias que le habían concedido las hadas, pues era muy hermosa, amable, graciosa y entendida, de manera que cuantos la veían sentían hacia ella el mayor cariño. Mas al llegar el día en que cumplió los quince años, dio la casualidad de que se hallase sola en palacio por haber salido el rey y la reina[74]. Comenzó a recorrer aquella vasta morada, deseosa de saber lo que contenía, y vio una tras otra todas las habitaciones hasta que llegó a una torre muy alta. Subió una estrecha escalera y llegó a una puerta, la cual no tardó en abrir, y vio una pequeña habitación donde se hallaba una anciana con su huso, hilando con la mayor laboriosidad.

—Buenos días, abuelita —dijo la princesa—, ¿qué haces?

—Estoy hilando —contestó la anciana haciendo una cortesía con la cabeza.

—¿Qué es eso que se mueve con tanta ligereza? —continuó diciendo la niña.

Y fue a agarrar el huso para ponerse a hilar; pero apenas lo había tocado se realizó el encantamiento y se hirió en el dedo.

En el mismo instante en que sintió el corte fue a parar a su cama, donde cayó en un profundo sueño que se extendió a todo el palacio. El rey y la reina, que habían entrado en aquel mismo momento, se quedaron dormidos; al igual que toda la corte. También se durmieron los caballos en la cuadra, los perros en el patio, las palomas en el techo, las moscas en la pared, y hasta el fuego que ardía en el fogón dejó de arder, y la comida cesó de cocer, y al final hasta el cocinero y los marmitones se durmieron para que no quedase nadie despierto. Cesó también el viento y no volvió a moverse ni siquiera una hoja de árbol en los alrededores del palacio.

En torno a aquel castillo no tardó mucho en nacer y crecer un zarzal, que fue haciéndose más grande cada día hasta que lo cercó por completo, de manera que ni aun su tejado se veía. Sólo los ancianos del país podían dar alguna noticia de la hermosa «Rosa con espinas» que se hallaba allí dormida; pues con este nombre era conocida la princesa. De cuando en cuando venían algunos príncipes que querían penetrar a través de la zarza en el palacio, pero les era

---

[74] La inevitabilidad del destino expresado en la profética condena del hada vengativa.

imposible, pues las espinas se cerraban fuertemente y los jóvenes quedaban atrapados por ellas. Muchas veces no podían soltarse, de modo que morían allí. Trascurridos muchos, muchos años, fue un príncipe a aquel país y oyó lo que contaba de aquella zarza un anciano: que detrás de ella había un palacio, en el que dormía desde el siglo anterior una hermosa princesa, llamada Rosa con espinas; y que con ella estaban dormidos el rey, y la reina, y toda la corte. Añadió además que oyó decir a su abuelo que muchos príncipes habían tratado ya de atravesar el zarzal, pero que no lo habían podido conseguir y quedaron allí muertos.

Entonces dijo el doncel:

—Yo no tengo miedo y he de ver a esa bella Rosa con Espinas.

El buen anciano quiso distraerle de su propósito, pero viendo que no lo conseguía le dejó entregarse a su suerte. Pero precisamente entonces había trascurrido el plazo de los cien años y llegó el día en el que debía despertar Rosa con espinas. Cuando se acercó el príncipe a la zarza, la halló convertida en un hermoso rosal, que se abrió por sí mismo y lo dejó pasar, para cerrarse después. Llegó a la cuadra y vio dormidos a los perros y a los caballos; miró el techo y vio a las palomas con la cabeza bajo las alas; y cuando entró en el palacio notó que las moscas estaban dormidas en las paredes; que el cocinero se hallaba en la cocina en actitud de llamar a los marmitones; y que la criada estaba cerca de un gallo que parecía a punto de echarse a cantar. Fue un poco más lejos, y vio en un salón a toda la corte dormida, y al rey y a la reina durmiendo en su trono. Fue un poco más allá, y todo se encontraba tranquilo, sin que se oyese el menor ruido, hasta que al fin llegó a la torre y abrió la puerta del cuarto en que dormía Rosa con espinas. Se quedó mirándola, y era tan hermosa que no pudo separar sus ojos de ella. Se inclinó y puso un beso en sus labios. Pero apenas la habían tocado los suyos, Rosa con espinas despertó, abrió los ojos y lo miró con la mayor amabilidad. Bajaron entonces juntos; y despertaron el rey, y la reina, y toda la corte, y se miraron unos a otros llenos de admiración. Despertaron los caballos en la cuadra y comenzaron a relinchar, y los perros ladraron al levantarse, y las palomas que se hallaban en el techo sacaron sus cabecitas de debajo de sus alas, miraron a su alrededor y echaron a volar; las moscas se separaron de las paredes; el fuego se reanimó y se puso a chisporrotear en la cocina y se cocinó la comida; el cocinero dio un cachete a cada marmitón, que comenzaron a llorar; y la criada despertó al canto del gallo. Se celebró entonces con mucha magnificencia la boda del príncipe con Rosa con espinas y vivieron felices hasta el fin de sus días.

LA REINA DE LAS ABEJAS

Allá en aquellos tiempos hubo un rey que tenía dos hijos que se fueron en busca de aventuras y se lanzaron a todos los excesos de la disipación, por lo que no volvían a su casa paterna. Fue a buscarlos su hermano menor, al que llamaban el Simple, pero cuando los encontró comenzaron a burlarse de él, porque en su sencillez pretendía saber orientarse en un mundo donde se habían perdido ellos dos, que tenían mucho más talento que él. Se pusieron en camino juntos y encontraron un hormiguero. Los dos hermanos mayores querían llenarlo de tierra para divertirse al ver la ansiedad de las hormigas que correrían por todas partes cargadas con sus huevos, pero su hermano el Simple les dijo:

—Dejad en paz a esos animales, no consentiré que les hagáis daño.

Poco después encontraron un lago en el que nadaban no sé cuantos patos. Los dos mayores querían atrapar un par de ellos para hacerlos asar, pero el menor se opuso diciendo:

—Dejad en paz a esos animales, no consentiré que los mate nadie.

Mucho más allá todavía, vieron en un árbol una colmena tan llena de miel que esta corría por el tronco abajo. Los dos mayores querían prender fuego el árbol para ahumar a las abejas y apoderarse de la miel, pero su hermano el Simple los contuvo diciéndoles:

—Dejad en paz a esos animales, no consentiré que los queméis.

Los tres hermanos llegaron por último a un castillo cuyas caballerizas estaban llenas de caballos convertidos en piedra, y en las que no se veía a nadie. Atravesaron todas las salas y llegaron al fin delante de una puerta cerrada con tres cerraduras. En medio de la puerta había una pequeña ventanita por la que se veía una habitación; desde ella distinguieron a un hombre de poca estatura y cabellos grises que estaba sentado ante una mesa. Llamaron una y dos veces sin que les oyera, en apariencia; a la tercera se levantó, abrió la puerta y se adelantó hacia ellos. Después, sin pronunciar ni una palabra, los condujo a una mesa que estaba llena de toda clase de manjares, y en cuanto hubieron comido y bebido los llevó a cada uno a una alcoba diferente.

Por la mañana se presentó el anciano al mayor de los hermanos y le ordenó por señas que lo siguiera. Lo condujo ante una mesa de piedra en la que estaban escritas las tres pruebas que era necesario hacer para desencantar el castillo. Consistía la primera en buscar en el musgo, en medio de los bosques, las mil perlas de la princesa que estaban por allí sembradas; y si el que las buscaba no las había encontrado todas antes de ponerse el sol, se convertiría en piedra. El hermano mayor pasó todo el día buscando las perlas, pero cuando llegó la noche apenas había encontrado cien, y se convirtió en piedra como estaba escrito en la mesa. El hermano segundo acometió la aventura al día siguiente, pero no fue más afortunado que su hermano mayor; apenas encontró doscientas perlas y se convirtió en piedra.

Llegó por último su vez al tercero, que era el Simple. Comenzó a buscar las perlas en el musgo; pero como era muy difícil y muy largo, se sentó en una piedra y se puso a llorar. Se hallaba en esta situación, cuando el rey de las hormigas a quienes había salvado la vida llegó con cinco mil de sus súbditos, y estos pequeños animales no necesitaron más que un instante para encontrar todas las perlas y reunirlas en un montón.

La segunda prueba consistía en sacar la llave del dormitorio de la princesa, que estaba en el fondo del lago. Cuando se acercó el joven, los patos a quienes había salvado salieron a su encuentro, se sumergieron en el agua y le llevaron la llave.

Pero la tercera prueba era la más difícil. Consistía en saber cuál era la más joven y la más hermosa de las tres princesas dormidas. Las tres se parecían completamente y la única cosa que las distinguía era que, antes de dormirse, la mayor había comido un terrón de azúcar, mientras que la segunda había bebido un sorbo de almíbar y la tercera había tomado una cucharadita de miel. Pero la reina de las abejas, a quien el joven había salvado del fuego, vino en su socorro. Fue a oler la boca de las tres princesas, y se quedó parada en los labios de la que había comido la miel; así supo el príncipe cuál era. Entonces se deshizo el encanto, salió el castillo de su sueño mágico y todos los que se hallaban convertidos en piedra tomaron forma humana. El supuesto Simple se casó con la más joven y más hermosa de las princesas, y fue rey después de la muerte de su padre. En cuanto a sus dos hermanos, se casaron con las otras dos hermanas.

LOS DOCE CAZADORES

Había una vez un príncipe que tenía una novia a la cual quería mucho. Hallábase siempre a su lado y estaba muy contento, pero tuvo noticia de que su padre, que vivía en otro reino, se hallaba mortalmente enfermo y quería verlo antes de morir. Entonces dijo a su amada:

—Tengo que marcharme y abandonarte, pero aquí tienes esta sortija en memoria de nuestro amor, y cuando sea rey volveré y te llevaré a mi palacio.

Se puso en camino, y cuando llegó al lado de su padre, este se hallaba moribundo y le dirigió estas palabras:

—Querido hijo mío, he querido verte por última vez antes de morir, prométeme casarte con la mujer que te designe.

Y le nombró una princesa que debía ser su esposa.

El joven estaba tan afligido que le contestó sin reflexionar:

—Sí, querido padre, cumpliré vuestra voluntad.

Y el rey cerró los ojos y murió.

Comenzó entonces a reinar el hijo, y trascurrido el tiempo del luto debía cumplir su promesa, por lo que envió a buscar a la hija del rey con la cual había dado palabra de casarse. Su primera novia lo supo y sintió mucho su infidelidad, llegando casi a perder la salud. Entonces le preguntó su padre:

—Dime, querida hija, ¿qué te falta?, ¿qué tienes?

Reflexionó ella un momento y después contestó:

—Padre querido, quisiera encontrar once jóvenes iguales a mí en rostro y estatura.

El rey le respondió:

—Se cumplirá tu deseo si es posible.

Y mandó buscar por todo su reino once doncellas que fueran iguales a su hija en rostro y estatura.

Cuando las hubo encontrado, se vistieron todas de cazadores[75] con trajes enteramente iguales. La princesa se despidió después de su padre y se marchó con sus compañeras a la corte de su antiguo novio. Preguntó si necesitaba cazadores y si podían entrar todos a su servicio. El rey la miró y no la reconoció; pero como todos eran tan buenos mozos, dijo que sí, que los recibiría con gusto. Y quedaron los doce cazadores al servicio del rey.

Pero el rey tenía un león, que era un animal mágico pues sabía todo lo oculto y lo secreto, y una noche le dijo:

—¿Crees que tienes doce cazadores?

—Sí —contestó el rey—, los cazadores son doce.

Pero el león añadió:

—Te engañas, son doce doncellas.

El rey replicó:

—No puede ser verdad; ¿cómo me lo probarás?

—Manda echar guisantes en tu palacio —replicó el león—, y lo verás con facilidad. Los hombres tienen el paso firme, cuando andan sobre guisantes ninguno se mueve; pero las mujeres caminan con inseguridad, vacilan y los guisantes ruedan.

El rey siguió su consejo y mandó extender los guisantes. Mas un criado del rey que quería mucho a los cazadores, cuando supo que debían ser sometidos a una prueba, se lo contó:

—El león quiere probar al rey que sois mujeres.

La princesa se lo agradeció y dijo a sus doncellas:

—Id con cuidado, y andad con paso fuerte y firme por los guisantes.

Cuando el rey llamó al día siguiente a los cazadores y fueron al cuarto donde estaban los guisantes, comenzaron a andar con fuerza y con un paso tan firme y seguro, que ni uno sólo rodó ni se movió. Cuando se marcharon, dijo el rey al león:

—Me has engañado, andan como hombres.

El león le contestó:

—Lo han sabido y han procurado salir bien de la prueba haciendo un esfuerzo. Pero manda traer doce husos a tu cuarto y cuando entren verás cómo se sonríen, lo cual no hacen los hombres.

---

[75] Abundan muchísimo las historias reales y las leyendas de mujeres que se visten de hombre para alcanzar sus objetivos.

Agradó al rey el consejo y mandó llevar las ruecas a su cuarto.

Pero el criado, que tenía cada vez más afición a los cazadores, fue a verlos y les descubrió el secreto. Entonces dijo la princesa a sus once doncellas, así que estuvieron solas:

—Estad con cuidado y no miréis a las ruecas.

Cuando el rey llamó al día siguiente a los doce cazadores, entraron en su cuarto sin mirar a las ruecas. El rey dijo entonces al león:

—Me has engañado, son hombres, pues no han mirado las ruecas.

El león le contestó:

—Han sabido que debían ser sometidos a esta prueba y han procurado dominarse.

Pero el rey no quiso creer ya al león.

Los doce cazadores seguían al rey constantemente a la caza, y había llegado a tenerles verdadero cariño. Pero un día, mientras estaban de caza, llegó la noticia de que había llegado la futura esposa del rey. Al oírlo, su antigua novia lo sintió tanto que le faltaron las fuerzas y cayó desmayada al suelo. El rey creyó que le había dado mal de corazón a su querido cazador. Se acercó a él para auxiliarlo, le quitó el guante y vio en su mano la sortija que había regalado a su primera novia. La miró entonces a la cara y la reconoció, conmoviéndose de tal modo su alma que le dio un beso y cuando volvió en sí le dijo:

—Tú eres mía y yo soy tuyo, y ningún hombre del mundo puede separarnos.

Envió a su otra novia a un caballero diciéndole que regresase a su reino, pues estaba ya casado. No tardaron en celebrar su boda y perdonaron al león, porque había dicho la verdad.

JUANITA Y JUANITO

En medio de un espeso bosque había un antiguo castillo habitado únicamente por una anciana, que era hechicera. Por el día se convertía en gato o lechuza, mas por la noche volvía a tomar su forma humana. Apresaba caza y pájaros, los mataba, los cocinaba y se los comía. Si se acercaba alguien a cien pasos de su castillo, se quedaba parado en el sitio por donde se había acercado, no podía moverse hasta que ella se lo permitía; si era una doncella la que entraba en aquel círculo la convertía en pájaro, la encerraba en una jaula y la llevaba a una habitación del castillo donde había llegado a reunir unas setecientas jaulas de esa clase.

Había por entonces una doncella, llamada Juanita (Jorinda), que era mucho más hermosa que todas las doncellas de su edad y que estaba prometida a un joven, también muy buen mozo, llamado Juanito. Estaban a punto de contraer matrimonio y no tenían placer más que al estar juntos, y para poder hablar con más confianza iban al bosque a pasearse.

—Guárdate —le decía Juanito—, de acercarte mucho al castillo.

Pero una hermosa tarde, cuando el sol iluminaba la verde yerba del bosque a través de las copas de los árboles y las tórtolas expresaban sus quejas en animados gorjeos, Juanita se puso a escucharlas y comenzó a llorar; al verla, Juanito se echó a llorar también. Estaban tan turbados como si se hallaran cerca de la muerte. Miraron a su alrededor, se habían perdido e ignoraban por dónde debían volver a su casa. El sol estaba ocultándose detrás de la montaña. Juanito miró a través de los árboles y vio que se hallaban junto a las viejas paredes del castillo; se asustó y se quedó pálido y desfallecido. Juanita comenzó a cantar:

Pajarillo, pajarillo, el del dorado collar; ¿qué cantas, qué cantas, dime?, cantas, cantas tu pesar. ¿Qué canta mi palomita, qué cantas, dímelo tú, cantas acaso su muerte? Cántala tú, sí, tú, sí, tú.

Juanito miró a Juanita, que se había convertido en un ruiseñor que cantaba, sí, tú, sí, tú. Un ave nocturna de ojos brillantes voló tres veces alrededor de ella, y gritó también tres veces: ¡uh, uh, uh! Juanito no podía moverse, estaba como petrificado, no podía llorar, ni hablar, ni mover manos ni pies. Acababa de ponerse el sol, voló el ave a un arbusto y al poco salió de detrás de él una vieja pálida y flaca que tenía grandes ojos enrojecidos, nariz aplastada y de punta retorcida que le llegaba hasta la barba. Murmuró algunas palabras, llamó al ruiseñor y lo agarró con la mano.

Juanito no podía hablar, ni moverse del sitio donde se hallaba; el ruiseñor desapareció. Volvió luego la mujer y dijo con voz ronca:

—Yo te saludo, la luna ha aparecido en el cielo, estás libre; sea en buena hora.

Y Juanito quedó en libertad.

Se arrojó entonces a los pies de aquella mujer y le suplicó que le permitiese llevarse a su Juanita, pero ella le dijo que no lo conseguiría jamás y se marchó. La llamó, lloró, se lamentó; todo fue en vano.

—¡Ay, qué va a ser de mí!

Juanito echó a andar hasta que llegó a una aldea lejana donde trabajó guardando ovejas durante mucho tiempo. Con frecuencia iba a dar una vuelta alrededor del castillo, pero nunca se acercaba. Al fin, una noche soñó que se había encontrado una rosa del color de la sangre, en cuyo centro había una perla muy grande. Asió la rosa, se marchó al castillo, y todo lo que tocaba con ella quedaba desembrujado. También soñó que había vuelto a reunirse con su Juanita. Cuando despertó por la mañana, comenzó a buscar por montañas y valles para ver si encontraba una rosa como aquella con la que había soñado. La buscó nueve días seguidos y una mañana halló una rosa de color de sangre, en su centro había una gota de rocío tan grande como una hermosa perla. Se dirigió al castillo con su rosa; no se quedó petrificado y pudo seguir andando hasta llegar a la puerta.

Juanito se puso muy contento. Tocó las puertas con la flor y se abrieron. Entró y se detuvo en el patio para escuchar dónde se oía el canto de los pájaros, hasta que lo supo al fin. Se dirigió hacia aquel punto y se encontró en un salón en el cual se hallaba la hechicera rodeada de cientos de jaulas de pájaros.

Cuando vio a Juanito se encolerizó mucho, gritó, y le arrojó hiel y veneno, pero no pudo acercarse a dos pasos de él, que no quiso retroceder y siguió recorriendo las jaulas llenas de pájaros. Pero las jaulas contenían muchos centenares de ruiseñores; ¿cómo encontrar a su Juanita?

Mientras estaba en esto, se acercó la vieja a hurtadillas a una jaula que tenía un pájaro al que le abrió la puerta. Juanito fue corriendo, tocó a la jaula con la flor y también a la vieja, que desde entonces no podría hechizar ya a nadie, y se encontró al lado de Juanita, que se arrojó a su cuello, mucho más hermosa de lo que había sido nunca.

Antes de marcharse, convirtió a todos los pájaros en su primitivo ser de doncellas y se fue con su Juanita a su casa, donde vivieron por mucho tiempo felices y contentos.

LOS TRES HEREDEROS AFORTUNADOS

Un padre reunió a sus tres hijos a su presencia y les dio al primero un gallo, al segundo una guadaña y al tercero un gato.

—Soy viejo —les dijo—, y está cercana mi muerte. Antes de que llegue, quiero asegurar vuestro porvenir. No tengo dinero que dejaros, y aunque os parezcan de poco valor las cosas que ahora os doy, eso depende del uso que hagáis de ellas. Buscad cada uno un país en que sea desconocido el objeto que posee, y hará su fortuna.

Después de la muerte de su padre, el mayor de los hijos se puso en camino con su herencia, pero por cuantas partes pasaba era conocido el gallo; en las ciudades lo veía encima de los campanarios, dando vueltas con el viento[76]; en los campos se lo oía cantar continuamente. A nadie chocaba su animalito, de manera que no se hallaba en la situación más a propósito para mejorar su suerte.

Llegó por último a una isla donde nadie sabía lo que era un gallo, de modo que les costaba mucho trabajo saber cuándo eran las diferentes partes del día. Sabían muy bien cuándo era de día y cuándo era de noche, pero los que dormían por la noche ignoraban siempre la hora que era.

—Mirad —les dijo—, qué animal tan hermoso: tiene una corona de rubíes en la cabeza y lleva espuelas en los pies como los caballeros. Por la noche canta tres veces a horas fijas; la última cuando va a salir el sol. Cuando canta en medio del día, indica que va a cambiar el tiempo.

Este discurso gustó mucho a los habitantes de la isla. A la noche siguiente nadie se durmió y todos escucharon con la mayor ansiedad al gallo anunciar las dos, las cuatro y las seis de la mañana. Le preguntaron si vendía aquel hermoso pájaro, y cuánto quería por él.

---

[76] La imagen del gallo aparece en muchas veletas.

—Quiero el oro que pueda llevar un asno en una carga —les contestó.

Todos contestaron que semejante precio era una bagatela por un animal tan maravilloso, y se apresuraron a dárselo.

Al ver que su hermano mayor volvía rico, los hermanos menores se llenaron de asombro y el segundo decidió partir también para ver si le valía de algo su hoz. Pero por todas partes por donde pasaba encontraba a los labradores provistos de hoces tan buenas como la suya. Por fortuna, desembarcó al fin en una isla en la que nadie sabía lo que era una hoz. Cuando el trigo estaba seco en aquel país lo cortaban con la mano, espiga a espiga, malgastando mucho tiempo y no menos dinero, por lo que estaban muy caros los cereales. Cuando nuestro hombre se puso delante de ellos a segar el trigo con tanta facilidad y tan rápido, todos lo miraron asombrados. Le compraron su instrumento por el precio que quiso y consiguió un caballo cargado con todo el oro que podía llevar.

El tercer hermano quiso sacar partido a su vez de su gato. Como a los otros dos, no se le presentó ninguna buena ocasión mientras estuvo en tierra firme, porque en todas partes había gatos y en número tan grande que se tiraban muchos de ellos apenas habían nacido. Por último se hizo conducir a una isla, donde por suerte no habían visto nunca ninguno; pero en cambio había en ella tal número de ratones, que corrían por las mesas y los bancos aun en presencia de los dueños de las casas. Todos sufrían este terrible azote; el mismo rey no podía liberarse de él, pues por todos los rincones de su palacio se oían corretear los ratones y no se veía libre nada de cuanto podía alcanzar su diente. En cuanto entró, el gato limpió dos salas, de modo que los habitantes suplicaron al rey que adquiriese para el Estado ese precioso animal. El rey le pagó, sin regatear en el precio, con un mulo cargado de oro y el hermano menor volvió a su país, mucho más rico todavía que los dos mayores.

LOS SEIS COMPAÑEROS
QUE LO CONSIGUEN TODO

Había una vez un hombre que era muy hábil en todos los oficios. Se hizo soldado y sirvió con valor, y cuando se acabó la guerra recibió la licencia con algún dinero para el gasto del camino. Esto no le convenía y se propuso, si encontraba compañeros, obligar al rey a darle todos los tesoros del reino. Tomó enojado el camino del bosque y vio allí a un hombre que acababa de desarraigar seis árboles muy grandes con la mano, como si no hubieran sido más que seis hojas de yerba. Le preguntó:

—¿Quieres seguirme y servir a mis órdenes?

—Con mucho gusto —respondió el otro—, pero antes tengo que llevar a mi madre este hacecillo de leña.

Y tomó uno de los árboles, ató con él los otros, se echó el haz a espaldas y se lo llevó. Volvió al poco a encontrarse a su amo, que le dijo:

—Nosotros dos lo conseguiremos todo.

Un poco más allá encontraron un cazador, que estaba rodilla en tierra y apuntaba con su escopeta. El soldado le preguntó:

—¿A qué apuntas, cazador?

Él le contestó:

—A dos leguas[77] de aquí hay una mosca colocada en la rama de una encina y quiero meterle una bala en el ojo izquierdo.

—¡Oh, vente conmigo! —le dijo el soldado—. Nosotros tres lo conseguiremos todo.

El cazador lo siguió y llegaron ante siete molinos de viento que daban vueltas con la mayor velocidad, a pesar de que no hacía nada de viento y no se movían las hojas de ningún árbol. El soldado le dijo:

—No concibo cómo pueden andar estos molinos, pues no hay viento.

---

[77] Unos diez kilómetros.

Dos leguas más allá, vieron un hombre que estaba subido en un árbol. Tenía una de las narices tapada y soplaba con la otra.

—¿Qué diablos soplas ahí arriba? —le preguntó el soldado.

—A dos leguas de aquí —le respondió—, hay siete molinos de viento y estoy soplando para hacerlos andar.

—¡Oh, ven conmigo! —dijo el soldado—; nosotros cuatro lo conseguiremos todo.

El que soplaba bajó del árbol y los acompañó. Al cabo de algún tiempo vieron a un hombre que estaba sobre un sólo pie; se había quitado el otro y lo tenía a su lado.

—Ahí tenemos a uno —dijo el soldado— que de seguro quiere descansar[78].

—Soy un andarín —respondió el otro—, y por no ir tan deprisa me he quitado una pierna; cuando tengo puestas las dos ando más que las golondrinas.

—¡Oh, ven conmigo! —dijo el soldado—; nosotros cinco lo conseguiremos todo.

Se fue con ellos. Poco tiempo después encontraron a un hombre que tenía un sombrero pequeño echado encima de la oreja. El soldado le dijo:

—Dispensadme, caballero, creo que haríais mejor en poneros el sombrero derecho.

—Me guardaré muy bien —dijo el otro—, pues si me pongo el sombrero derecho, hace un frío tan grande que los pájaros se hielan en el aire y caen muertos al suelo.

—¡Oh, entonces ven conmigo! —dijo el soldado—; nosotros seis lo conseguiremos todo.

Los seis entraron en una ciudad en la que el rey había mandado pregonar que el que quisiera luchar en una carrera con su hija, se casaría con ella si era vencedor, pero se le cortaría la cabeza si era vencido. El soldado se presentó y preguntó si podía correr en lugar suyo uno de su compañía.

—¿Por qué no? —respondió el rey—; pero su vida y la tuya servirán de prenda, y si es vencido os cortarán la cabeza a los dos.

---

[78] Muestra de humor cazurro común en los pueblos y aldeas en las que se contaban estos cuentos.

Puestos así de acuerdo, el soldado mandó al andarín que se pusiese la segunda pierna y le recomendó que corriese sin perder tiempo y no ahorrase nada para conseguir la victoria. Se había decidido que sería vencedor el que trajese el primero agua de una fuente situada muy lejos de allí. El andarín y la hija del rey recibieron un cántaro cada uno al mismo tiempo, pero apenas había dado algunos pasos la princesa cuando se había perdido de vista al andarín, como si se lo hubiera llevado el viento. Llegó enseguida a la fuente, llenó su cántaro y se puso en camino. Pero se sintió cansado a mitad de la carrera, y poniendo el cántaro en el suelo se echó a dormir un rato. Mas tuvo el cuidado de ponerse bajo la cabeza un cráneo de caballo que encontró allí cerca para no tardar en despertar con la dureza de la almohada. La princesa, que corría tan bien como puede hacerlo una persona en el estado natural, llegó a la fuente y se apresuró a volver después de haber llenado el cántaro. Encontró al andarín dormido:

—Bueno —se dijo alegremente—, el enemigo está en mis manos.

Vació el cántaro del dormido y continuó su camino. Todo se había perdido, mas por fortuna, el cazador, colocado en lo alto del palacio, vio esta escena con su aguda vista.

—Pues no faltaba más —dijo—, sino que ganara la princesa.

Y disparando su carabina rompió el cráneo de caballo que servía de almohada al andarín, sin hacerle a este daño alguno. Despertó el otro sobresaltado, vio que estaba vacío su cántaro y que la princesa le había tomado ya un gran adelanto. Pero volvió a la fuente sin desanimarse, llenó de nuevo su cántaro y llegó al término de la carrera diez minutos antes que la princesa.

—Al final he tenido que menear bien las piernas —dijo—, lo que había hecho antes no era en realidad correr.

Pero el rey y su hija estaban furiosos al ver que el vencedor era un miserable soldado licenciado, por lo que decidieron que lo eliminarían a él y a todos sus compañeros. El rey dijo a su hija:

—No tengas miedo, he encontrado un buen medio, no se me escaparán.

Después, bajo pretexto de obsequiarles, los hizo entrar en un cuarto cuyo suelo era de hierro, lo mismo que las puertas y las ventanas. En medio de la habitación había una mesa con una espléndida comida.

—Entrad —les dijo el rey—; regalaos bien.

Y en cuanto estuvieron dentro, hizo cerrar con cerrojos todas las puertas por fuera. Después mandó venir a su cocinero y le dio la orden de encender lumbre debajo del cuarto hasta que el piso de hierro se pusiera enteramente al rojo. Puso en ejecución la orden y los seis compañeros que estaban a la mesa comenzaron a tener calor. En un principio creyeron que provenía de lo mucho que comían, pero como el calor iba siempre en aumento, quisieron salir y vieron que las puertas y las ventanas estaban cerradas y que el rey había querido jugarles una mala pasada.

—Pero ha errado el golpe —dijo el hombre del sombrerillo—, pues voy a hacer venir un frío que hará impotente al calor.

Entonces se caló el sombrero hasta los ojos y comenzó a hacer tal frío que desapareció el calor y se helaron los platos de la mesa. Al cabo de dos horas, el rey, que creía que estarían ya muertos, hizo que abriesen las puertas y vino a ver por sí mismo lo que les había sucedido. Pero halló a los seis muy frescos y contentos, diciendo que deseaban poder salir para ir a calentarse un poco, porque hacía tal frío en el cuarto que se les habían helado los platos encima de la mesa. Enojado el rey, fue a buscar al cocinero y le preguntó por qué no había ejecutado sus órdenes. Pero el cocinero le respondió:

—He echado una lumbre capaz de asar una docena de bueyes. Vedlo vos mismo.

El rey vio que, en efecto, se había hecho una lumbre muy grande debajo del cuarto en que los seis compañeros habían sabido librarse del calor. El rey, deseoso de deshacerse de estos incómodos huéspedes, llamó al soldado, y le dijo:

—Si quieres ceder los derechos que tienes a la mano de mi hija, te daré todo el oro que desees.

—Con mucho gusto, señor —respondió el otro—; dadme únicamente todo el oro que pueda llevar uno de los míos, y dejo a la princesa.

El rey se puso muy contento. El soldado le dijo que volvería a buscar su oro dentro de quince días. Entretanto, convocó en el mismo instante a todos los sastres del reino y los contrató por quince días para hacer un saco. En cuanto estuvo concluido, el Hércules de la banda, el que desarraigaba los árboles con la mano, se lo echó a cuestas y se presentó en palacio. El rey preguntó quién era aquel mozo tan vigoroso que llevaba en las espaldas un fardo de paño tan grande como una casa, y cuando lo supo se asustó pensando en todo el oro que cabría dentro. Hizo traer un tonel que apenas podían hacer rodar seis hombres de los más fuertes, pero el Hércules lo asió con una mano, y al echarlo en el saco se quejó de que le hubiesen traído tan poco que no daba ni siquiera para cubrir el fondo. El rey hizo traer sucesivamente todo su tesoro, que pasó entero al saco sin llenar ni la mitad.

—Traed más —gritó el Hércules—, dos nueces no bastan para hartar a un hombre.

Trajeron además setecientos carros cargados de oro de todas las partes del reino y los metió en el saco con bueyes y todo. Cuando estuvo todo dentro aún quedaba lugar, pero dijo:

—Hay que concluir, bien puede uno cerrar su saco antes de que esté lleno.

Se lo echó a la espalda y fue a reunirse a sus compañeros. El rey, viendo que un sólo hombre se llevaba todas las riquezas del reino, se puso muy enojado y mandó que montase toda su caballería con la orden de perseguir a los compañeros y quitarles el saco. Poco después los alcanzaron dos regimientos, que les dijeron:

—Daos prisioneros; entregad el saco y el oro que contiene, o morís en el acto.

—¿Qué decís —respondió el que soplaba—, que somos prisioneros? Antes echaréis todos a volar.

Y tapándose una de las narices se puso a soplar con la otra a los dos regimientos de modo que los dispersó acá y allá, por el azul del cielo, por encima de los valles y las montañas. Un antiguo sargento mayor le pidió gracia diciendo que tenía nueve cicatrices y que un valiente como él no merecía ser tratado tan ignominiosamente. El que soplaba se detuvo un poco de manera que el sargento cayera sin lesión, pero le dijo:

—Ve a buscar a tu rey y dile que aunque hubiera enviado el doble de gente contra nosotros, yo los hubiera hecho bailar a todos en el aire.

Al saber la aventura, dijo el rey:

—Es preciso dejar que se marchen: los pícaros son hechiceros.

Y los seis compañeros se llevaron así sus riquezas, se las repartieron, y vivieron felices hasta el fin de sus días.

EL ABUELO Y EL NIETO

Obra también conocida como «El plato de madera»

Había una vez un pobre muy viejo que no veía apenas, tenía el oído muy torpe y le temblaban las rodillas. Cuando estaba a la mesa apenas podía sostener su cuchara, vertía la copa sobre el mantel y algunas veces hasta se le escapaba la baba. La mujer de su hijo y su mismo hijo estaban muy disgustados con él, hasta que por último lo dejaron en un rincón de un cuarto, donde le llevaban su escasa comida en un plato viejo de barro. El anciano lloraba con frecuencia y miraba con tristeza hacia la mesa. Un día se cayó al suelo y se le rompió la escudilla que apenas podía sostener en sus temblorosas manos. Su nuera lo llenó de improperios, y él no se atrevió a responder y bajó la cabeza suspirando. Le compraron por poco dinero una escudilla de madera en la que se le dio de comer de allí en adelante.

Algunos días después, su hijo y su nuera vieron a su niño, que tenía algunos años, muy ocupado en reunir algunos pedazos de madera que había en el suelo.

—¿Qué haces? —le preguntó su padre.

—Una escudilla —contestó—, para dar de comer a papá y a mamá cuando sean viejos.

El marido y la mujer se miraron por un momento sin decirse una palabra. Después se echaron a llorar, volvieron a poner al abuelo a la mesa y comió siempre con ellos, que lo trataron en adelante con la mayor amabilidad.

JUAN EN LA PROSPERIDAD

Juan, después de haber estado siete años en casa de su maestro, le dijo un día:

—Maestro, ha terminado el tiempo de nuestro contrato. Quiero volver a casa de mi madre, dadme si os place lo que he ganado.

Su maestro le contestó:

—Me has servido bien y lealmente, tu recompensa será buena.

Y le dio un saco lleno de oro, tan grande como su cabeza.

Juan sacó el pañuelo de su bolsillo, lo utilizó como si fuera una cuerda, colocó el saco sobre su hombro al extremo de un palo y se puso en camino para ir en busca de su madre.

Mientras caminaba así, siempre un pie tras otro, vio un hombre que trotaba alegremente en su vigoroso caballo.

—¡Ah! —se dijo Juan a sí mismo en alta voz—, ¡qué cosa tan buena es ir a caballo! Va uno como sentado en una silla, no tropieza en las piedras del camino, ahorra zapatos y anda sabe Dios cuánto.

El jinete, que lo había oído, se detuvo y dijo:

—Y entonces, Juan, ¿por qué vas a pie?

—Porque no puedo hacerlo de otro modo —le contestó—. Llevo este saco a mi madre, es verdad que va lleno de oro, mas no por eso pesa menos en mis espaldas.

—Si quieres, cambiaremos —le dijo el jinete—; te daré mi caballo y tú me darás tu saco.

—Con mucho gusto —contestó Juan—; pero iréis muy cargado, os lo advierto.

Bajó el jinete, y después de haber tomado el oro ayudó a Juan a montar a caballo y le puso la brida en la mano, mientras decía:

—Ahora, cuando quieras ir deprisa, no tienes más que decir, «¡arre!, ¡arre!».

Juan no cabía en sí de gozo cuando se vio a caballo. Pasado un momento tuvo ganas de ir más deprisa, y comenzó a gritar: «¡arre!,

¡arre!». El caballo se lanzó enseguida al galope, y antes de tener tiempo de asegurarse en la silla, fue arrojado Juan al suelo, en una cuneta al lado del camino. El caballo hubiera continuado corriendo si no lo hubiera detenido un aldeano que venía en sentido opuesto y llevaba una vaca delante. Juan, de muy mal humor, se levantó como pudo y dijo al labriego:

—Es una cosa muy triste el ir a caballo, sobre todo cuando tiene uno que habérselas con un animal tan malo como este, que le tira a uno al suelo con riesgo de romperse la cabeza. Dios me libre de volver a montar más en él. Al menos con una vaca como la vuestra se va tranquilamente detrás de ella, y además tiene uno leche, manteca y queso todos los días. ¿Qué no daría yo por poseer una vaca como esa?

—Ya que os agrada tanto —dijo el labriego—, cambiad mi vaca por vuestro caballo.

Juan se hallaba en el colmo de la alegría. El labriego montó a caballo y se alejó con rapidez.

Juan comenzó a arrear tranquilamente su vaca, contento con el cambio que había hecho, pues pensaba entre sí: «Con sólo tener un pedazo de pan nada me puede faltar, pues siempre tendré manteca y queso para que le hagan compañía. Si tengo sed, ordeño mi vaca y bebo leche. ¿Qué más puedo desear?

Se detuvo en la primera posada que encontró y consumió alegremente todas las provisiones que había tomado para el camino. Con los dos maravedíes que le quedaban se bebió un vaso de cerveza y continuó su viaje arreando su vaca. Se acercaba mientras tanto el mediodía, el calor era sofocante y Juan se encontró en un erial que tenía más de una legua de largo. Tenía tanto calor que la sed le pegaba la lengua al paladar.

—Este mal tiene remedio —pensó para sí—; voy a ordeñar mi vaca y a refrescarme con un vaso de leche.

Ató la vaca a un árbol seco y, a falta de otra cosa, utilizó su sombrero para ordeñar la leche. Pero por mucho que apretaba con la punta de los dedos, no sacaba ni una gota de leche. Para colmo de la desgracia, como hacía muy mal la operación, el animal, impaciente, le dio una coz en la cabeza y lo derribó al suelo, donde permaneció por largo rato.

Por fortuna lo levantó un cortador[79] que acertó a pasar por allí cargado con un cerdo. Juan le contó lo que había pasado. El carnicero le dio a beber un trago y le dijo:

—Bebe esto para tomar fuerzas. Esa vaca no te dará nunca leche, es muy vieja y sólo sirve para uncirla a una carreta o llevarla al matadero.

Juan se arrancó los cabellos de desesperación.

—¡Quién lo hubiera sabido! —exclamaba—. Cierto que el que la mate puede comérsela, pero a mí no me gusta la carne de vaca, no sabe a nada. Si fuera un cerdito como el vuestro sería mucho mejor, aun prescindiendo de las morcillas.

—Escucha, Juan —le dijo el carnicero—; si quieres, por complacerte, cambiaré mi cerdo por tu vaca.

—Dios os premie vuestra buena acción —contestó Juan, y dio su vaca al carnicero.

Puso este su cerdo en el suelo y le dio a Juan en la mano la cuerda con que lo llevaba atado.

Juan continuó su camino pensando en su buena estrella: tenía una dificultad y enseguida estaba vencida. En esta situación encontró a un joven que llevaba un hermoso ganso blanco debajo del brazo. Se saludaron y Juan comenzó a contar sus aventuras y los buenos cambios que había hecho. El joven le contó a su vez que llevaba aquel ganso para celebrar un bautizo.

—Mirad —le dijo, asiéndolo por las alas—, ¡mirad qué peso! Es verdad que le han estado cebando dos meses seguidos; al que coma de este ganso le correrá la grasa por los dos lados de la boca.

—Sí —dijo Juan—, pesa bastante, pero mi cerdo tiene también su mérito.

El joven comenzó entonces a menear la cabeza, mirando con precaución a todos lados.

—Escuchad —le dijo—, el cambio de ese cerdo podría dar margen a otro mucho peor para vos. En la aldea por donde acabo de pasar han robado en este mismo momento uno del corral del alcalde y mucho me temo que sea el mismo que lleváis. Han enviado emisarios a recorrer los caminos, y sería una desgracia muy grande para vos si os

---

[79] Matarife.

cogiesen con ese animal. Lo menos malo que os podría suceder sería que os metieran en un calabozo.

—¡Ay, Dios mío! —contestó el pobre Juan, que comenzaba a temblar de miedo—; ¡tened compasión de mí! Si quisierais hacerme un favor, cambiaríais mi cerdo por vuestro ganso.

—Mucho arriesgar es —repuso el muchacho—, pero lo haré, porque así no os sucederá nada y no me echaréis a mí la culpa.

Y agarrando la cuerda se llevó con prontitud el cerdo por un camino escondido, mientras que el honrado Juan, libre de inquietud, marchaba con su ganso bajo el brazo.

—Reflexionándolo bien —se decía a sí mismo—, no he dejado de ganar en este cambio, pues además de un buen asado, tendré grasa lo menos para tres meses. Y además, con todas estas plumas blancas puedo hacerme una almohada en la que dormiré sin necesidad de que me mezan. ¡Qué alegre va a ponerse mi madre!

Al pasar por la última aldea antes de llegar a su casa, vio a un afilador que daba vueltas a su rueda cantando:

Aunque soy afilador, no tengo igual; da vueltas, rueda, que el sol es tu rival.

Juan se detuvo a mirarlo y concluyó por decirle:

—Estáis muy alegre a lo que veo, parece que os va bien en el oficio.

—Sí —contestó el afilador—, es un oficio de oro. Un buen afilador es hombre a quien sobra siempre dinero en el bolsillo. Pero ¿dónde habéis comprado ese hermoso ganso?

—No lo he comprado, lo he obtenido en cambio de un cerdo.

—¿Y el cerdo?

—Lo he cambiado por una vaca.

—¿Y la vaca?

—La he cambiado por un caballo.

—¿Y el caballo?

—Lo he cambiado por un saco de oro tan grande como mi cabeza.

—¿Y el oro?

—Era el salario que había ganado en siete años.

—Veo —dijo el afilador—, que os habéis arreglado siempre a las mil maravillas. Ahora sólo os falta encontrar un medio de tener siempre la bolsa llena y ya sois feliz.

—Pero, ¿cómo encontrarlo?

—Haceos afilador como yo. Para ello, solo necesitáis una piedra de afilar, lo demás se consigue con el tiempo. Yo tengo una un poco descantillada, es verdad, pero os la daré de balde por vuestro pato. ¿Aceptáis?

—No hay que hablar más palabras —contestó Juan—, soy el hombre más feliz de la tierra. Al diablo las preocupaciones si se tiene siempre la bolsa llena.

Agarró la piedra y dio su ganso a cambio.

—Tomad —le dijo el afilador presentándole un guijarro muy grande que había a sus pies—: os regalo además esa otra piedra que es muy buena. Se puede golpear con ella todo lo que se quiera y os servirá para enderezar los clavos viejos. Llevadla con cuidado.

Juan cargó con el guijarro y se fue con el corazón lleno de alegría y los ojos bailándole en la cara.

—A fe mía —exclamó—, he debido nacer de pie. Consigo todo lo que quiero, ni más ni menos que si hubiera venido al mundo en domingo.

Pero como estaba en pie desde el amanecer empezó a sentirse cansado. También comenzaba a atormentarlo el hambre, pues su alegría cuando adquirió la vaca lo hizo consumir todas sus provisiones de una vez. Andaba con mucho trabajo y se detenía a cada paso. La piedra y el guijarro le pesaban horriblemente, no pudo por menos de pensar que sería mucho más feliz si no tuviera que llevar nada encima. Se acercó como pudo a un estanque próximo para descansar y beber un trago de agua, y por no hacerse daño con las piedras al sentarse, las colocó a su lado junto a la pequeña laguna. Se echó después de bruces y comenzó a beber, mas sin querer tropezó con las piedras, que rodaron hasta llegar al fondo. Al verlas desaparecer dio un salto de alegría, y con lágrimas en los ojos agradeció a Dios haberle librado de aquella carga tan incómoda, de la que no tenía culpa alguna.

—No hay bajo el sol —dijo—, un hombre más afortunado que yo.

Y sin carga alguna, con el corazón más ligero que las piernas, continuó su camino hasta la casa de su madre.

EL JOVEN GIGANTE

Había una vez un labrador que tenía un hijo tan grande como el dedo pulgar. Nunca crecía, y en muchos años su estatura no aumentó ni en un sólo dedo. Un día que iba su padre a trabajar al campo, le dijo el pequeñillo:

—Padre, quiero ir contigo.

—¿Venir conmigo? —dijo el padre—; ¡quédate ahí! Fuera de casa no servirías más que para molestar; y además podrías perderte.

Pero el pequeño se echó a llorar y, por tener paz, se lo metió su padre en el bolsillo y lo llevó consigo. En cuanto llegó a la tierra que iba a arar, lo sentó en un surco recién abierto.

Mientras estaba allí apareció un gigante muy grande que venía del otro lado de las montañas:

—Mira, el coco viene a llevarte —le dijo el padre, que quería meter miedo a su hijo para que fuera más obediente.

Pero el gigante, que había oído esto, llegó en dos pasos al surco, asió al enanito y se lo llevó sin decir una palabra. El padre, mudo de asombro, no tuvo fuerzas ni para dar un grito. Creyó perdido a su hijo, y no esperó volver a verlo más. El gigante se lo llevó a su casa, y lo crió por sí mismo. El enanito tomó de repente una gran estatura, creció y llegó a ser parecido a un gigante. Al cabo de dos años, el gigante fue con él al bosque, y para probarlo le dijo:

—Tráeme una varita.

El muchacho era ya tan fuerte que arrancó de la tierra un arbolito con raíces y todo. Pero el gigante se propuso que creciera todavía más. Se lo llevó consigo y lo crió durante otros dos años más. Al cabo de este tiempo habían aumentado de tal modo sus fuerzas que arrancaba de la tierra un árbol aunque fuera muy viejo. Pero esto no era suficiente para el gigante. Lo crió todavía durante otros dos años, al cabo de los cuales fue con él al bosque, y le dijo:

—Tráeme un palo de un tamaño regular.

El joven arrancó de la tierra la encina mayor del bosque, que produjo un horrible estallido, y este esfuerzo no fue más que un juego para él.

—Está bien —dijo el gigante—, ya ha concluido tu educación.

Y lo llevó a la tierra de donde se lo había llevado. Su padre estaba ocupado en labrar, cuando se acercó a él el joven gigante y le dijo:

—Ya estoy aquí, padre mío, y hecho todo un hombre.

El labrador, asustado, exclamó:

—No, tú no eres mi hijo; yo no te quiero, márchate.

—Sí, yo soy vuestro hijo. Dejadme trabajar en vuestro lugar. Yo araré tan bien y mejor que vos.

—No, no, tú no eres mi hijo, y tú no sabes arar; márchate.

Pero, como tenía miedo al coloso dejó el arado y se puso a alguna distancia. Entonces, el joven agarró su instrumento con una sola mano y se apoyó encima con tal fuerza, que la reja se hundió profundamente en la tierra. El labrador no pudo dejar de gritarle:

—Si quieres arar, no debes profundizar tanto, pues te saldrá muy mal el trabajo.

El joven desenganchó entonces los caballos, se enganchó al arado y le respondió:

—Id a casa, y decid a mi madre que me prepare una comida abundante; mientras tanto, acabaré de arar esta tierra.

El labrador fue a su casa y se lo dijo todo a su mujer. En cuanto al joven gigante, por sí solo aró toda la tierra, que tendría muy bien dos fanegas[80], y enseguida la rastrilló arrastrando dos rastrillos a la vez. Cuando hubo concluido, fue al bosque, arrancó dos encinas que se echó al hombro, colgó en una los dos rastrillos y en la otra los dos caballos, y lo llevó todo a casa de sus padres con la misma facilidad que si fueran de paja.

Cuando entró en el patio, su madre, que no lo conocía, exclamó:

—¿Quién es ese horrible gigante?

—Es nuestro hijo —dijo el labrador.

—No —dijo ella—, no es nuestro hijo, nuestro hijo ha muerto ya. Nosotros no hemos tenido nunca ninguno tan grande, el nuestro era muy pequeñito.

Y dirigiéndose a él, exclamó:

---

[80] Aproximadamente una hectárea.

152

—Márchate, nosotros no te queremos.

El joven no le contestó. Llevó los caballos a la cuadra, les dio heno y avena y los cuidó perfectamente. Después, cuando hubo concluido, entró en el cuarto y, sentándose en el banco, dijo:

—Madre tengo hambre, ¿está lista la comida?

—Sí —respondió—, y puso delante de él dos platos muy grandes, tan llenos hasta arriba que hubieran bastado para comer ella y su marido durante ocho días.

El joven se lo comió todo y luego preguntó si había algo más.

—No, eso era todo lo que teníamos.

—Eso apenas ha bastado para abrirme el apetito; necesito algo más.

La madre no se atrevió a negarse. Puso a la lumbre una marmita muy grande llena de tocino, y se la dio en cuanto estuvo cocido.

—Vamos —dijo—, ahora ya se puede tomar un bocado.

Y se lo tragó todo sin que se le quitase el hambre[81]. Entonces, le dijo a su padre:

—Veo que en casa no hay lo que necesito para comer. Buscadme una barra de hierro, bastante fuerte, que no se rompa encima de mi rodilla, y me iré a correr el mundo.

El labrador estaba admirado. Enganchó los dos caballos al carro y trajo de la fragua una barra de hierro tan grande y tan gruesa que apenas podían arrastrarla los dos caballos. El joven la agarró y la rompió en su rodilla como si fuera una paja; tiró los pedazos a un lado. El padre enganchó cuatro caballos y trajo otra barra de hierro, mucho más grande y fuerte que la primera. Pero su hijo la rompió también encima de la rodilla, y dijo:

—Esta tampoco vale nada, traedme otra más fuerte.

El padre enganchó por último ocho caballos y trajo una barra que apenas podían arrastrar entre todos ellos. En cuanto la agarró el hijo en su mano rompió un poco de una punta. Entonces le dijo a su padre:

—Ahora veo que no podéis conseguirme una barra de hierro como la que necesito. Me marcho de vuestra casa.

Para correr el mundo, se hizo herrero. Llegó a una ciudad donde había un herrero muy avaro que no daba nunca nada a nadie y quería

---

[81] Vemos un paralelismo de esta tremenda capacidad en el personaje *Gargantúa*, de FRANÇOIS RABELAIS.

guardárselo todo para él sólo. Se presentó en la fragua y le pidió trabajo. El maestro se admiró de ver un joven tan vigoroso, y contó con que daría buenos martillazos y ganaría bien su dinero.

—¿Cuánto quieres de jornal? —le preguntó.

—Nada —respondió el otro—, pero cada quincena, cuando pagues a los demás, quiero darte dos puñetazos, que estarás obligado a recibir.

El avaro quedó muy satisfecho del contrato, que le ahorraba mucho dinero. Al día siguiente, el oficial forastero fue el que dio el primer martillazo cuando el maestro llevó la barra de hierro al rojo. Dio tal golpe, que el hierro se rompió y saltó, y el yunque se hundió tan profundamente en el suelo que no pudieron volver a sacarlo. El maestro, enfadado, le dijo:

—No sirves para el oficio, porque pegas demasiado fuerte; ¿qué quieres que te dé por ese martillazo que has pegado?

—No quiero más que darte un puntapié, uno sólo.

Y le dio uno tan grande que lo hizo volar por encima de cuatro carros de heno. Después buscó la barra de hierro más gruesa que pudo hallar en la fragua, y asiéndola como un bastón continuó su camino.

Un poco más lejos llegó a una granja, y preguntó a su dueño si necesitaba algún criado.

—Sí— le respondió—, necesito uno. Tú me pareces un muchacho muy vigoroso y que sabes ya tu obligación. Pero, ¿cuánto quieres de salario?

Le respondió que no quería salario y que se contentaba con darle todos los años tres trompazos, que se obligaría a recibir. El granjero se alegró mucho de este contrato, porque era también muy avaricioso.

Al día siguiente había que ir a buscar madera al bosque, los otros criados estaban ya de pie, pero nuestro joven se hallaba aún en la cama. Uno de ellos le gritó:

—¡Levántate, que ya es hora!, vamos al bosque y es preciso que vengas con nosotros.

—Id delante —le contestó bruscamente—, yo estaré de vuelta mucho antes que vosotros.

Los otros fueron a buscar al amo y le dijeron que el criado nuevo estaba todavía acostado y no quería ir con ellos al bosque. El amo les dijo que fueran a despertarle otra vez y le dieran orden de enganchar los caballos. Pero nuestro hombre volvió a responderles:

—Id delante, que yo estaré de vuelta antes que vosotros.

Todavía estuvo acostado dos horas más. Al cabo de este tiempo se levantó y, después de haber cosechado dos fanegas de guisantes[82] y de hacerse con ellos un buen cocido, que comió tranquilamente, enganchó los caballos para llevar la carreta al bosque. Para llegar a este sitio había que pasar por un camino que se hallaba en una hondonada; hizo pasar primero la carreta, y después detuvo los caballos, volvió atrás y cubrió el camino con árboles y malezas, de modo que no fuera posible pasar. Cuando entró en el bosque los otros volvían ya con sus carretas cargadas, y les dijo:

—Id delante, que yo estaré en casa antes que vosotros.

Sin andar más, se contentó con arrancar dos árboles enormes que echó en su carreta y después regresó por el mismo camino. Cuando halló a los otros detenidos y sin poder pasar delante de los árboles que había preparado con aquel fin, les dijo:

—Si os hubierais quedado en casa esta mañana como yo, habríais dormido una hora más y no entraríais esta noche otra más tarde.

Y como no podía avanzar con sus caballos, los desenganchó, los puso encima de la carreta, y asiendo él mismo la lanza en la mano, cargó con todo como si fuera un puñado de plumas. Cuando estuvo al otro lado, dijo:

—Ved cómo llego mucho antes que vosotros; —y continuó su camino sin aguardarlos.

Al llegar, levantó un árbol en la mano, se lo enseñó al amo y dijo:

—¿No es este un hermoso tronco?

El amo le dijo a su mujer:

—Este es un buen criado. Si se levanta más tarde que los demás, también está de regreso antes que ellos.

Sirvió al granjero durante un año. Cuando este plazo expiró y recibieron su salario los otros criados, quiso también cobrarse el suyo. Pero el amo, atemorizado ante la perspectiva de los golpes que tenía que recibir, le suplicó en el acto que se los perdonase y dijo que prefería cederle la granja y ser él mismo su criado.

---

[82] O los que caben en cien litros, aproximadamente.

—No —le respondió—, yo no quiero la granja. Soy criado y quiero continuar siéndolo, pero lo que se ha convenido debe ejecutarse.

El granjero le ofreció darle todo lo que quisiera, pero fue en vano, pues respondía siempre:

—No.

Le pidió un plazo de quince días para buscar alguna escapatoria. El gigante consintió. El administrador reunió entonces a todos sus criados y les pidió su parecer. Después de haber reflexionado durante mucho rato, respondieron que con un criado semejante nadie estaba seguro de su vida, y que podría matar a un hombre como si fuera una mosca. Fueron, pues, del parecer de que se le hiciera bajar al pozo, so pretexto de limpiarlo, y en cuanto estuviera abajo, arrojarle a la cabeza varias piedras de molino, que estaban por allí cerca, de modo que lo matasen en el acto.

El consejo agradó al granjero y el criado se apresuró a bajar al pozo. En cuanto estuvo en el fondo le arrojaron aquellas enormes piedras creyendo que le desharían la cabeza, pero él les gritó desde abajo:

—Echad a las gallinas de ahí, que escarban en la tierra y me cae en los ojos; me han cegado.

El granjero hizo «¡fusch! ¡pitas, fusch!» como si echara las gallinas. Cuando el criado terminó y subió, le dijo:

—Mira qué hermoso collar.

Era la mayor de las piedras, que se había puesto alrededor del cuello. El criado seguía exigiendo su salario, pero el administrador le pidió otros quince días, decidido a reflexionarlo bien. Sus criados le aconsejaron que enviase al joven a un molino encantado para moler el grano durante toda la noche, pues nadie había salido vivo al día siguiente. Este consejo agradó al granjero, y en el mismo instante envió a su criado al molino a que llevase ocho fanegas[83] de trigo y las moliese durante la noche, porque estaban ya haciendo falta. El criado echó dos fanegas de trigo en su bolsillo derecho, dos en el izquierdo, y cargó los otros cuatro en una alforja, dos por delante y dos por detrás, y marchó corriendo al molino. El molinero le dijo que muy bien podría moler de día y no de noche, pues todos los que se aventuraban a ello habían aparecido muertos a la mañana siguiente.

—No moriré yo. Id a acostaros y dormid sin cuidado.

---

[83] Unos cuatrocientos cincuenta kilos.

Y entrando en el molino empezó a moler el trigo como si no se tratase de nada. Hacia las once de la noche entró en el cuarto del molinero y se sentó en un banco. Al cabo de un instante se abrió la puerta por sí misma y se vio que entraba una mesa muy grande, en la que se colocaron por sí solos una multitud de platos y de botellas llenos de las cosas más exquisitas sin que apareciera nadie para llevarlos. Los taburetes se colocaron también alrededor de la mesa sin que se presentase nadie, pero el joven vio al fin dedos, sin mano ni nada, que iban y venían a los platos y manejaban tenedores y cuchillos. Como tenía hambre y le olían bien los manjares, se sentó también a la mesa y comió con apetito. Cuando hubo concluido de cenar y los platos vacíos anunciaron que los invisibles habían concluido también, oyó claramente que apagasen las luces y se apagaron todas de repente. Entonces, en la oscuridad, sintió en su mejilla una cosa parecida a un bofetón, y dijo en voz alta:

—Si empiezas tú, empiezo yo también.

Sin embargo, recibió un segundo bofetón y entonces correspondió. Los bofetones dados y devueltos continuaron toda la noche, y el joven gigante no se quedó atrás en el juego. Al amanecer cesó todo. Llegó el molinero y se admiró de hallarle vivo todavía.

—Me he regalado bien —dijo el gigante— y he recibido bofetones, pero también los he dado.

El molinero se puso muy contento, porque ya estaba desencantado su molino. Quería dar al joven gigante mucho dinero para recompensarlo.

—No quiero dinero —le dijo—, tengo más del que necesito.

Y, echándose sus sacos de harina a la espalda, volvió a la granja y declaró al granjero que estaba concluida su comisión y quería su salario.

El granjero estaba asustado; no podía estarse quieto en un lugar, iba y venía por el cuarto y las gotas de sudor le caían por el rostro. Para respirar un poco abrió la ventana; pero antes que tuviera tiempo de desconfiar, el criado le dio un puntapié que lo hizo salir volando por la ventana y subir por el aire, en que continuó hasta perderse de vista.

Entonces dijo el criado a la granjera:

—Ahora os toca a vos, pues vuestro marido no ha podido recibir el segundo puntapié.

Pero ella exclamó:

—¡No, no, a las mujeres no se les pega!

Y abrió la otra ventana, porque le corría el sudor por la frente, pero recibió un puntapié que la echó a volar por el aire más alto todavía que su marido, porque era mucho más ligera.

Su marido le gritaba:

—Ven conmigo.

Y ella le respondía:

—Ven conmigo tú, pues no puedo ir yo.

Y continuaron flotando en el aire, sin conseguir reunirse, y quizá flotan en él todavía.

En cuanto al joven gigante, tomó su barra de hierro y se puso en camino.

EL HOMBRE DE LA PIEL DE OSO

Un joven se alistó en el ejército y se portó con mucho valor, siendo siempre el primero en todas las batallas. Todo fue bien durante la guerra, pero en cuanto se hizo la paz recibió la licencia y permiso para marcharse donde le diera la gana. Habían muerto sus padres y no tenía casa; suplicó a sus hermanos que lo admitiesen en la suya hasta que volviese a comenzar la guerra, pero tenían el corazón muy duro y le respondieron que no podían hacer nada por él, que no servía para nada y que debía salir adelante como mejor pudiese. El pobre diablo no poseía más que su fusil, se lo echó a la espalda y se marchó a la ventura.

Llegó a un páramo muy grande en el que no se veía más que un círculo de árboles. Se sentó allí a la sombra, pensando con tristeza en su suerte. «No tengo dinero, no he aprendido ningún oficio; mientras ha habido guerra he podido servir al rey, pero ahora que se ha hecho la paz no sirvo para nada; según voy viendo, tendré que pasar mucha hambre».

Al mismo tiempo oyó ruido y al levantar los ojos vio ante sí a un desconocido vestido de verde, con un traje muy lujoso, pero con un horrible pie hendido.

—Sé lo que necesitas —le dijo el extraño—, que es dinero; tendrás tanto como puedas desear, pero antes necesito saber si tienes miedo, pues no doy nada a los cobardes.

—Soldado y cobarde —respondió el joven—, son dos palabras que no se han hermanado nunca. Puedes someterme a la prueba que quieras.

—Pues bien —repuso el forastero—, mira detrás de ti.

El soldado se volvió y vio a un enorme oso que iba a lanzarse sobre él dando horribles gruñidos.

—¡Ah!, ¡ah! —exclamó—, voy a romperte las narices y a quitarte las ganas de gruñir.

Y echándose el fusil a la cara, le dio un balazo en las narices y el oso cayó muerto en el acto.

—Veo —dijo el forastero—, que no te falta valor, pero debes cumplir además otras condiciones.

—Nada me detiene —replicó el soldado, que veía bien con quién tenía que habérselas—, siempre que no se comprometa mi salvación eterna.

—Tú juzgarás por ti mismo —le respondió el hombre—. Durante siete años no debes lavarte, ni peinarte la barba ni el pelo, ni cortarte las uñas, ni rezar. Voy a darte un vestido y una capa que llevarás durante todo este tiempo. Si mueres en este intervalo me pertenecerás a mí, pero si vives más de los siete años, serás libre y rico para toda tu vida.

El soldado pensó en la gran miseria a la que se veía reducido. Él, que había desafiado tantas veces a la muerte, podía muy bien arriesgarse una vez más. Aceptó. El diablo se quitó su vestido verde, se lo dio y le dijo:

—Mientras lleves puesto este vestido, siempre que metas la mano en el bolsillo sacarás un puñado de oro.

Después quitó la piel al oso y añadió:

—Esta será tu capa y también tu cama, pues no debes tener ninguna otra, y debido a este vestido te llamarán Piel de oso[84].

El diablo desapareció enseguida. El soldado se puso su vestido, y al meter la mano en el bolsillo vio que el diablo no le había engañado. Se vistió también la piel de oso y se puso a correr el mundo dándose buena vida y sin carecer de nada de lo que hace engordar a las gentes y enflaquecer al bolsillo. El primer año tenía una figura pasable, pero al segundo tenía todo el aire de un monstruo. Los cabellos le cubrían la cara casi por completo, la barba se había mezclado con ellos, y se hallaba su rostro tan lleno de polvo, que si hubieran sembrado yerba en él seguro que habría brotado. Todo el mundo huía de él. Sin embargo, como socorría a todos los pobres y les pedía que rogasen a Dios para que no muriese en los siete años, y como hablaba como un hombre de bien siempre hallaba buena acogida.

Al cuarto año entró en una posada, cuyo dueño no quería recibirle ni aun en la caballeriza por temor de que asustase a los caballos. Pero

---

[84] Paralelismo con *Piel de asno*, de PERRAULT.

cuando Piel de oso sacó un puñado de monedas de su bolsillo, se dejó convencer el patrón y le dio un cuarto en la parte trasera del patio, a condición de que no se dejara ver para que el establecimiento no perdiese su reputación.

Una noche estaba sentado Piel de oso en su cuarto, deseando de todo corazón la conclusión de los siete años, cuando oyó llorar en el cuarto de al lado. Como tenía buen corazón, abrió la puerta y vio a un anciano que sollozaba con la cabeza entre las manos. Pero al ver entrar a Piel de oso, el hombre, asustado, quiso huir. Mas se tranquilizó por último cuando oyó que le hablaba con voz humana, y Piel de oso consiguió, a fuerza de palabras amistosas, que le contase la causa de su disgusto. Había perdido todos sus bienes y estaba reducido con sus hijas a tal miseria que no podía pagar el hospedaje, y lo iban a poner preso[85].

—Si no tenéis otra preocupación —le dijo Piel de oso—, yo poseo dinero bastante para sacaros de vuestro apuro.

Mandó venir al posadero y le pagó, y además dio a aquel desgraciado anciano una fuerte suma para sus necesidades.

El anciano, viéndose salvado, no sabía cómo manifestar su reconocimiento.

—Ven conmigo —le dijo—; mis hijas son modelos de hermosura, elegirás una por mujer y no se negará en cuanto sepa lo que acabas de hacer por mí. Tu aspecto es en verdad un poco extraño, pero una mujer te reformará muy pronto.

Piel de oso consintió en acompañar al anciano, mas cuando la hija mayor vio su horrible rostro echó a correr asustada y dando gritos de espanto. La segunda lo miró a pie firme y después de haberlo contemplado de arriba abajo, dijo:

—¿Cómo aceptar un marido que no tiene figura humana? Preferiría el oso afeitado que vi un día en la feria, y que estaba vestido de hombre con una pelliza de húsar y sus guantes blancos. Al menos no era como este, que es más que feo, y podía una acostumbrarse a él.

Pero la menor dijo:

—Padre querido, debe ser un hombre muy honrado puesto que nos ha socorrido. Le habéis prometido una mujer y es preciso hacer honor a vuestra palabra.

---

[85] La Ley de algunos países establece pena de cárcel por deudas.

Por desgracia el rostro de Piel de oso estaba cubierto de pelo y de barro, o de lo contrario se hubiera podido ver brillar la alegría que rebosó en su corazón al oír estas palabras. Se quitó un anillo del dedo, lo partió en dos, dio la mitad a su prometida y le pidió que la guardase mientras él conservaba la otra. En la mitad que le dio inscribió su propio nombre, y el de la joven en la que guardó para sí. Después se despidió de ella y dijo:

—Os dejo hasta dentro de tres años. Si vuelvo, nos casaremos, pero si no vuelvo es que he muerto y entonces seréis libre. Pedid a Dios que me conserve la vida.

Desde aquel día, la pobre joven estaba siempre triste y se le saltaban las lágrimas cuando se acordaba de su futuro marido. Sus hermanas, por su parte, le hacían las bromas más groseras.

—Ten cuidado cuando le des la mano —le decía la mayor—, no te desuelle con su pata.

—Desconfía de él —le decía la segunda—; los osos son aficionados a la carne blanca; si le gustas, te comerá.

—Tendrás que hacer siempre su voluntad —añadía la mayor—, pues de otro modo no te faltarán gruñidos.

—Pero —añadía la segunda—, el baile de la boda será alegre; los osos bailan mucho y bien.

La pobre joven dejaba hablar a sus hermanas sin incomodarse. En cuanto al hombre de la piel de oso, andaba siempre por el mundo haciendo todo el bien que podía y dando generosamente a los pobres para que pidiesen por él.

Cuando llegó al fin el último día de los siete años, volvió al páramo y se puso en la plazuela de árboles. Se levantó un viento muy fuerte y no tardó en presentarse el diablo de muy mal humor. Dio al soldado sus vestidos viejos y le pidió el suyo verde.

—Espera —dijo Piel de Oso—, es preciso que me limpies antes.

Muy a pesar suyo, el diablo se vio obligado a ir a buscar agua y lavarle, peinarle el pelo y cortarle las uñas. El joven tomó el aspecto de un bravo soldado, mucho mejor mozo de lo que era antes.

Piel de Oso se sintió aliviado de un gran peso cuando partió el diablo sin atormentarle de ningún otro modo. Volvió a la ciudad, se puso un magnífico vestido de terciopelo, y subiendo a un carruaje tirado por cuatro caballos blancos, se hizo conducir a casa de su prometida. Nadie lo reconoció; el padre lo tomó por un oficial superior y lo condujo al cuarto donde se hallaban sus hijas. Las dos mayores hicieron que se sentase a su lado, le sirvieron una excelente comida y declararon que no habían visto nunca un caballero tan buen mozo. En cuanto a su prometida, estaba sentada frente a él con su vestido negro, con los ojos bajos y sin decir una sola palabra.

Por último, el padre le preguntó si quería casarse con alguna de sus hijas. Las dos mayores corrieron a sus cuartos para vestirse, pensando cada una de ellas que sería la elegida. El forastero se quedó solo con su prometida; sacó la mitad del anillo que llevaba en el bolsillo y la echó en un vaso de vino que le ofreció. Cuando la joven se puso a beber y distinguió aquel fragmento en el fondo del vaso, se estremeció su corazón de alegría. Asió la otra mitad, que llevaba colgada al cuello, y la acercó a la primera, uniéndose ambas exactamente. Entonces él le dijo:

—Soy tu prometido, el que has visto bajo una piel de oso. Ahora, por la gracia de Dios, he recobrado la figura humana y estoy purificado de mis pecados.

Y tomándola en sus brazos, la estrechaba en ellos cariñosamente en el momento mismo en que entraban sus dos hermanas con sus magníficos trajes. Cuando ellas vieron que aquel joven tan buen mozo era para su hermana y que era el hombre de la piel de oso, se marcharon llenas de disgusto y cólera. La primera se tiró a un pozo y la segunda se colgó de un árbol. Por la noche llamaron a la puerta, el marido fue a abrir y vio al diablo con su vestido verde, que le dijo:

—No he salido mal: he perdido un alma, pero he ganado dos.

EL OSO Y EL REYEZUELO

El oso y el lobo se paseaban un día por el bosque, cuando el oso oyó cantar a un pájaro.

—Hermano lobo —le preguntó—, ¿quién es ese hermoso cantor?

—Es el rey de los pájaros —contestó el lobo—, debemos saludarlo.

Era en efecto el reyezuelo.

—En ese caso —dijo el oso—, Su Majestad tendrá su correspondiente palacio. Me alegraría verlo.

—Eso no es tan fácil como piensas —replicó el lobo—, pues es preciso aguardar a que esté en él la reina.

La reina llegó en este intermedio. Lo mismo que el rey, tenía en su pico gusanillos para dar de comer a sus hijuelos. El oso los hubiera seguido con mucho gusto, pero le detuvo el lobo por la manga y le dijo:

—No, espera a que salgan.

Recordaron el lugar donde se hallaba el nido, y continuaron su camino.

Mas el oso no podía parar de sentir curiosidad hasta ver el palacio del rey de los pájaros, y no tardó en volver. El rey y la reina estaban fuera. Dirigió una mirada a hurtadillas, y vio cinco o seis pajarillos acostados en el nido.

—Si es este el palacio —exclamó—, es un palacio muy triste. Y en cuanto a vosotros..., vosotros no sois hijos de un rey, sino unas criaturas muy pequeñas e innobles.

Los reyezuelos se enfadaron mucho al oír esto y comenzaron a gritar:

—No, no, no, nosotros no somos lo que nos dices, nuestros padres son nobles; pagarás cara esta injuria.

El lobo y el oso tuvieron miedo al oír esta amenaza y se refugiaron en sus madrigueras.

Pero los reyezuelos continuaron gritando y haciendo ruido, y dijeron a sus padres en cuanto vinieron a traerles de comer:

—El oso ha venido a insultarnos, no nos moveremos de aquí y no comeremos nada hasta que hayáis dejado bien puesta nuestra reputación.

—No os preocupéis —les dijo el rey—, volveré por vuestra honra.

Y marchó volando con la reina hasta la madriguera del oso. Allí le gritó:

—Viejo gruñón, ¿por qué has insultado a mis hijos? Te pesará, porque vamos a hacerte una guerra a muerte.

Declarada la guerra, el oso llamó en su auxilio al ejército de los cuadrúpedos: el buey, la vaca, el asno, el ciervo, el corzo y todos sus semejantes. El reyezuelo convocó por su parte a todos los que vuelan por los aires, no sólo a los pájaros grandes y pequeños, sino también a los insectos alados, tales como cínifes, moscas, abejas y avispas. Cuando llegó el día de la batalla[86], el reyezuelo envió espías para saber quién era el general del ejército enemigo. La cínife, como era la más pequeña de todos, voló al bosque donde estaba reunido el enemigo y se ocultó bajo la hoja de un árbol, a cuyo alrededor se hallaba deliberando el consejo. El oso llamó al zorro y le dijo:

—Compadre, tú eres el más astuto de todos los animales, tú serás nuestro general.

—Con mucho gusto —contestó—, pero es preciso convenir en una señal.

Nadie se atrevió a decir una palabra.

—Pues bien —continuó—, yo tengo una cola muy hermosa, larga y espesa como un penacho rojo. Mientras la tenga levantada en alto, las cosas van bien y marcháis adelante; pero en cuanto la baje al suelo, será la señal de sálvese el que pueda.

La cínife, que había comprendido bien, fue enseguida a contárselo todo al reyezuelo. Al rayar la aurora, recorrían los cuadrúpedos el campo de batalla galopando de tal manera que la tierra temblaba bajo sus patas. El reyezuelo apareció en los aires con su ejército, que zumbaba, gritaba y volaba por todas partes de un modo que causaba vértigo. Se atacaron con furor. Pero el reyezuelo envió a la avispa con

---

[86] Ya desde muy antiguo existen en la Literatura europea y universal numerosos ejemplos de batallas de animales formados como ejércitos.

la orden de colocarse bajo la cola del zorro y picarle con todas sus fuerzas. El zorro no pudo menos de dar un salto al primer aguijonazo, pero conservó, sin embargo, la cola en el aire. Al segundo se vio obligado a bajarla un instante; pero al tercero no pudo tenerla alzada por más tiempo y la apretó entre las patas dando agudos gritos. Al ver esto, creyeron los cuadrúpedos que se había perdido todo y comenzaron a huir cada uno a su agujero, y así ganaron la batalla los pájaros.

El rey y la reina volaron enseguida a su nido, y exclamaron:

—Somos los vencedores, hijos, bebed y comed alegremente.

—No —contestaron los pajarillos—; es necesario que venga el oso a pedirnos perdón y a declarar que reconoce nuestra nobleza.

El reyezuelo voló al agujero del oso y le dijo:

—Viejo gruñón, ve a pedir perdón delante del nido de mis hijos, y a declararles que reconoces su nobleza. ¡Ay de ti si no!

Asustado el oso, se acercó arrastrando y pidió el perdón exigido; entonces se sosegaron al fin los reyezuelos y pasaron la noche alegremente en fiestas.

LOS DOS COMPAÑEROS DE VIAJE

Las montañas no se encuentran unas a otras nunca, pero los hombres se encuentran, y con mucha frecuencia los buenos con los malos. Un zapatero y un sastre se encontraron frente a frente en sus viajes o correrías por su país. El sastre era un hombre bajito, muy alegre y de muy buen humor. Vio venir hacia él al zapatero y, como conoció su oficio por el paquete que llevaba debajo del brazo, se puso a cantar una canción burlesca:

Procura que tus puntadas queden bien aseguradas; poco a poco estira el hilo porque no queden en vilo.

Pero el zapatero, que no entendía de bromas, puso una cara como si hubiera bebido vinagre; parecía que iba a saltar encima del sastre. Por fortuna, nuestro hombre le dijo, riendo y presentándole su calabaza:

—Vamos, eso era una broma; echa un trago para apagar la bilis.

El zapatero bebió un trago, y el aire de su rostro cambió un poco en apariencia. Devolvió la calabaza al sastre, y le dijo:

—No he querido negarme a vuestra invitación. He bebido por la sed presente y por la sed futura. ¿Queréis que viajemos juntos?

—Con mucho gusto —dijo el sastre—, siempre que vayamos a alguna gran ciudad donde no falte trabajo.

—Esa es mi intención —dijo el zapatero—; en los lugares pequeños no hay nada que hacer, las gentes van con los pies descalzos.

Y comenzaron a caminar juntos a pie, como los perros del rey. Ambos tenían más tiempo que perder que dinero que gastar. En todas las ciudades donde entraban, visitaban a los maestros de sus oficios y estos, como el sastrecillo era un muchacho muy guapo y de muy buen humor, le daban trabajo con mucho gusto. Y a veces la hija del maestro le daba además algún que otro apretón de manos por detrás de la puerta[87]. Cuando volvía a reunirse con su compañero su bolsa era siempre la más repleta. Entonces el zapatero, gruñendo siempre, se ponía aún más feo y refunfuñaba por lo bajo:

—Sólo los pícaros tienen fortuna.

Pero el sastre no hacía más que reírse, y repartía todo lo que tenía con su compañero. En cuanto oía sonar metal en su bolsillo se hacía servir de lo mejor, manifestaba con gestos su alegría y hacía saltar los vasos encima de la mesa. Por él podía muy bien decirse: «Pronto ganado, pero antes aún gastado».

Después de haber viajado durante algún tiempo, llegaron a un espeso bosque por el que atravesaba el camino a la capital del reino. Había que elegir entre dos sendas: por la una se tardaba en llegar siete días, por la otra dos solamente; pero ninguno de los dos sabía cuál era la más corta. Se sentaron bajo una encina y hablaron del camino que debían tomar y de la cantidad de pan que convenía llevar. El zapatero dijo:

—Siempre se debe tomar el mayor número de precauciones posibles, compraré pan para siete días.

—¿A qué viene —dijo el sastre—, llevar en la espalda pan para siete días como una bestia de carga? Yo tengo confianza en Dios, y nada me preocupa. El dinero que llevo en el bolsillo vale tanto en verano como en invierno, pero cuando hace calor el pan se seca y enmohece. Mi casaca no pasa de pobre: yo no tomo tantas precauciones. Y además, ¿por qué no hemos de dar con el camino mejor? Basta con pan para dos días.

Cada uno hizo sus provisiones, y se pusieron en camino a la ventura. En el bosque reinaba la misma calma y tranquilidad que en una iglesia. No se oía el soplo del viento, ni el murmullo de los arroyos, ni el cántico de los pájaros, ni la espesura del follaje detenía los rayos del sol. El zapatero no hablaba una palabra, encorvado bajo la carga del pan, que hacía correr el sudor por su negro y sombrío rostro. El sastre, por el contrario, se hallaba de muy buen humor, corría por todas partes silbando y cantando algunas cancioncillas y decía:

—Dios en su paraíso debe ser feliz al verme tan alegre.

Pasaron así los dos primeros días; pero al tercero, como no veían el fin de su camino, el sastre, que había consumido todo su pan; vio

---

[87] Guiño picaresco muy del gusto de la época y del público adulto, más avispado.

desvanecerse toda su alegría. Sin embargo, se encomendó a su buenaventura y a la misericordia de Dios sin perder el ánimo. Por la noche se acostó con hambre bajo un árbol, y se levantó al día siguiente sin que se le hubiera quitado. Lo mismo sucedió al cuarto día, y mientras comía el zapatero, sentado en el tronco de un árbol caído, el pobre sastre no tenía otro recurso que mirar cómo lo hacía. Le pidió un bocado de pan, pero el otro le respondió, sonriendo:

—A ti, que estás siempre tan alegre, no te viene mal conocer un poco la desgracia. Los pájaros que cantan por la mañana caen en las garras del gavilán por la tarde.

En una palabra, no tuvo lástima de él. En la mañana del quinto día, el pobre sastre no tenía ya fuerzas para levantarse. Apenas podía pronunciar una palabra, en su desmayo tenía las mejillas pálidas y los ojos enrojecidos. El zapatero le dijo:

—Te daré un pedazo de pan, pero a condición de que he de sacarte el ojo derecho.

El desgraciado, obligado a aceptar este horrible contrato para conservar la vida, lloró con los dos ojos por última vez, y se ofreció a su verdugo, que le sacó el ojo derecho con la punta de su cuchillo. El sastre recordó entonces lo que acostumbraba a decirle su madre cuando era niño y le daba azotes por haberle sorprendido robando alguna golosina:

—Se debe comer todo lo que se puede, pero también se debe sufrir todo lo que no se puede impedir.

En cuanto hubo comido aquel pan que tan caro le había costado, se puso en pie y se consoló de su desgracia pensando que vería bastante bien con un sólo ojo. Pero al sexto día le volvió el hambre, y se sintió enteramente desfallecido. Cayó por la noche al pie de un árbol, y al día siguiente por la mañana la debilidad le impidió levantarse. Sentía acercarse la muerte. El zapatero le dijo:

—Tengo compasión de ti y te voy a dar otro pedazo de pan, pero en cambio te sacaré el ojo que te queda.

El pobre hombre pensó entonces en su ligereza, que era la causa de todo esto; pidió perdón a Dios, y dijo:

—Haz lo que quieras, yo sufriré todo lo que sea necesario. Pero piensa que si Dios no castiga siempre en el acto, llegará sin embargo un instante en que pagues el mal que me haces sin que lo haya merecido. En los días de prosperidad he repartido contigo lo que tenía. Necesito los ojos para trabajar, cuando carezca de ellos, no podré coser ya y tendré que pedir limosna. Por lo menos, cuando esté ciego no me dejes aquí solo, pues me moriría de hambre.

El zapatero, que no tenía temor de Dios, cogió su cuchillo y le sacó el ojo izquierdo; después le dio un pedazo de pan, y haciéndole agarrarse a la punta de un palo se lo llevó tras de sí. Al ponerse el sol llegaron al extremo del bosque, donde había una horca. El zapatero condujo a su ciego compañero hasta el pie del cadalso, y dejándolo allí continuó solo su camino. El desgraciado sastre se durmió, anonadado de fatiga, de dolor y de hambre, y pasó toda la noche en un profundo sueño. Se despertó al amanecer sin saber dónde estaba. En la horca se hallaban colgados dos pobres pecadores que tenían dos cuervos sobre sus cabezas. El primer ahorcado comenzó a decir:

—¿Duermes, hermano?

—Estoy despierto —respondió el otro.

—¿Sabes —respondió el primero—, que el rocío que ha caído esta noche de la horca de encima de nosotros, daría la vista a los ciegos que se bañasen con él los ojos? Si lo supieran, recobraría la vista más de uno que cree haberla perdido para siempre.

Al oír esto, el sastre tomó su pañuelo, lo frotó en la yerba hasta que estuvo bien mojado con el rocío, y se humedeció las vacías cavidades de sus ojos. Enseguida se realizó lo que había predicho el ahorcado y sus órbitas se llenaron con dos ojos vivos y perspicaces. No tardó el sastre en ver salir el sol por detrás de las montañas. Delante de él se extendía en la llanura la gran capital, con sus puertas magníficas y sus cien campanarios coronados de brillantes cruces. Podía ya contar las hojas de los árboles, seguir el vuelo de los pájaros y la danza de las moscas. Sacó una aguja de su bolsillo y probó a enhebrarla, y viendo que lo conseguía su corazón se llenó de regocijo. Se puso de rodillas para dar gracias a Dios por su misericordia y hacer la oración de la mañana, y sin olvidar a aquellos pobres pecadores colgados en la horca y traqueteados por el viento, como badajos de campana. Desechando sus disgustos, cogió su paquete bajo el brazo y se puso en camino, cantando y silbando.

El primer ser que encontró fue un potro castaño, que pacía en libertad en un prado. Lo agarró por la crin e iba a montarlo para dirigirse a la ciudad, pero el potro le suplicó que lo dejase.

—Soy todavía demasiado joven —añadió—; es verdad que tú no eres más que un sastrecillo, ligero como una pluma, pero aun así me romperías los lomos; déjame comer hasta que sea más fuerte. Quizá venga un tiempo en que pueda recompensarte.

—Márchate —respondió el sastre—; así como así, veo que no sirves más que para saltar.

Y le dio con la palma de la mano en la grupa. El potro se puso a dar brincos de alegría y a lanzarse a través de los campos, saltando por encima de setos y fosos.

Pero el sastre no había comido desde el día anterior.

—Mis ojos —se decía—, han vuelto a ver la luz, pero mi estómago no ha vuelto a ver el pan. La primera cosa que encuentre que pueda comer, la meteré en él.

Al mismo tiempo vio una cigüeña que se acercaba con la mayor gravedad por el prado.

—Detente —le gritó mientras la agarraba por una pata—; ignoro si tu carne es buena para comer, pero el hambre no me deja dudar en la elección: voy a cortarte la cabeza y asarte.

—Guárdate bien de hacerlo —dijo la cigüeña—; soy un pájaro sagrado, útil a los hombres, y nadie me ha hecho nunca daño. Déjame la vida y quizá otra vez pueda servirte de algo.

—Pues bien —dijo el sastre—, echa a correr, comadre de los largos pies.

La cigüeña echó a volar y se elevó tranquilamente en los aires dejando colgar sus patas.

—¿En qué va a parar todo esto? —se dijo el sastre—; mi hambre no disminuye y mi estómago me atormenta. Ahora sí que está perdido el primer ser que encuentre a mano.

En el mismo instante vio dos pequeños patos que nadaban en un estanque. «Llegan a propósito», pensó para sí; atrapó uno e iba a retorcerle el cuello. Pero un ánade vieja, que estaba oculta entre las cañas, corrió hacia él con el pico abierto y le suplicó llorando que dejase a sus hijitos.

—Piensa —le dijo— en el dolor de tu madre si te dieran el golpe de muerte.

—No tengas cuidado —respondió el buen hombre—, no lo tocaré.

Y echó al agua el pato que había apresado. Al volver vio un árbol muy grande, medio hueco, a cuyo alrededor volaban abejas salvajes.

—Aquí está la recompensa por mi buena acción —se dijo—, voy a darme un regalo de miel.

Pero la reina de las abejas salió del árbol, y le declaró que si tocaba a su pueblo y a su nido sería al instante herido de mil picaduras; y que si, por el contrario, las dejaba en paz, las abejas podrían serle útiles más tarde.

El sastre comprendió pronto que nada podía esperar por aquel lado. «Tres platos vacíos y nada en el cuarto —se decía a sí mismo—, es una comida sin delicadeza y nada exquisita».

Se arrastró extenuado por el hambre hasta la ciudad, pero como entró al dar el mediodía, en las posadas estaba preparada la comida y no había más que ponerse a la mesa. En cuanto terminó de comer recorrió la ciudad para buscar trabajo, y lo encontró muy pronto y con buenas condiciones. Como sabía bien su oficio no tardó en darse a conocer, y todos querían tener un vestido nuevo, hecho de su mano. Su fama crecía de día en día y, por último, el rey le nombró sastre de la corte.

Pero, ¡cuántas vueltas da el mundo!: aquel mismo día, su antiguo camarada el zapatero fue nombrado zapatero de la corte. Cuando vio que el sastre tenía sus dos buenos ojos, se turbó su conciencia: «Antes que piense en vengarse de mí —se dijo—, tengo que tenderle algún lazo». Pero con frecuencia se tienden lazos a los demás para caer en ellos uno mismo. Por la noche, concluido su trabajo, fue a palacio en secreto y le dijo al rey:

—Señor, el sastre es un hombre muy orgulloso; se ha alabado de que encontraría la corona de oro que habéis perdido hace tanto tiempo.

—Eso me alegraría mucho —dijo el rey.

Al día siguiente, llamó al sastre a su presencia y le mandó que le trajera la corona o que saliese para siempre de la ciudad.

—¡Ah! —dijo el sastre—; ¡solo los bribones prometen lo que no pueden cumplir! Ya que este rey tiene la obstinación de exigir de mí lo que no puede hacer ningún hombre, no esperaré su amenaza, voy a marcharme ahora mismo.

Hizo su maleta, pero al salir por la puerta sentía disgusto de alejarse de una ciudad en la que todo le había salido bien. Pasó por delante del estanque donde había hecho amistad con los patos. El ánade vieja, a la que había dejado sus hijuelos, estaba de pie a la orilla arreglándose las plumas con el pico. Lo reconoció enseguida y le preguntó a dónde iba tan triste.

—No lo extrañarás cuando sepas lo que me ha sucedido —respondió el sastre.

Y le contó su situación.

—¿No es más que eso? —dijo el ánade—, nosotros podemos ayudarte. La corona se halla precisamente en el fondo de este estanque. Dentro de un instante la tendrás en la orilla, extiende tu pañuelo para recibirla.

Se hundió en el agua con sus doce hijuelos y al cabo de cinco minutos estaba de vuelta y nadaba en medio de la corona, que sostenía con sus alas mientras sus hijuelos, colocados alrededor, ayudaban a llevarla con su pico. Llegaron a la orilla y dejaron la corona en el pañuelo. No podéis figuraros lo hermosa que era, brillaba al sol como un millón de rubíes. El sastre la envolvió en su pañuelo y se la llevó al rey, que, en su alegría, le puso una cadena de oro alrededor del cuello. Cuando vio el zapatero que había errado el golpe, recurrió a otra trampa y fue a decir al rey:

—Señor, el sastre ha vuelto a caer en su orgullo. Ahora se alaba de poder reproducir en cera vuestro palacio, con todo lo que contiene por dentro y por fuera, con muebles y todo lo demás.

El rey hizo venir al sastre y le mandó reproducir en cera su palacio con todo lo que contenía por dentro y fuera, los muebles y todo lo demás. Y le advirtió que si no lo hacía o si se olvidaba un solo clavo de una pared, le enviaría a concluir sus días a un calabozo subterráneo.

El pobre sastre se dijo:

—Esto sí que va de mal en peor, me piden una cosa imposible.

Hizo su maleta y salió de la ciudad.

Cuando llegó al pie del árbol hueco, se sentó cabizbajo. Las abejas volaban a su alrededor; la reina le preguntó, viéndole con la cabeza tan baja, si le dolía.

—No —dijo—, no es esa mi enfermedad.

Y le contó lo que le había mandado el rey.

Las abejas se pusieron primero a zumbar entre sí, y luego la reina le dijo:

—Vuelve a tu casa y ven mañana a estas horas con una servilleta grande, lo tendrás todo arreglado.

Volvió a su casa. Las abejas volaron al palacio y entraron por las ventanas abiertas para reconocerlo todo y examinar todas las cosas en sus más pequeños detalles y, apresurándose a volver a su colmena, construyeron un palacio de cera que no se podía ver sin llenarse de admiración. Todo estaba preparado por la noche, y cuando al día siguiente volvió el sastre, halló esperándole un soberbio edificio, blanco como la nieve y que exhalaba un dulce olor de miel, sin que faltase un clavo en las paredes ni una teja en el techo. El sastre lo envolvió con cuidado en la servilleta y se lo llevó al rey, que no podía volver de su asombro. Hizo colocar la obra maestra en la sala principal de su palacio, y recompensó al sastre con el regalo de una casa grande de piedra.

Aun no se dio por vencido el zapatero. Fue por tercera vez a buscar al rey, y le dijo:

—Señor, ha llegado a oídos del sastre que se ha intentado, siempre en vano, abrir un pozo en el patio de vuestro palacio, y se ha alabado de poder hacer saltar un cañón de agua más alto que un hombre y más claro que el cristal.

El rey hizo llamar al sastre y le dijo:

—Si mañana no hay en mi patio un juego de agua tal como el del que tú te has alabado, mi verdugo te cortará la cabeza en ese mismo lugar.

El desgraciado sastre alcanzó sin más tardanza las puertas de la ciudad, y como en esta ocasión se trataba de su vida, las lágrimas le corrían a lo largo de las mejillas. Caminaba tristemente cuando se encontró al lado del potro al que había concedido la libertad y que era ya un hermoso caballo castaño.

—Ha llegado el instante —le dijo—, en que puedo manifestarte mi reconocimiento. Conozco tu situación, pero te sacaré de ella. Monta encima de mí, ahora puedo llevar dos como tú sin dificultad ninguna.

176

El sastre recobró su valor, saltó sobre el caballo, que galopó enseguida hacia la ciudad, y entró en el patio del palacio. Dio tres vueltas al galope, tan rápido como el relámpago, y a la tercera se detuvo de repente. Al mismo tiempo se oyó un espantoso ruido: un terrón de tierra había saltado como una bomba por encima del palacio, y salió al mismo tiempo un chorro de agua tan alto como un hombre a caballo y tan puro como el cristal. Los rayos del sol jugaban en él y brillaban. El rey, viendo esto, se llenó de asombro y estrechó al sastre entre sus brazos.

Mas nuestro hombre no estuvo en paz por mucho tiempo. El rey tenía muchas hijas, más hermosas las unas que las otras, pero ningún hijo. El malvado zapatero se dirigió por cuarta vez al rey, y le dijo:

—Señor, el sastre es más orgulloso cada día. Ahora se alaba de que si quiere hará que os venga un hijo por lo alto de los aires.

El rey mandó venir al sastre y le dijo que si le traía un hijo dentro de ocho días le daría a su hija mayor en matrimonio.

—La recompensa es buena —se decía el sastrecillo—, con ella puede quedar contento cualquiera; pero las cerezas están demasiado altas, si subo a ese árbol, se romperán las ramas y caeré al suelo.

Fue a su casa, y se sentó con las piernas cruzadas sobre su banco para reflexionar lo que debía hacer.

—Es imposible —exclamó al fin—; tengo que marcharme, aquí no hay descanso para mí.

Hizo su maleta y se apresuró a salir de la ciudad.

Al pasar por el prado vio a su vieja amiga la cigüeña, que se paseaba a lo largo y a lo ancho como un filósofo y se detenía de cuando en cuando para otear algunas ranas, que luego acababa por zamparse. Salió a su encuentro para saludarlo.

—¿Dónde vas con el saco a la espalda? —le dijo—; ¿dejas ya la ciudad?

El sastre le contó el compromiso en que le había puesto el rey, y se quejó amargamente de su suerte.

—No te incomodes por tan poca cosa —le contestó—; yo te sacaré adelante. Yo he llevado ya a muchos niños, y en una ocasión como esta puedo muy bien llevar a un principito. Vuelve a tu tienda y queda tranquilo. De hoy en tres días, si vas al palacio del rey me hallarás a tu lado.

El sastrecillo se volvió a su casa y en el día convenido se dirigió a palacio. Un instante después llegó la cigüeña con rápido vuelo y llamó a la ventana. La abrió el sastre, y la comadre de largos pies entró con precaución y se adelantó gravemente por el pavimento de mármol. Llevaba en el pico un niño tan hermoso como un ángel. Tendía sus manecitas hacia la reina, que lo colocó sobre sus rodillas y se puso a besarle y a estrecharle contra su corazón en muestra de su alegría.

Antes de marcharse, la cigüeña tomó el saco de viaje que llevaba a la espalda y se lo ofreció a la reina. Se hallaba lleno de cucuruchos de bombones de todos colores, que se repartieron a las princesitas. La mayor no tomó ninguno, porque era demasiado mayor, pero le dieron por marido a nuestro sastrecillo.

«Puedo decir —pensaba el sastre—, que me ha tocado el premio grande de la lotería. Mi madre tenía razón cuando decía que con fe en Dios y fortuna se sale bien de todo».

El zapatero se vio obligado a hacer los zapatos que sirvieron al sastre para el baile de boda. Después lo echaron de la ciudad y le prohibieron que entrase jamás en ella. Tomó el camino del bosque, y al pasar por delante de la horca, anonadado por el calor, la cólera y los celos, se echó al lado de los palos. Pero cuando iba a dormirse, los dos cuervos que se hallaban encima de las cabezas de los ahorcados se lanzaron sobre él dando grandes gritos y le sacaron los ojos. Corrió como un insensato a través del bosque, y debe haber muerto de hambre, pues desde entonces nadie lo ha visto, ni tenido noticia de él.

EL USURERO ENTRE ESPINAS[88]

Un hombre rico tenía un criado que le servía con la mayor fidelidad, era el primero que se levantaba por la mañana y el último que se acostaba por la noche. Cuando había alguna cosa difícil de hacer de la que huían los otros, se ponía siempre a ejecutarla sin vacilar; nunca se quejaba y siempre estaba contento y alegre. Al expirar el plazo de su acuerdo, no le pagó su amo. «Con esta astuta conducta —pensaba el amo para sí— ahorro mi dinero y, como mi criado no puede marcharse, se quedará a mi servicio».

El criado no reclamó. El segundo año pasó como el primero, tampoco recibió su salario, pero no dijo nada y continuó con su amo. Al terminar el tercer año, el amo acabó por acordarse; se llevó la mano al bolsillo pero no sacó nada. Por último, el criado se decidió a decirle:

—Señor, os he servido fielmente, durante tres años; sed bueno y dadme lo que en justicia me pertenece, quiero marcharme a ver el mundo.

—Sí, amigo mío, sí —le respondió su avaro amo—; sí, tú me has servido bien y se te pagará bien.

Enseguida sacó tres ochavos[89] de su bolsillo y se los dio uno a uno:

—Te doy un ochavo por cada año. Esto hace una fuerte suma; en ninguna parte te hubieran dado un salario tan grande.

El pobre muchacho, que no entendía de monedas, tomó su capital y dijo:

—Ya tengo el bolsillo bien repleto; ¿qué cosa mala puede sucederme en adelante?

---

[88] «El Judío», en el original y en Biedma. Tengamos en cuenta la cultura de la época y los arquetipos creados y transmitidos sobre ciertas razas, y su implantación generalizada en todas las culturas de Europa durante muchos siglos —pensemos en el personaje de Shiloh, en *El mercader de Venecia* de SHAKESPEARE—, para comprender que si esos arquetipos tuvieron uso por una lógica retorcida e interesada, y por el miedo al diferente, hoy, como lectores y partícipes de la cultura actual, ya no los necesitamos como símbolos y podemos ir directo a lo que representan, en este caso la usura y sus daños.

[89] El ochavo era una moneda de muy poco valor, equivalente a dos maravedíes.

Se puso en camino por valles y montes, cantando y saltando con la mayor alegría. Al pasar cerca de una mata de encina encontró un hombrecillo que le dijo:

—¿Dónde vas tan alegre? No tienes muchas preocupaciones, por lo que veo.

—¿Por qué he de estar triste? —respondió el joven—, estoy rico y llevo en mi bolsillo el salario de tres años.

—¿A cuánto sube tu tesoro? —le preguntó el hombrecillo.

—A tres ochavos, en buenas monedas y bien contados.

—Escucha —le dijo el enano— yo soy un pobre que está en la última miseria. Dame tus tres ochavos; yo no puedo trabajar, pero tú eres joven y ganarás el pan con facilidad.

El joven tenía buen corazón; se compadeció del hombrecillo y le dio sus seis maravedíes, diciendo:

—Tómalos, por el amor de Dios; yo puedo muy bien pasarme sin ellos.

Entonces repuso el enano:

—Tienes buen corazón. Desea tres cosas, y por cada ochavo que me has dado obtendrás una de ellas.

—¡Ah!, ¡ah! —dijo el joven— ¿entiendes de magia? Pues bien, si es así quiero que me des, en primer lugar, una cerbatana que no yerre nunca el blanco; en segundo lugar, un violín que obligue a bailar a todos los que lo oigan tocar; y, por último, quiero que cuando dirija una pregunta a alguien, se vea obligado a contestarme.

—Todo lo tienes ya —dijo el enano—; y entreabrió la mata, donde se hallaban el violín y la cerbatana, como si los hubiera puesto allí expresamente, se los dio al joven y añadió: —Cuando pidas alguna cosa, nadie podrá negártela.

—¿Qué más puedo desear ya? —se dijo a sí mismo el muchacho, y volvió a ponerse en camino.

Un poco más lejos, se encontró a un usurero, que tenía largas barbas de chivo y estaba inmóvil escuchando el cántico de un pájaro colocado en lo alto de un árbol.

—¡Maravilla de Dios! —exclamaba—. ¡Que un animal tan pequeño tenga una voz tan grande! Quisiera atraparlo. ¿Pero quién se encargará de ponerle sal bajo la cola?[90]

—Si no quieres más que eso —dijo el muchacho—, el pájaro estará muy pronto en el suelo.

Apuntó tan bien, que el animal cayó en las espinas que había al pie del árbol.

—Anda, pícaro —dijo al usurero—, y toma tu pájaro.

El avaro usurero se puso a cuatro patas para entrar entre las espinas. En cuanto estuvo en medio, nuestro buen muchacho, por divertirse un rato, tomó su violín y se puso a tocar. El usurero comenzó inmediatamente a menear los pies y a saltar, y cuanto más tocaba el violín, con mayor ardor bailaba. Pero las espinas despedazaban los andrajos del avaro, le arrancaban la barba y le llenaban el cuerpo de sangre.

—¡Ah! —exclamó—, ¿qué música es esa? Dejad vuestro violín, que no quiero bailar.

Pero el muchacho continuaba y pensaba: «Tú has desollado a bastante gente, que te desuellen a ti las espinas». El usurero saltaba más alto cada vez, y los pedazos de sus vestidos quedaban colgados en el espino.

—¡Desgraciado de mí! —exclamaba—; te daré lo que quieras si dejas de tocar; ¡te daré una bolsa llena de oro!

—Ya que eres tan generoso —dijo el muchacho—, voy a dejar de tocar; pero no dejaré de hacerte cumplida justicia: bailas con la mayor perfección.

Con estas palabras tomó la bolsa y continuó su camino. El usurero lo miró partir, y cuando le hubo perdido de vista se puso a gritar con todas sus fuerzas:

—¡Miserable músico, violín de taberna, espera que te coja! Te haré correr de tal modo que gastarás las suelas de tus zapatos. ¡Maldito canalla! ¡Ponte cuatro maravedíes en la boca, si quieres valer dos cuartos! —y otras injurias que le dictaba su imaginación.

En cuanto se hubo calmado un poco y se alivió su corazón, corrió a la ciudad a buscar al juez.

---

[90] En los cuentos tradicionales aparece este procedimiento para capturar o dominar la voluntad de las aves.

—Señor, apelo a vos: mirad como me han despojado y robado en el camino real. Hasta las piedras del camino habrían tenido compasión de mí: ¡mis vestidos despedazados, mi cuerpo desollado!, ¡mi pobre dinero robado con mi bolsa!, ¡buenos ducados, a cuál más hermoso! ¡Por amor de Dios, haced prender al culpable!

—¿Es un soldado —preguntó el juez— quien te ha puesto así a sablazos?

—No tenía espada —dijo el usurero—, pero llevaba una cerbatana al hombro y un violín al cuello. El malvado es fácil de conocer.

El juez envió a sus gentes en persecución del culpable. El apuesto mozo había andado de aquí para allí por el camino. No tardaron en encontrarle, y hallaron con él la bolsa llena de oro. Cuando compareció ante el tribunal, habló así:

—Yo no he tocado al usurero —dijo—; yo no le he quitado su oro, él me lo ha dado voluntariamente para que callase mi violín, porque le desagradaba mi música.

—¡Dios me proteja! —exclamó el usurero—, atrapa las mentiras al vuelo como las moscas.

Pero el juez no quiso creerle y dijo:

—Esa es una mala defensa, los usureros no dan su dinero sin más ni más —y condenó al muchacho a la horca, por ladrón en despoblado.

Cuando lo conducían a la horca, el judío le gritaba todavía:

—¡Canalla, perro músico, ya vas a pagar lo que mereces!

El muchacho subió tranquilamente la escalera con el verdugo, pero en el último escalón se volvió y dijo al juez:

—Concededme una cosa antes de morir.

—Te la concedo —dijo el juez—, siempre y cuando no pidas la vida.

—No os pido la vida —respondió el joven—; permitidme solamente por última vez tocar un aire en el violín.

El judío dio un grito de dolor:

—Por amor de Dios, no se lo permitáis, no se lo permitáis.

Pero el juez dijo:

—¿Por qué no darle ese último placer?

Además no podía negárselo, por causa del don que tenía el muchacho de que le concedieran todo lo que pidiera. El judío gritó:

—¡Ay, Dios mío! Atadme, atadme bien.

El buen muchacho cogió su violín, y al primer golpe del arco todo el mundo comenzó a moverse y a menearse; el juez, el escribano, los criados del verdugo, y se le cayó la cuerda de las manos al que quería atar al usurero. Al segundo golpe, todos comenzaron a saltar y a bailar: el juez con el usurero al frente saltaban más alto que los demás. Por último, la danza se generalizó y bailaron todos los espectadores: gordos y flacos, jóvenes y viejos; hasta los perros se levantaban sobre sus patas traseras para bailar también. Cuanto más tocaba, más saltaban los bailarines; las cabezas chocaban entre sí y la multitud comenzó a gemir tristemente[91]. El juez exclamó, perdido el aliento:

—Te concedo el perdón, pero deja de tocar.

El buen muchacho se colgó su violín al cuello y bajó la escalera. Se acercó al usurero, que estaba en el suelo e intentaba recuperar el aliento.

—Pícaro —le dijo—; confiesa de donde te viene tu oro, o agarro mi violín y vuelvo a empezar.

—¡Lo he robado, lo he robado! —exclamó el usurero—. Tú lo habías ganado bien.

De aquí resultó que el juez agarró al usurero y lo hizo ahorcar por ladrón.

---

[91] Una escena semejante, de enloquecimiento público ante un cadalso, tiene lugar en *El perfume,* de PATRICK SÜSKIND.

LOS TRES HERMANOS

Un hombre tenía tres hijos y no poseía más bienes que la casa en que vivía. Todos sus hijos querían heredarla y él no sabía cómo arreglarlo para no perjudicar a ninguno. Lo mejor hubiera sido venderla y repartir el dinero entre los tres, pero no podía decidirse porque era la casa de sus antepasados. Al fin dijo a sus hijos:

—Marchaos a correr mundo, aprended cada uno un oficio y cuando volváis heredará la casa el que tenga más habilidad.

La proposición les agradó. El mayor decidió ser herrador; el segundo, barbero; y el tercero, maestro de esgrima. Se separaron tras haber convenido estar en casa de su padre en un día señalado. Cada uno de ellos se puso en casa de un buen maestro que le enseñó bien el oficio. El aposentador herraba los caballos del rey, y creía que la casa sería para él. El barbero afeitaba a grandes señores y pensaba también que la casa terminaría por ser suya. En cuanto al aprendiz de maestro de esgrima, recibió más de un floretazo, pero apretaba los dientes y no se desanimaba, pues pensaba que si tenía miedo no sería para él la casa.

Cuando llegó el tiempo fijado, volvieron los tres a la casa de su padre. Pero no sabían cómo buscar la ocasión para manifestar su talento. Cuando hablaban entre sí de su situación, acertó a pasar una liebre corriendo por la llanura.

—¡Diablo! —dijo el barbero—; mira uno que viene como marea en Cuaresma[92].

Tomó su bacía y su jabón, preparó la espuma y cuando el animal estuvo cerca corrió tras él, lo enjabonó a la carrera y le afeitó el bigote sin detenerse ni cortarle un pelo de ninguna otra parte de su cuerpo.

—¡Eso es admirable! —dijo el padre—. Si tus hermanos no hacen también algo así, será para ti la casa.

---

[92] Muy oportunamente, como los pescados de la marea para la Cuaresma.

Un instante después pasó una silla de posta[93] a escape.

—Padre mío —dijo el herrador—, ahora vais a ver lo que sé yo hacer.

Y fue corriendo tras el carruaje, le quitó a uno de los caballos las cuatro herraduras al galope y le puso otras cuatro.

—Eres un buen muchacho —dijo el padre—, vales tanto como tu hermano y no sé en verdad cómo decidir entre los dos.

Pero el tercero dijo:

—Padre mío, ahora me toca a mí.

Y como empezaba a llover, sacó su espada y la agitó en todos sentidos encima de su cabeza, de modo que no le cayó ni una gota de agua. Aumentó la lluvia y cayó al fin como si la echaran a cántaros, pero él paró toda el agua con su espada y permaneció así hasta el final, mojándose tan poco como si hubiera estado a cubierto dentro de un cuarto. Viendo esto el padre no pudo ocultar su asombro.

—Tú has ganado —le dijo—, la casa es tuya.

Los otros dos, llenos de la misma admiración, aprobaron la decisión de su padre. Como se amaban todos mucho, permanecieron los tres juntos en la casa ejerciendo su profesión y ganaron mucho dinero. Vivieron dichosos hasta una edad muy avanzada. Murió entonces uno de ellos y los otros se disgustaron de tal modo, que cayeron enfermos y murieron también.

Y a causa de su habilidad común y de su recíproco afecto se les enterró a los tres en la misma tumba.

---

[93] Antiguo carruaje de dos o cuatro caballos para dar servicio a viajeros y correos.

EL HIJO INGRATO

Un día estaba un hombre sentado con su mujer a la puerta de su casa, y se hallaban comiendo con mucho gusto un pollo, el primero que les habían dado aquel año las gallinas. El hombre vio venir a lo lejos a su anciano padre y se apresuró a ocultar el plato para no tener que darle a él, de modo que el padre sólo bebió un trago y se volvió enseguida.

En aquel momento fue el hijo a buscar el plato para ponerlo en la mesa, pero el pollo asado se había convertido en un sapo muy grande que saltó a su rostro, al que se pegó para siempre. Cuando intentaban quitarlo de allí, el horrible monstruo lanzaba a las gentes miradas venenosas como si fuera a tirarse a ellas, así es que nadie se atrevía a acercarse. El hijo ingrato quedó condenado a sustentarle, pues, si no, le devoraba la cabeza, y así pasó el resto de sus días, vagando miserablemente por la tierra.

EL DINERO LLOVIDO DEL CIELO

Había una vez una niña que era huérfana y vivía en tan extremada pobreza que no tenía ni cuarto ni cama donde dormir. No poseía más que el vestido que cubría su cuerpo y un pedacito de pan que le había dado un alma caritativa; pero era muy buena y muy piadosa. Como se veía abandonada de todos, se puso en camino confiando en Dios. A los pocos pasos encontró un pobre que le dijo.

—¡Si me pudieras dar algo de comer, porque tengo tanta hambre!...

Ella le dio todo su pan y le dijo:

—Dios te ayude.

Y continuó andando. Poco después encontró un niño que lloraba y decía:

—Tengo frío en la cabeza, dame algo para cubrirme.

Se quitó su gorro y se lo dio. Un poco más allá vio otro que estaba medio helado porque no tenía jubón y le dio el suyo; otro, por último, le pidió su saya y se la dio también. Cuando era ya de noche llegó a un bosque, donde halló otro niño que la pidió la camisa. La caritativa niña pensó para sí; «La noche es muy oscura, nadie me verá, bien puedo darle mi camisa». Y se la dio también.

Ya no le quedaba nada más que dar. Pero, en el mismo instante, comenzaron a caer las estrellas del cielo y cuando llegaban a la tierra se volvían hermosas monedas de oro y plata; y aunque se había quitado la camisa, se encontró con otra enteramente nueva y de tela mucho más fina. Reunió todo el dinero y fue rica para toda su vida.

LA MANIRROTA

Había una vez una joven que era muy bonita, pero perezosa y muy descuidada. Cuando la hacían hilar lo ejecutaba con tanto disgusto, que en vez de desenredar las pequeñas bolitas de hilacha que se encuentran en el lino las arrancaba a puñados que tiraba al suelo a su lado. Su criada, que era una hilandera muy trabajadora, recogía todas estas pizcas, las limpiaba, las hilaba muy finas y llegó a hacerse con ellas un bonito vestido.

Un joven pidió casarse con la manirrota e iba ya a verificarse la boda. El día antes, la activa criada bailaba muy alegre con su vestido nuevo y la novia comenzó a cantar:

> *Con los restos de mi hilacha*
> *se ha arreglado mi muchacha.*

El novio le preguntó qué quería decir y ella le contó que con el lino que había tirado se había hecho un vestido su criada. El joven, al saber esto y al ver el descuido de la una y la actividad de la otra, dejó a su novia y se casó con la criada.

BLANCANIEVES Y ROJARROSA

Érase una vez una pobre mujer que vivía en una cabaña en medio del campo. En un huerto que había delante de la puerta tenía dos rosales, uno de los cuales daba rosas blancas y el otro rosas rojas. La viuda tenía dos hijas que se parecían a los dos rosales, la una se llamaba Blancanieves, y la otra Rojarrosa. Eran las dos niñas de lo más bueno, obediente y trabajador que se había visto nunca en el mundo; pero Blancanieves tenía un carácter más tranquilo y bondadoso, y a Rojarrosa le gustaba mucho más correr por los prados y los campos en busca de flores y de mariposas. Blancanieves se quedaba en su casa con su madre, ayudaba en los trabajos domésticos y le leía algún libro cuando habían acabado su tarea. Las dos hermanas se amaban tanto, que iban de la mano siempre que salían, y cuando Blancanieves decía: «no nos separaremos nunca», Rojarrosa contestaba: «en toda nuestra vida», y la madre añadía: «todo debería ser común entre vosotras dos».

Iban con frecuencia al bosque para recolectar frutas silvestres, y los animales las respetaban y se acercaban a ellas sin temor. La liebre comía de su mano, el cabrito pacía a su lado, el ciervo jugueteaba delante de ellas, y los pájaros, colocados en las ramas, entonaban sus más bonitos gorjeos.

Nunca les sucedía nada malo; si las sorprendía la noche en el bosque, se acostaban en el musgo una al lado de la otra y dormían hasta el día siguiente sin que su madre estuviera inquieta.

Una vez que pasaron la noche en el bosque, cuando las despertó la aurora vieron a su lado un niño muy hermoso, vestido con una túnica de resplandeciente blancura. El niño les dirigió una mirada amiga, y desapareció enseguida en el bosque sin decir ni una sola palabra. Vieron entonces que se habían acostado cerca de un precipicio, y que hubieran caído en él con solo dar dos pasos más en la oscuridad. Su madre les dijo que aquel niño era el Ángel de la Guarda de las niñas buenas.

Blancanieves y Rojarrosa tenían tan limpia la cabaña de su madre, que cualquiera podría mirarse en ella. Rojarrosa cuidaba en verano de la limpieza, y todas las mañanas, al despertar, encontraba la madre un ramo en el que había una flor de cada uno de los dos rosales. Blancanieves encendía la lumbre en invierno y colgaba la marmita en el fogón. La marmita, que era de cobre amarillo, brillaba como las perlas de limpia que estaba. Cuando nevaba por la noche, decía la madre: «Blancanieves, ve a echar el cerrojo», y luego se sentaban en un rincón a la lumbre. La madre se ponía los anteojos y leía en un libro grande, y las dos niñas la escuchaban hilando. Cerca de ellas estaba acostado un pequeño cordero y detrás dormía una tórtola en su caña, con la cabeza bajo el ala.

Una noche, cuando estaban hablando con la mayor tranquilidad, llamaron a la puerta.

—Rojarrosa —dijo la madre—, ve a abrir corriendo, pues sin duda será algún viajero extraviado que busca asilo por esta noche.

Rojarrosa fue a descorrer el cerrojo y esperaba ver entrar algún pobre, cuando un oso asomó su gran cabeza negra por la puerta entreabierta. Rojarrosa echó a correr dando gritos, el cordero comenzó a balar, la paloma revoloteaba por todo el cuarto y Blancanieves corrió a esconderse detrás de la cama de su madre. Pero el oso les dijo:

—No temáis, no os haré daño; sólo os pido permiso para calentarme un poco, pues estoy medio helado.

—Acércate al fuego, pobre oso —contestó la madre—, pero ten cuidado de no quemarte la piel.

Después llamó a sus hijas de esta manera:

—Blancanieves, Rojarrosa, venid; el oso no os hará daño, tiene buenas intenciones.

Entonces vinieron las dos hermanas, y poco a poco se acercaron también el cordero y la tórtola y olvidaron su temor.

—Hijas —les dijo el oso—, ¿queréis sacudir la nieve que ha caído encima de mi espalda?

Las niñas agarraron entonces la escoba y le barrieron toda la piel. Después el oso se tendió delante de la lumbre y manifestaba con sus gruñidos que estaba contento y satisfecho. No tardaron en tranquilizarse por completo y llegaron hasta a jugar con este inesperado huésped. Le tiraban del pelo, se subían encima de su espalda, lo echaban a rodar por el cuarto, y cuando gruñía, comenzaban a reír. El oso les dejaba hacer cuanto querían, pero cuando veía que sus juegos iban demasiado lejos, les decía:

—Dejadme vivir, no vayáis a matar a vuestro pretendiente.

Cuando fueron a acostarse, le dijo la madre:

—Quédate ahí; pasa la noche delante de la lumbre, pues por lo menos estarás al abrigo del frío y del mal tiempo.

Las niñas le abrieron las puertas a la aurora, y él se fue al bosque trotando sobre la nieve. Desde aquel día, volvía todas las noches a la misma hora, se tendía delante de la lumbre y las niñas jugaban con él todo lo que querían; habían llegado a acostumbrarse de tal modo a su presencia, que nunca echaban el cerrojo a la puerta hasta que él venía. En la primavera, en cuanto comenzó a nacer el verde, dijo el oso a Blancanieves:

—Me marcho, y no volveré en todo el verano.

—¿Dónde vas, querido oso? —le preguntó Blancanieves.

—Voy al bosque, tengo que cuidar de mis tesoros para que no me los roben los malvados enanos. Durante el invierno, cuando la tierra está helada, se ven obligados a permanecer en sus agujeros sin poder abrirse paso; pero ahora que el sol ha calentado ya la tierra, van a salir al merodeo: lo que atrapan y ocultan en sus agujeros no vuelve a ver la luz con facilidad.

Blancanieves sintió mucho la partida del oso. Cuando le abrió la puerta, se desolló un poco el oso al pasar con el pestillo. Ella creyó haber visto brillar oro bajo su piel, más no estaba segura de ello. El oso partió con la mayor celeridad, y desapareció muy pronto entre los árboles. Algún tiempo después, envió la madre a sus hijas a recoger madera seca al bosque. Vieron un árbol muy grande en el suelo y una cosa que correteaba entre la yerba alrededor del tronco, sin que pudiera distinguirse bien lo que era. Al acercarse vieron a un pequeño enano, con la cara vieja y arrugada y una barba blanca de una vara de largo. Se le había enganchado la barba en una hendidura del árbol, y el enano saltaba como un perrillo atado con una cuerda que no puede romper. Fijó sus ardientes ojos en las dos niñas, y les dijo:

—¿Qué hacéis ahí mirando?, ¿por qué no venís a socorrerme?

—¿Cómo te has dejado atrapar así en la red, pobre hombrecillo? —le preguntó Rojarrosa.

—Tonta curiosa —replicó el enano—; quería partir este árbol para tener pedazos pequeños de madera y astillas para mi cocina, pues nuestros platos son chiquititos y los tarugos grandes los quemarían. Nosotros no nos atiborramos de comida como hace vuestra raza grosera y tragona. Ya había introducido la cuña en la madera, pero la cuña era demasiado resbaladiza y ha saltado en el momento en que menos lo esperaba. Y el tronco se ha cerrado tan de repente que no he tenido tiempo de retirar mi hermosa barba blanca, que se ha quedado atrapada. ¿Os echáis a reír, simples? ¡Qué feas sois!

Por más que hicieron las niñas no pudieron sacar la barba, que estaba sujeta como con un tornillo.

—Voy a buscar gente —dijo Rojarrosa.

—¿Llamar gente? —exclamó el enano con su ronca voz— ¿no sois ya demasiado vosotras dos, imbéciles borricas?

—Ten un poco de paciencia —dijo Blancanieves—, todo se arreglará.

Sacó las tijeras del bolsillo y le cortó la punta de la barba. En el momento que el enano se vio libre, fue a coger un saco lleno de oro que estaba oculto en las raíces del árbol, y dijo:

—¡Qué animales son esas criaturas, cortar la punta de una barba tan hermosa! El diablo os lleve.

Después se echó el saco a la espalda y se marchó sin mirarlas siquiera. Algunos meses después fueron las hermanas a pescar al río. Al acercarse a la orilla vieron correr una especie de saltamontes grande, que saltaba junto al agua como si quisiera arrojarse a ella; echaron a correr y reconocieron al enano..

—¿Qué tienes? —dijo Rojarrosa—, ¿es que quieres tirarte al río?

—¡Qué burra eres! —exclamó el enano—, ¿no ves que es ese maldito pez, que quiere arrastrarme al agua?

Un pescador había echado el anzuelo, mas por desgracia el aire enredó el sedal en la barba del enano. Cuando algunos instantes más tarde mordió el cebo un pez muy grande, las fuerzas de la débil criatura no bastaron para sacarlo del agua. El pez, que tenía ventaja, atraía al enano hacia sí, por lo que este tuvo que agarrarse a los juncos y a las yerbas de la ribera, a pesar de lo cual lo arrastraba el pez y se veía en peligro de caer al agua. Las niñas llegaron a tiempo para sujetarlo y procuraron desenredar su barba, pero todo fue en vano, porque estaba enganchada en el sedal. Fue preciso recurrir otra vez a las tijeras y cortar un poco de la punta. El enano exclamó entonces, encolerizado:

—Necias, ¿tenéis la costumbre de desfigurar así a las gentes? ¿No ha sido bastante con haberme cortado la barba una vez, sino que habéis vuelto a cortármela hoy? ¿Cómo me voy a presentar ante mis hermanos? ¡Ojalá tengáis que correr sin zapatos y os desolléis los pies! Y echó mano de un saco de perlas que estaba oculto entre las cañas, se lo llevó sin decir una palabra y desapareció enseguida detrás de una piedra.

Poco tiempo después, envió la madre a sus hijas a la aldea para comprar hilo, agujas y cintas. Tenían que pasar por un erial lleno de rosas[94], donde vieron un pájaro muy grande que daba vueltas en el aire. Después de haber volado largo tiempo por encima de sus cabezas, comenzó a bajar poco a poco y terminó por dejarse caer de pronto al suelo. Al mismo tiempo, se oyeron gritos penetrantes y lastimosos. Corrieron y vieron con asombro que un águila tenía entre sus garras a su antiguo conocido, el enano, y que intentaba llevárselo. Las niñas, guiadas por su bondadoso corazón, sujetaron al enano con todas sus fuerzas, y se enfrentaron también con el águila, que acabó por soltar su presa. Pero en cuanto el enano se repuso de su estupor, les gritó con voz gruñona:

—¿No podíais haberme agarrado con un poco más de suavidad?, ¿por qué habéis tirado de tal manera de mi pobre vestido que me lo habéis hecho pedazos? ¡Qué torpes sois!

Después tomó un saco de piedras preciosas y se deslizó a su agujero entre las rosas. Las niñas estaban acostumbradas a su ingratitud, así que continuaron su camino sin hacer caso y fueron a la aldea a hacer sus compras. Cuando a su regreso volvieron a pasar por aquel sitio, sorprendieron al enano, que estaba vaciando su saco de piedras preciosas, porque no creía que transitase nadie por allí a aquellas horas, pues era ya muy tarde. El sol, al ponerse, iluminaba la pedrería y lanzaba rayos tan brillantes, que las niñas se quedaron inmóviles para contemplarlos.

—¿Por qué os quedáis ahí embobadas? —les dijo, y su rostro, ordinariamente gris, estaba enteramente rojo de cólera.

Iba a continuar con sus insultos, cuando salió del fondo del bosque un oso completamente negro que daba terribles gruñidos. El enano quería huir, lleno de espanto, pero no tuvo tiempo para llegar a su

---

[94] Rosales silvestres, o escaramujos.

escondrijo porque el oso le había cerrado el paso. Entonces le dijo, suplicándole con un acento desesperado:

—Perdonadme, querido señor oso, y os daré todos mis tesoros, todas esas joyas que veis delante de vos. Concededme la vida, ¿qué ganaréis con matar a un miserable enano como yo? Apenas me sentiríais entre los dientes. No, es mucho mejor que atrapéis a esas dos malditas muchachas, que son dos buenos bocados y gordas como codornices. Zampáoslas en nombre de Dios.

Pero el oso, sin escucharle, dio un golpe con su pata a aquella malvada criatura, que cayó al suelo muerta. Las niñas se habían salvado y huían, pero el oso les gritó:

—¿Blancanieves? ¿Rojarrosa? No tengáis miedo, esperadme.

Reconocieron su voz y se detuvieron. Cuando estuvo cerca de ellas, cayó de repente su piel de oso y vieron a un joven vestido con un traje dorado.

—Soy un príncipe —les dijo—, ese infame enano me había convertido en oso después de haberme robado todos mis tesoros; me había condenado a recorrer los bosques bajo esta forma y no podía verme libre más que con su muerte. Ahora ya ha recibido el premio a su maldad.

Blancanieves se casó con el príncipe y Rojarrosa con un hermano suyo, y repartieron entre todos los grandes tesoros que el enano había amontonado en su agujero. Su madre vivió todavía muchos años, tranquila y feliz cerca de sus hijas. Tomó los dos rosales y los colocó en su ventana, donde todas las primaveras daban hermosísimas rosas blancas y rojas.

EL POBRE Y EL RICO

Murió una vez un pobre aldeano y fue a la puerta del paraíso. Al mismo tiempo murió un señor muy rico que subió también al cielo. Llegó san Pedro con sus llaves, abrió la puerta y mandó entrar al señor, pero sin duda no vio al aldeano, pues cerró dejándolo fuera. Desde allí oyó la alegre recepción que hacían al rico en el cielo, con músicas y cánticos. Cuando quedó todo en silencio, volvió por fin san Pedro y mandó entrar al pobre. Esperaba este que a su regreso volverían a sonar los cánticos y las músicas, mas todo continuó en silencio. Lo recibieron con mucha alegría y los ángeles salieron a su encuentro, pero no cantó nadie. Preguntó a san Pedro por qué no había música para él como para el rico, o si era que en el cielo reinaban las mismas diferencias que en la tierra.

—No —le contestó el santo—, el mismo aprecio nos merecéis uno que otro y tú tendrás la misma parte que el que acaba de entrar en las delicias del paraíso. Pero mira, pobretones así como tú llegan aquí a centenares todos los días, mientras que ricos, como el que acabas de ver entrar, apenas viene uno de siglo en siglo[95].

---

[95] Apunte crítico acerca de la dificultad que tienen los ricos para ser bienaventurados tras la muerte, idea expresada ya en el Evangelio.

EL SEÑOR SABELOTODO

El señor Sabelotodo[96] era un hombre bajo y delgado, y tan trabajador que no concedía un sólo instante al descanso. Su rostro, pálido y lleno de hoyos de viruelas, no presentaba otra desigualdad que una nariz ancha y arremangada; sus cabellos eran grises y tiesos; sus ojos lanzaban siempre chispas a derecha e izquierda. Todo lo notaba, todo lo criticaba, todo lo sabía mejor que nadie, y siempre tenía razón. Cuando iba por las calles agitaba los brazos con tanta violencia, que un día tropezaron con un cántaro que llevaba una joven en la cabeza y lo hizo saltar por los aires, de modo que llenó de agua a todos los que pasaban.

—Tontuela —le dijo—, ¿no habías visto que iba yo a pasar a tu lado?

Era zapatero, y cuando trabajaba tiraba del cáñamo con tal fuerza que daba grandes puñetazos a todos los que estaban cerca. Ningún oficial podía estar más de un mes en su casa, porque siempre tenía que criticar aun el trabajo mejor hecho. O eran desiguales los puntos de la costura, o un zapato era más largo, o un tacón más alto que el otro.

—Espera —decía al aprendiz—; que voy a enseñarte cómo se suaviza la piel.

Y le propinaba dos latigazos en la espalda con la correa. Llamaba a todos perezosos, a pesar de que él no trabajaba gran cosa pues no estaba dos minutos parado en un mismo sitio. Si su mujer se levantaba temprano y encendía la lumbre, él se alzaba de la cama y corría con los pies desnudos a la cocina.

—¿Quieres quemar la casa? —le gritaba—; con esa lumbre hay para asar una vaca, ¡cualquiera diría que no cuesta nada el carbón!

---

[96] El maestro *Pfriem*, o *Maese Lezna*, en el original de los Grimm.

Si cuando las muchachas se ponían a lavar reían juntas alrededor de la artesa y se contaban las novedades que sabían, lo tomaba con mucha seriedad y les decía riñéndolas:

—¿Ya habéis comenzado a chismorrear? Con vuestra charlatanería olvidáis vuestra obligación. ¡Malas pécoras! Bien podríais mover las manos y callar las lenguas.

Un día que se dirigió encolerizado hacia ellas, tropezó con un caldero de lejía e inundó toda la cocina.

Construían una casa nueva frente a la que él habitaba y desde su ventana inspeccionaba la obra.

—Emplean una madera que no se secará nunca —decía—, no gozarán de mucha salud los vecinos de esa casa. Mirad cómo ponen los albañiles las piedras de lado; la argamasa no vale nada, es de cascajo y no de piedra como debe ser. Viviré lo suficiente para ver caerse esa casa encima de los que estén dentro.

Después de dar otras dos puntadas a su zapato, se levantaba otra vez de repente y se quitaba con la mayor precipitación su delantal de cuero mientras decía:

—Voy a decirles lo que tienen que hacer.

Y se dirigía a los carpinteros así:

—¿Qué estáis haciendo? ¿Es que no veis que no tienen aplomo ninguno esas maderas? ¿Creéis que sostendrán esas vigas? Todo eso se derrumbará cuando menos se lo piense.

Va a quitar el hacha de la mano de un carpintero para enseñarle lo que debe hacer, pero entonces acierta a pasar por allí un carro cargado de tierra y tira el hacha para correr tras el carretero.

—¡Estás loco! —le grita—, ¿dónde tienes los sentidos para uncir esos potros a un carro tan cargado? Los pobres animales van a reventar enseguida.

No le contesta el carretero y el señor Sabelotodo vuelve a su tienda muy enojado. Cuando va a sentarse, un aprendiz le presenta un zapato.

—¿Qué es eso? —le grita—; ¿no te he prohibido cortar los zapatos tan bajos? ¿Quién va a comprar semejante calzado? ¡No tiene más que suela! Quiero que mis órdenes se ejecuten al pie de la letra.

—Es indudable que tiene usted razón, señor maestro —le responde el aprendiz—; este zapato no vale nada, pero es el que usted mismo acaba de cortar; lo ha dejado caer cuando se puso de pie y yo no lo he tocado más que para levantarlo del suelo. Pero un ángel del cielo no conseguiría darle gusto a usted.

Sabelotodo soñó una noche que se había muerto y que se hallaba en el camino del paraíso. Al llegar a la puerta, llamó y abrió san Pedro para ver quién era el que llamaba.

—¡Ah! ¿Sois vos? —le dijo—; podéis entrar, señor Sabelotodo, pero os advierto que no critiquéis nada de lo que veáis en el cielo, pues de lo contrario os puede suceder alguna desgracia.

—Muy bien hubierais podido ahorraros esa advertencia —le contestó Sabelotodo—; pues conozco a lo que obligan las conveniencias y a Dios gracias todo es perfecto aquí, muy al contrario de lo que pasa en la tierra.

Entró pues y se puso a recorrer los vastos espacios del cielo. Miraba por todas partes a derecha e izquierda, pero no podía dejar de levantar la cabeza y de gruñir de cuando en cuando, aunque entre dientes. Vio un día dos ángeles que llevaban una larga viga de madera: era un madero que había tenido un hombre en el ojo, mientras buscaba una paja en el de su vecino. Pero los ángeles, en vez de llevarlo a lo largo, lo llevaban a lo ancho.

—¿Se habrá visto nunca una torpeza semejante? —pensó Sabelotodo para sí.

Sin embargo, calló y se serenó diciendo:

—En realidad, lo mismo da llevar el poste derecho delante de uno, o que se lleve de lado siempre que se lleve sin dificultad; y por cierto que no tropiezan en ninguna parte.

Más lejos, vio dos ángeles que sacaban agua en un cubo agujereado, y el agua se salía por todos lados. Así formaban la lluvia para regar la tierra.

—¡Con diez mil diablos! —exclamó.

Mas por fortuna se contuvo, pues creyó que probablemente estarían jugando.

—Para distraerse —se dijo a sí mismo—, se pueden hacer muchas cosas inútiles, sobre todo aquí, donde veo que reina la pereza en grado superlativo.

Más lejos todavía, vio una carreta atascada en un bache muy profundo.

—No es extraño —dijo al hombre que estaba junto a la carreta—; ¡está tan mal cargada! ¿Qué lleváis ahí?

—Buenos pensamientos. No he podido ponerlos a salvo; pero por fortuna he podido subir hasta aquí mi carreta y no me dejarán en el atolladero.

En efecto, no tardó en llegar un ángel que enganchó dos caballos delante de la carreta.

—Muy bien —dijo Sabelotodo—; pero dos caballos no bastan, se necesitan por lo menos cuatro.

Llegó otro ángel con otros dos caballos, pero en vez de engancharlos también por delante, los enganchó por detrás. Esto era ya demasiado para el señor Sabelotodo.

—¡Diantre! —exclamó—, ¿qué significa eso? Desde que el mundo es mundo no se ha visto nunca enganchar así. Pero en su ciego orgullo creen saberlo todo mejor que los demás.

Iba a continuar, pero uno de los habitantes del cielo lo agarró por el cuello y lo lanzó al aire con una fuerza irresistible. Sin embargo, aún pudo distinguir a través de la puerta que la carreta era elevada por los aires por los caballos alados.

En aquel momento despertó Sabelotodo. «El cielo —se decía—, no se diferencia en nada de la tierra, y hay cosas que parecen malas y son buenas en el fondo. Pero a pesar de todo, ¿quién puede ver con sangre fría que se enganchen los caballos a los lados opuestos de un carro? Tenían alas, es verdad, mas no lo había visto en un principio, y de todas maneras, ¿no es una locura poner dos alas a unos caballos que tienen ya cuatro patas? Pero tengo que levantarme, pues de otro modo todo estaría aquí patas arriba. Verdaderamente es una felicidad que no me haya muerto todavía».

LA CARGA LIGERA

En una ocasión había una buena vieja que vivía con una bandada de gansos en un páramo en medio de las montañas, donde tenía su casa. El páramo se hallaba en lo más espeso de un bosque, y todas las mañanas se apoyaba la vieja en su muleta e iba a la entrada del bosque con paso tembloroso. Una vez allí, la buena vieja trabajaba con una actividad de la que no se le hubiera creído capaz al ver sus muchos años: reunía hierba para sus gansos, alcanzaba los frutos silvestres que se hallaban a la altura a la que podía llegar, y lo llevaba luego todo a cuestas. Parecía que iba a sucumbir bajo semejante peso, pero siempre lo llevaba con facilidad hasta su casa. Cuando encontraba a alguien saludaba amistosamente.

—Buenos días, querido vecino, hace muy buen tiempo. Os extrañará sin duda que lleve esta hierba, pero todos debemos llevar a cuestas nuestra carga.

Sin embargo, a nadie le gustaba encontrársela y la gente prefería dar un rodeo, y si pasaba cerca de ella algún padre con su hijo, le decía:

—Ten cuidado con esa vieja, es astuta como un demonio; es una hechicera.

Una mañana atravesaba el bosque un joven muy guapo. Brillaba el sol, cantaban los pájaros, un fresco viento soplaba entre el follaje y el joven estaba alegre y de buen humor. Aún no había encontrado un alma viviente, cuando de repente distinguió a la vieja hechicera, que en cuclillas cortaba la hierba con su hoz. Había reunido ya una carga entera en su saco y al lado tenía dos cestos grandes, llenos hasta arriba de peras y manzanas silvestres.

—Abuela —le dijo—, ¿cómo pensáis llevar todo eso?

—Pues tengo que llevarlo, querido señorito —le contestó—; los hijos de los ricos no saben lo que son trabajos, pero a los pobres se les dice:

Es preciso trabajar, no habiendo otro bienestar.

—¿Queréis ayudarme? —añadió la vieja viendo que se detenía—; aún tenéis las espaldas derechas y las piernas fuertes, esto no es nada para vos. Además, mi casa no está lejos de aquí, está en un páramo de matorrales, al otro lado de la colina. Llegaréis allá arriba en un instante.

El joven tuvo compasión de la vieja y le dijo:

—Verdad es que mi padre no es labrador, sino un conde muy rico; sin embargo, para que veáis que no son sólo los pobres los que saben llevar una carga, os ayudaré a llevar la vuestra.

—Si lo hacéis así —contestó la vieja—, me alegraré mucho. Tendréis que andar una hora, ¿pero, qué os importa? Llevaréis también las peras y las manzanas.

El joven conde comenzó a reflexionar un poco cuando le habló de una hora de camino; pero la vieja no le dejó volverse atrás, le colgó el saco a la espalda y le puso en las manos los dos cestos.

—Ya veis —le dijo—, que eso no pesa nada.

—No, esto pesa mucho —replicó el conde haciendo un gesto horrible—; vuestro saco es tan pesado que cualquiera diría que está lleno de piedras; las manzanas y las peras son tan pesadas como el plomo; apenas tengo fuerza para respirar.

Tenía muchas ganas de dejar su carga, pero la vieja no se lo permitió.

—¡Bah!, no creo —le dijo con tono burlón— que un señorito tan buen mozo no pueda llevar lo que llevo yo constantemente, y siendo tan vieja como soy. Los señoritos siempre están listos para ayudar con palabras, pero si se llega a los hechos sólo procuran esquivarlos. ¿Por qué —añadió— os quedáis así titubeando? En marcha, nadie os librará ya de esta carga.

Mientras caminaron por la llanura el joven pudo resistirlo, pero cuando llegaron a la montaña y tuvieron que subirla, cuando las piedras rodaban detrás de él como si hubieran estado vivas, la fatiga fue superior a sus fuerzas. Las gotas de sudor bañaban su frente, y corrían, frías unas veces y ardientes otras, por todas las partes de su cuerpo.

—Ahora —le dijo— no puedo más, voy a descansar un poco.

—No —dijo la vieja—, cuando hayamos llegado podréis descansar, ahora hay que andar. ¿Quién sabe si esto podrá serviros para algo?

—Vieja, eres muy descarada —dijo el conde.

Y quiso deshacerse del saco, pero se esforzó en vano, pues el saco estaba tan bien atado como si formara parte de su espalda. Se volvía y se revolvía, pero sin conseguir soltar la carga.

La vieja se echó a reír, y se puso a saltar muy alegre con su muleta.

—No os incomodéis, mi querido señorito —le dijo—, estáis en verdad rojo como la cresta de un gallo. Llevad vuestro fardo con paciencia, cuando lleguemos a casa os daré una buena propina.

¿Qué había de hacer? Tenía que someterse y arrastrarse con paciencia detrás de la vieja, que parecía volverse más lista a cada momento, mientras que su carga era cada vez más pesada. De repente, tomó carrera, saltó encima de su saco y se quedó sentada sobre él. Aunque estaba flaquísima, pesaba el doble que la aldeana más robusta. Las rodillas del joven temblaron, pero si se detenía le daba en las piernas con una varita. Subió jadeando la montaña y llegó por último a la casa de la vieja, en el mismo momento en que, próximo a sucumbir, hacía el último esfuerzo. Cuando los gansos distinguieron a la vieja extendieron sus picos hacia arriba, sacaron el cuello hacia adelante, y salieron a su encuentro dando gritos de ¡on! ¡on! Detrás de la bandada iba una muchacha alta y robusta, pero fea y oscura como la noche.

—¡Madre! —dijo a la vieja—, ¿os ha sucedido algo? Habéis estado fuera mucho tiempo.

—No, hija mía — le contestó—, no me ha sucedido nada malo; por el contrario, este buen señorito, que ves aquí, me ha traído mi hierba y además, como yo estaba cansada, me ha traído también a mí a cuestas. El camino no me ha parecido muy largo, estábamos de buen humor y hemos tenido una conversación muy agradable.

La vieja, por último, se dejó caer al suelo, quitó la carga de la espalda del joven y los cestos de sus manos, lo miró alegremente y le dijo:

—Ahora sentaos en ese banco que está delante de la puerta y descansad. Habéis ganado honradamente vuestro salario y no lo perderéis.

Después dijo a la joven que cuidaba los gansos:

—Vuelve a casa, hija mía, no está bien que te quedes aquí sola con este señorito; no se debe poner la leña junto al fuego, podría enamorarse de ti.

El conde no sabía si debía reírse o llorar.

—Una mujer de esa clase —dijo por lo bajo—, no podía esperar mucho de mi corazón, aunque no tuviera más que treinta años.

Sin embargo, la vieja cuidó a los gansos como si fueran sus hijos; después entró con su hija en la casa. El joven se echó en el banco, que se hallaba bajo un manzano silvestre. La atmósfera estaba serena y no hacía calor; a su alrededor se extendía una pradera de prímulas, tomillo y otras mil clases de flores; en su centro murmuraba un claro arroyo, dorado por los rayos del sol, y los blancos gansos se paseaban por la orilla o se sumergían en el agua.

—Este lugar es delicioso —dijo—, pero estoy tan cansado que se me cierran los ojos; quiero dormir un poco, siempre que el aire no me lleve las piernas, pues están tan ligeras como la hierba[97].

En cuanto se durmió por un instante, vino la vieja y lo despertó, meneándolo.

—Levántate —le dijo—; no puedes quedarte aquí. Te he atormentado un poco, es verdad, pero no te ha costado la vida. Ahora voy a darte tu salario; tú no necesitas dinero, ni bienes, te daré otra cosa.

Dicho esto le puso en la mano una cajita de esmeralda, de una sola pieza.

—Guárdala bien —le dijo—, te traerá la fortuna.

El conde se levantó y vio que estaba descansado y había recobrado las fuerzas; dio gracias a la vieja por su regalo y se puso en camino sin pensar un instante en mirar a la hermosa ninfa. Se hallaba ya a alguna distancia cuando oía todavía a lo lejos el alegre grito de los gansos.

El conde permaneció tres días perdido en aquellas soledades antes de poder encontrar el camino. Por último llegó a una ciudad, y como no lo conocía nadie, se hizo conducir al palacio del rey, donde el príncipe y su mujer estaban sentados en su trono. El conde puso una rodilla en tierra, sacó de su bolsillo la caja de esmeralda y la depositó a los pies de la reina. Ella mandó que se levantara y él fue a presentarle su caja. Pero apenas la había abierto y mirado, cuando cayó en tierra como muerta. El conde fue detenido por los criados del rey e iba a ser puesto en prisión, pero entonces la reina abrió los ojos y mandó que le dejaran libre y que salieran todos, porque deseaba hablarle en secreto.

---

[97] Así se sienten al liberarse de repente de una gran carga que hayan tenido que soportar.

Cuando se quedó sola, la reina se echó a llorar amargamente y dijo:

—¿De qué me sirven el esplendor y los honores que me rodean? Todas las mañanas despierto llena de preocupaciones y de aflicciones. He tenido tres hijas, la menor de las cuales era tan hermosa que todos la miraban como una maravilla. Era blanca como la nieve y colorada como la flor del manzano, y brillaban sus cabellos como los rayos del sol. Cuando lloraba no eran lágrimas lo que caía de sus ojos, sino perlas y piedras preciosas. Cuando llegó a la edad de trece años, mandó el rey venir a sus tres hijas ante su trono. Era digno de ver cómo abría todo el mundo los ojos cuando entró la menor: creía uno presenciar la salida del sol. El rey dijo:

«—Hijas mías, ignoro cuando llegará mi último día; pero quiero decidir desde hoy lo que debe recibir cada una de vosotras después de mi muerte. Las tres me amáis, pero la que me ame más tendrá la mejor parte.

Cada una dijo que era ella la que amaba más a su padre.

—¿No podríais —repuso el rey— explicarme todo lo que me amáis? Así sabré cuáles son vuestros sentimientos.

La mayor dijo:

—Amo a mi padre como al azúcar más dulce.

La segunda:

—Amo a mi padre como al vestido más hermoso.

Pero, la menor guardó silencio.

—¿Y tú —dijo su padre—, cómo me amas?

—No sé —respondió—, y no puedo comparar mi amor con nada.

Pero el padre insistió en que designara un objeto. Al fin, ella dijo:

—El mejor de los manjares no tiene gusto para mí si carece de sal; pues bien, yo amo a mi padre como a la sal».

—Puesto que me amas como a la sal, recompensaré también tu amor con sal».

—Repartió su reino entre sus dos hijas mayores[98] —siguió la reina—, hizo atar un saco de sal a la espalda de la más joven y mandó que dos criados la condujesen a un bosque inculto. Todos nosotros lloramos y suplicamos por ella, mas no hubo medio de apaciguar la cólera del rey. ¡Cuánto lloró cuando tuvo que separarse de nosotros! Sembró todo

---

[98] Un argumento idéntico a este del rey que distribuye en vida su reino entre sus tres hijas, según el amor que estas le profesan, es la base de *El rey Lear*, de William Shakespeare.

el camino con las perlas que han caído de sus ojos. El rey no tardó en arrepentirse de su crueldad e hizo que buscaran a la pobre niña por todo el bosque, pero nadie pudo encontrarla. Cuando pienso en si se le habrán comido las fieras salvajes, no puedo vivir de la tristeza; a veces me consuelo con la esperanza de que vive todavía y que está oculta en una caverna, o que ha encontrado un asilo entre personas caritativas. Pero lo que me admira es que cuando he abierto vuestra caja de esmeralda encerraba una perla semejante en todo a las que caían de los ojos de mi hija, por lo que podéis imaginar cuánto se ha conmovido mi corazón al verla. Es preciso que me digáis cómo habéis llegado a poseer esa perla.

El conde le contó que la había recibido de la vieja del bosque, que le había parecido que era una mujer extraña y tal vez hechicera, pero que no había visto ni oído nada que tuviera relación con su hija. El rey y la reina tomaron la resolución de ir a buscar a la vieja, con la esperanza de que allí donde se había encontrado la perla hallarían también noticias de su hija.

Estaba la vieja en su soledad, sentada a la puerta junto a su rueca, e hilaba. Era ya de noche, y algunas astillas que ardían en el hogar esparcían una débil claridad. De repente, oyó ruido fuera y los gansos entraron del matorral a la habitación, dando el más ronco de sus gritos. Poco después entró la joven a su vez. Apenas la saludó la vieja, se contentó con menear un poco la cabeza. La joven se sentó a su lado, cogió su rueca y torció el hilo con la misma ligereza con que hubiera podido hacerlo la muchacha más lista. Permanecieron dos horas así sentadas, sin decirse una palabra. Oyeron por último ruido junto a la ventana y vieron brillar dos ojos de fuego. Era un mochuelo que ululó tres veces ¡uh! ¡uh! ¡uh! La vieja, sin levantar apenas los ojos, dijo:

—Ya es hora, hija mía, de que salgas para hacer tu tarea.

Se levantó y salió.

¿Dónde iba? Lejos, muy lejos, al prado junto al valle. Llegó por último a la vera de una fuente, a cuyo lado se hallaban tres encinas. La luna se mostraba redonda y llena encima de la montaña, y daba tanta luz que se podía buscar un alfiler. La niña levantó una piel que cubría su rostro, se inclinó hacia la fuente y comenzó a lavarse. Cuando hubo concluido, metió la piel en el agua de la fuente para lavarla y la tendió a que se secara a la luz de la luna. ¡Pero qué cambiada estaba la niña! Nunca se ha visto nada semejante. En cuanto desató su trenza gris, sus cabellos dorados brillaron como rayos del sol y se extendieron como un manto sobre todo su cuerpo. Sus ojos lucían como las estrellas del cielo, y sus mejillas tenían el suave color rosado de la flor del manzano.

Pero la joven estaba triste. Se sentó y lloró amargamente. Las lágrimas cayeron unas tras otras de sus ojos y rodaron hasta el suelo entre sus largos cabellos. Hubiera permanecido allí largo tiempo si el ruido de algunas ramas que crujían en un árbol próximo no hubiera llegado a sus oídos. Saltó como un corzo que ha oído el disparo del cazador. La luna se hallaba velada en aquel instante por una nube sombría, la niña se cubrió en un momento con la vieja piel y desapareció como una luz apagada por el viento[99].

Corrió hacia la casa temblando como la hoja del álamo. La vieja estaba a la puerta de pie; la joven quiso contar lo que le había sucedido, pero la vieja sonrió con cierta gracia y le dijo:

—Todo lo sé.

La condujo al cuarto y encendió algunas astillas. Pero no se sentó junto a su hija; echó mano de una escoba y comenzó a barrer y a sacudir el polvo.

—Todo debe estar limpio y arreglado aquí —dijo a la joven.

—Pero madre mía —repuso esta—, es muy tarde para comenzar este trabajo. ¿A qué viene esto?

—¿Sabes la hora que es? —le preguntó la vieja.

—Aún no son las doce —repuso la joven— pero ya han dado las once.

—¿No recuerdas —continuó la vieja— que hoy hace tres años que viniste a mi casa? El plazo ha concluido, no podemos continuar más tiempo juntas.

La joven dijo, asustada:

—¡Ay, buena madre!, ¿queréis echarme?, ¿dónde iré? Yo no tengo amigos, ni patria donde hallar un asilo. He hecho todo lo que habéis querido y habéis estado siempre contenta conmigo, no me echéis.

La vieja no quería decirle a la niña lo que iba a suceder.

—No puedo permanecer aquí más tiempo —le dijo—, pero cuando deje esta morada, es preciso que la casa y el cuarto estén limpios. No me detengas, pues, en mi trabajo. En cuanto a ti, no tengas cuidado,

---

[99] Cabe notar aquí y en la frase siguiente el delicado uso de la analogía.

hallarás un techo en el que podrás habitar y quedarás contenta también con la recompensa que te daré.

—Pero decidme lo que va a pasar —preguntó la joven otra vez.

—Te lo repito, no me interrumpas en mi trabajo. No digas una palabra más. Ve a tu cuarto, quítate la piel que cubre tu rostro y ponte el vestido que traías cuando viniste a mi casa; después quédate en tu cuarto hasta que yo te llame.

Pero debo volver a hablar del rey y de la reina, que habían partido con el conde para ir a buscar a la vieja a su soledad. El conde se había separado de ellos durante la noche y se vio obligado a continuar solo su camino. Al día siguiente le pareció que estaba en el buen camino, y continuó andando hasta cerca del anochecer. Entonces subió a un árbol para pasar la noche, pues temía extraviarse. Cuando la luna alumbró el terreno, vio que una persona bajaba de la montaña. Llevaba una vara en la mano, por lo que supo que era la joven que guardaba los gansos que había visto en la casa de la vieja. «¡Ah! —se dijo—, viene hacia aquí; ya veo a una de las dos hechiceras, la otra no puede escapárseme».

Pero, ¡cuál fue su asombro cuando la vio acercarse a la fuente y quitarse la piel del rostro; cuando la cubrieron sus dorados cabellos y se mostró más hermosa que ninguna de las mujeres que había visto en el mundo! Apenas se atrevía a respirar, pero alargaba el cuello todo lo que podía a través del follaje, y la miraba sin pestañear. Ya fuese que se hubiera inclinado demasiado, o por cualquier otra causa, crujió de repente una rama y vio que la joven se ocultaba en ese mismo instante bajo la piel; que saltó como un corzo y que, con la luna oculta en aquel momento, se escapó de sus miradas.

Apenas hubo desaparecido, bajó el joven del árbol, y se puso a perseguirla a toda prisa. No había dado más que algunos pasos, cuando distinguió en la escasa luz a dos personas que caminaban a través de la pradera. Eran el rey y la reina, que habían visto desde lejos una luz en la casa de la vieja y se dirigían hacia aquel lado. El conde les contó las maravillas que había visto cerca de la fuente y no dudaron de que hablaba de su hija perdida. Avanzaron alegres y muy pronto llegaron a la casa. Los gansos estaban colocados a su alrededor, dormían con la cabeza oculta bajo las alas y ninguno se movía. Miraron por la ventana dentro de la habitación y vieron a la vieja sentada e hilando con la mayor tranquilidad, con la cabeza inclinada y sin mover los ojos. El cuarto estaba tan limpio como si estuviera habitado por esas pequeñas sílfides aéreas que no tienen polvo en los pies. Pero no vieron a su hija. Lo miraron todo durante algunos momentos, se animaron por último y llamaron suavemente a la ventana.

Se hubiera dicho que la vieja los esperaba, pues se levantó y les dijo con su voz rústica:

—Entrad, ya sé quiénes sois.

En cuanto entraron en el cuarto, añadió la vieja:

—Habríais podido ahorraros ese largo camino si hace tres años no hubierais echado injustamente a vuestra hija, que es tan buena y tan graciosa. Nada ha perdido, pues durante tres años ha guardado gansos. Es ese tiempo no ha aprendido nada malo y ha conservado la pureza de su corazón. Pero estáis suficientemente castigados con la inquietud en que habéis vivido. Después se acercó al cuarto, y dijo:

—Sal, hija mía.

Se abrió la puerta y salió la hija del rey vestida con su traje de seda, con sus cabellos dorados y sus ojos brillantes. Se hubiera dicho que descendía un ángel del cielo. Corrió hacia su padre y su madre, se lanzó a su cuello, y abrazó a todos, llorando sin poder contenerse. El joven conde se hallaba a su lado, y cuando ella lo vio su rostro se puso rojo como una rosa; ella misma ignoraba la causa. El rey dijo:

—Querida hija, ya he repartido mi reino; ¿qué podré darte a ti?

—No necesita nada —dijo la vieja—; yo le doy las lágrimas que ha vertido por vosotros; son otras tantas perlas, más hermosas que las que se hallan en el mar, y son de un valor mucho mayor que todo vuestro reino. Y en recompensa por sus servicios, yo le doy mi pequeña casa.

La vieja desapareció en cuanto dijo estas palabras. Oyeron entonces crujir ligeramente las paredes, y cuando se volvieron encontraron la pequeña casa convertida en un soberbio palacio; una mesa real se hallaba delante de los huéspedes y los criados iban y venían alrededor.

La historia continúa todavía, pero mi abuela, que fue quien me la contó, había perdido un poco la memoria y olvidó lo demás. Creo, sin embargo, que la hermosa hija del rey se casó con el conde; que permanecieron juntos en el palacio, y que vivieron en la mayor felicidad todo el tiempo que Dios quiso. Si los gansos blancos que se guardaban cerca de la casa eran otras tantas jóvenes (no lo echéis a mala parte) que la

211

vieja había recogido a su lado, si tomaron figura humana y quedaron en calidad de damas al lado de la reina, no puedo decirlo, aunque lo supongo. Lo cierto es que la vieja no era una hechicera, sino un hada buena que no quería más que hacer el bien. Probablemente también fue ella quien concedió a la hija del rey, a su nacimiento, el don de llorar perlas en vez de lágrimas. Esto no sucede ahora, porque entonces los pobres serían ricos muy pronto[100].

---

[100] Quizá es que el mundo de la fantasía admite también estos toques de realismo social.

LA ONDINA DEL ESTANQUE

Había cierta vez un molinero que vivía feliz con su mujer; tenían dinero y bienes, y su propiedad aumentaba de año en año. Pero la desgracia, dice el proverbio, viene durante la noche: su fortuna disminuyó de año en año, lo mismo que había aumentado, y por último el molinero apenas podía llamar suyo al molino en que vivía. Estaba muy afligido y cuando se acostaba por la noche, ya terminado su trabajo, apenas podía descansar, pues sus penas le hacían dar vueltas en la cama. Una mañana se levantó antes de la aurora y salió para tomar el aire, imaginando que sentiría algún alivio en su pesar. Cuando pasaba cerca de la escalera del molino comenzaba a apuntar el primer rayo del sol, y oyó un ligero ruido en el estanque. Se volvió y distinguió a una mujer muy hermosa que se elevaba lentamente del agua. Sus largos cabellos, que había echado con sus delicadas manos sobre sus hombros, descendían por ambos lados y cubrían su cuerpo blanco y brillante como la nieve. No tardó en saber que era la ondina del estanque e ignoraba en su terror si debía quedarse o huir de allí. Pero la ondina dejó oír su dulce voz, le llamó por su nombre y le preguntó por qué estaba tan triste. En un principio el molinero permaneció mudo, pero al oírla hablar con tanta gracia se animó y le contó que anteriormente había vivido feliz y rico, y que ahora se había quedado tan pobre que ignoraba qué podría hacer.

—No tengas cuidado —contestó la ondina—; yo te haré más feliz y dichoso de lo que nunca has sido; mas es preciso que me prometas darme lo que acaba de nacer en tu casa.

«Sin duda eso será algún perro o algún gato», pensó para sí el molinero, y le prometió lo que le pedía. La ondina se sumergió en el agua y él volvió corriendo, consolado y alegre, a su molino. Aún no había llegado, cuando salió la criada de la casa y le dijo que se regocijase, pues su mujer acababa de dar a luz un niño. Quedó el molinero como herido por un rayo, porque comprendió entonces que la maliciosa on-

213

dina sabía lo que pasaba y le había engañado. Se acercó al lecho de su mujer con la cabeza baja, y cuando ella le preguntó:

—¿Por qué no te alegras por el nacimiento de nuestro nuevo hijo?

Él le contó lo que le había sucedido y la promesa que había hecho a la ondina.

—¿De qué me sirven la prosperidad y las riquezas —añadió—, si debo perder a mi hijo?

Mas ¿qué había de hacer?, sus mismos parientes, cuando fueron a felicitarle, no le pudieron dar remedio ninguno.

Sin embargo, la fortuna volvió a la casa del molinero. Cuanto emprendía le salía siempre bien, parecía que los baúles y los cofres se llenaban por sí mismos y que el dinero se multiplicaba en sus armarios durante la noche. Trascurrido algún tiempo era mucho más rico que antes; pero no podía gozar de su felicidad, pues la promesa que había hecho a la ondina destrozaba su corazón. Siempre que pasaba cerca del estanque temía verla subir a la superficie y recordarle su deuda. No dejaba que el niño se acercase al agua.

—Ten cuidado —le decía—, si te acercas alguna vez ahí, saldrá una mano que te agarrará y te arrastrará al fondo.

Sin embargo, como los años pasaban uno tras otro y la ondina no aparecía, comenzó a tranquilizarse el molinero. El niño creció y llegó a ser hombre, y lo colocaron en casa de un cazador. En cuanto aprendió a cazar y supo bien la profesión, lo recibió a su servicio el señor de la aldea, donde había una hermosa y honrada joven que agradó al cazador. Cuando lo supo su amo le regaló una casita donde vivieron felices y tranquilos, amándose de todo corazón.

El cazador perseguía un día un corzo. El animal salió del bosque a la llanura y él le siguió y lo mató de un tiro. No había notado que se hallaba cerca del peligroso estanque, y en cuanto capturó la presa fue a lavarse las manos llenas de sangre. Pero apenas las había metido en el agua, cuando salió la ondina del fondo, lo enlazó sonriendo en sus húmedos brazos, y lo arrastró tras sí con tal prontitud que la ola lo cubrió enteramente al cerrarse.

Cuando ya entrada la noche el cazador no volvía a su casa, su mujer sintió gran inquietud. Salió a buscarlo, y como él le había contado algunas veces que tenía que guardarse de las emboscadas de la ondina y que no se atrevía a aventurarse en las cercanías del estanque, sospechó lo que había sucedido. Corrió al estanque, y cuando vio la escopeta a la orilla no dudó ya de su desgracia. Llamó a su marido por su nombre, lamentándose y retorciéndose las manos, pero todo fue en vano. Corrió al otro lado del estanque, dirigió a la ondina las injurias más violentas, mas no sintió respuesta alguna. El agua continuaba tranquila y la luna, casi llena, la miraba sin hacer el menor movimiento.

La pobre mujer no se separaba del estanque. Con precipitados pasos y sin descansar daba vueltas a su alrededor, callando unas veces, dando gritos otras, y otras murmurando en voz baja. Le faltaron al fin las fuerzas, se sentó en el suelo y cayó en un profundo letargo; muy pronto comenzó a soñar. Le parecía que subía con la mayor inquietud por entre dos masas de rocas. Las espinas y las piedras herían sus pies; la luna bañaba su rostro y el viento agitaba sus largos cabellos. Cuando llegó a la cumbre de la montaña todo cambió de aspecto. El cielo era azul, el aire suave, la tierra descendía en suave pendiente y, en medio de un verde prado esmaltado todo de flores, vio una preciosa cabaña. Se acercó a ella y abrió la puerta. En el interior se hallaba sentada una anciana de cabellos blancos que le hizo una seña con la mayor amabilidad. La pobre mujer despertó en ese mismo instante. Era ya de día y decidió poner enseguida en práctica lo que su sueño le había aconsejado. Subió la montaña con gran trabajo y encontró todo lo que había visto la noche anterior. La vieja la recibió con mucha bondad y le indicó una silla donde sentarse.

—Sin duda has tenido alguna desgracia —le dijo—, cuando vienes a visitar mi solitaria cabaña.

La mujer le contó llorando lo que le había pasado.

—Consuélate —dijo—, yo te socorreré. Toma ese peine de oro; espera hasta que llegue la luna llena, entonces vas a la orilla del estanque, te sientas y pasas el peine por tus largos cabellos negros. Cuando hayas concluido, lo pones allí al lado y ya verás lo que sucede.

Volvió la mujer a su casa. Transcurrió mucho tiempo antes de que llegase la luna llena. Al fin brilló en el cielo el redondo disco, fue entonces a la orilla del estanque, se sentó y pasó el peine de oro por sus largos cabellos negros, y cuando hubo concluido se sentó junto al agua. Poco después comenzó a moverse el fondo; se levantó una ola, rodó hacia la orilla y se llevó el peine. Aún no habría podido llegar

215

al fondo, cuando se abrió el espejo del agua y subió a la superficie la cabeza del cazador. No habló, pero dirigió a su mujer una mirada llena de tristeza. En el mismo instante se levantó con gran ruido una segunda ola y cubrió la cabeza del cazador. Todo desapareció enseguida, el estanque quedó tranquilo como anteriormente y la faz de la luna volvió a brillar en él.

La mujer se marchó, desesperada, pero se le apareció en sueños la cabaña de la vieja. A la mañana siguiente se puso en camino y contó su pena al buen hada. La vieja le dio una flauta de oro y le dijo:

—Espera hasta la luna llena. Cuando llegue, tomas esta flauta, te pones a la orilla del estanque, tocas un rato y cuando hayas concluido la dejas en la arena, y verás lo que sucede.

La mujer hizo lo que le había dicho la vieja. Apenas había dejado la flauta en la arena, comenzó a moverse el fondo del agua, se levantó una ola, se adelantó hacia la orilla y se llevó la flauta. Poco después, se entreabrió el agua y no sólo subió a la superficie la cabeza del cazador, sino todo él hasta la mitad de su cuerpo.

Extendió sus brazos hacia ella con ardoroso amor, pero vino una segunda ola con gran estrépito, lo cubrió y lo arrastró al fondo.

—¡Ay! —dijo la desgraciada mujer—, ¿de qué me sirve ver a mi amado para perderlo enseguida?

Se llenó de nuevo su corazón de tristeza, pero un sueño le indicó por tercera vez la cabaña de la anciana. Se puso en camino y el hada le dio una rueca de oro, la consoló y le dijo:

—Todavía hay esperanza, aguarda hasta que llegue la luna llena. Entonces tomas la rueca, te colocas en la orilla e hilas hasta que hayas llenado el huso; cuando concluyas, coloca la rueca junto al agua y verás lo que sucede.

La mujer siguió el consejo punto por punto. En cuanto llegó la luna llena, llevó la rueca de oro a la orilla del agua e hiló con la mayor actividad hasta que hubo concluido todo su lino y el hilo llenó el huso. Apenas dejó la rueca junto a la orilla, se removió el fondo del agua con más violencia que nunca, se adelantó una ola y se llevó la rueca. Enseguida subió a la superficie la cabeza y todo el cuerpo del cazador, que saltó en un instante a la orilla, tomó a su mujer de la mano y juntos echaron a correr. Pero apenas habían dado algunos pasos, cuando se levantó toda el agua del estanque formando una única ola y se extendió por la llanura con una violencia irresistible. Los dos fugitivos veían ya la muerte delante de sus ojos, cuando la mujer, con angustia, llamó a la vieja en su corazón, y en un momento fueron convertidos ella en sapo y él en rana.

La ola que los había alcanzado no pudo acabar con ellos, pero los separó y los llevó muy lejos el uno del otro. Cuando se retiró el agua y pusieron el pie en un terreno seco, volvieron a tomar su forma humana, pero ninguno de los dos sabía lo que le había sucedido al otro. Se hallaban entre gentes extrañas y no conocían el país; los separaban altas montañas y profundos valles. Los dos se vieron obligados a guardar ovejas para ganarse el sustento, y durante muchos años condujeron su ganado por los bosques y los campos, llenos de tristeza y de pesar.

En una ocasión, cuando comenzaban a brotar las flores de la primavera, salieron los dos con un rebaño en el mismo día y quiso la casualidad que marchasen al encuentro el uno del otro. El marido vio la pendiente de una montaña y dirigió hacia ella sus ovejas. Llegaron juntos al valle, pero no se reconocieron; sin embargo, se alegraron de no estar solos. Desde entonces llevaron todos los días sus ganados a pacer juntos; no se hablaban, pero sentían un consuelo desconocido en sus almas. Una noche, cuando la luna brillaba en el cielo y descansaban ya las ovejas, sacó el pastor la flauta de su zurrón y tocó una sonata muy melodiosa, pero también muy triste. Cuando acabó, vio que la pastora lloraba amargamente.

—¿Por qué lloras? — le preguntó.

—¡Ay! —contestó—; así brillaba la luna cuando toqué por última vez esa sonata en la flauta y apareció en la superficie del agua la cabeza de mi amado.

La miró entonces el pastor y le pareció que caía un velo de sus ojos, pues reconoció a su amada mujer; y mirándolo a la luz de la luna que daba en su rostro, lo reconoció ella a su vez. Se arrojaron a los brazos uno del otro, se abrazaron, y no se pregunta si fueron dichosos[101].

---

[101] Guiño a quien lee o escucha.

POR FALTAR UN CLAVO

Después de haber hecho muy buenos negocios en la feria, de vender todas sus mercancías y de llenar su bolsa de oro y de plata, quería un comerciante ponerse en camino para llegar a su casa antes de la noche. Metió su dinero en la maleta, la ató a la silla y montó a caballo.

Se detuvo al mediodía en una ciudad y cuando iba a partir le dijo el mozo de la cuadra al darle su caballo:

—Caballero, a vuestro caballo le falta un clavo en la herradura de la pata trasera izquierda.

—Está bien —contestó el comerciante—; la herradura resistirá todavía las seis leguas[102] que me quedan por andar. Tengo prisa.

Por la tarde, bajó otra vez en una posada para dar de comer un poco de pan a su caballo. El mozo que salió a su encuentro le dijo:

—Caballero, vuestro caballo viene destrozado de la pata izquierda, llevadlo a casa del herrador.

—No, no hace falta —contestó—; para dos leguas que me quedan que andar, aún puede andarlas mi caballo así como está. Tengo prisa.

Montó y partió. Pero poco después comenzó a cojear el caballo; algo más allá empezó a tropezar; y luego no tropezaba ya, sino que cayó con una pata rota. El comerciante se vio obligado a dejar allí al animal, a desatar su maleta, a echársela a las espaldas y a volver a pie a su casa, donde no llegó hasta muy entrada la noche.

—Aquel maldito clavo del que no quise hacer caso —murmuraba para sí—, ha sido la causa de todas mis desgracias.

Lectores, corred despacio.

---

[102] Unos treinta kilómetros.

LA LIEBRE Y EL ERIZO

Esta historia, niños[103], va a pareceros una mentira y sin embargo es verdadera, pues mi abuelo, de quien la conozco, no dejaba nunca de añadir cuando me la contaba:

—Pues debe ser verdadera, pues si no, no la contaría nadie.

Esta es la historia, tal como pasó.

Era una hermosa mañana de verano, durante el tiempo de la siega, precisamente cuando el alforfón[104] está en flor. El sol brillaba en el cielo, el aire de la mañana ponía en movimiento los trigos, las alondras cantaban en vuelo, las abejas zumbaban en el alforfón, las personas iban a la iglesia con el vestido del domingo y todo el mundo se alegraba; y también el erizo. El erizo estaba delante de su puerta, tenía los brazos cruzados, miraba pasar el tiempo y cantaba un cancioncilla, ni más ni menos que como la canta un erizo en una hermosa mañana de domingo. Mientras cantaba así, a media voz, se le ocurrió, muy osadamente en verdad, que mientras su mujer lavaba y vestía a sus hijuelos daría algunos paseos por la llanura e iría a ver cómo crecían los nabos. Los nabos se hallaban cerca de su casa y el erizo tenía la costumbre de comerlos con su familia, y se los llevaba como si fueran suyos. Dicho y hecho.

El erizo cerró la puerta tras de sí y se puso en camino. Apenas se hallaba fuera de la casa e iba precisamente a pasar por delante de una zarza que se hallaba junto al campo donde crecían los nabos, cuando encontró a la liebre, que había salido con una intención semejante para ir a visitar sus berzas. Así que el erizo vio a la liebre pensó en jugarle una buena treta y le dio los buenos días con mucha educación, pero la

---

[103] Una de las escasas veces en que se hace referencia a que estos cuentos tengan a los niños como destinatarios.

[104] Planta de la que en algunas regiones se hace pan negro, por ser de color negruzco los frutos con los que se elabora.

liebre, que era un personaje muy grande a su manera y de un carácter orgulloso, no devolvió el saludo sino que dijo con un aire muy burlón:

—¿Cómo corres tan temprano por el campo, en una mañana tan hermosa?

—Voy a pasearme —dijo el erizo.

—¿A pasearte? —dijo riendo la liebre—; me parece que necesitarías para ello cambiar de patas.

Esta respuesta disgustó mucho al erizo pues no se enojaba más que cuando se trataba de sus patas, porque las tenía torcidas de nacimiento.

—¿Te imaginas quizá —dijo a la liebre— que tus patas valen más que las mías?

—Al menos, eso creo yo —dijo la liebre.

—Eso es lo que está por ver —repuso el erizo—; apuesto a que si corremos juntos corro más que tú.

—¿Con tus patas torcidas? Estás de broma — dijo la liebre—, pero si quieres apostaremos. ¿Qué vamos a ganar?

—Una moneda de oro y una botella de aguardiente —dijo el erizo.

—Apostado —dijo la liebre—; da la señal y podremos probarlo en el acto.

—No, a nada viene tanta prisa —dijo el erizo—; aún no he comido nada hoy y quiero ir a mi casa a tomar cualquier cosa. Volveré dentro de media hora.

Consintió la liebre y se marchó el erizo. Por el camino se iba diciendo a sí mismo: «La liebre se fía en sus largas patas, pero yo se la jugaré. Se da mucha importancia, pero es muy tonta y lo pagará». En cuanto llegó a su casa, dijo el erizo a su mujer:

—Mujer, vístete corriendo; es preciso que vengas al campo conmigo.

—¿Qué pasa? —dijo su mujer.

—He apostado con la liebre una moneda de oro y una botella de aguardiente a que corro más que ella, y es preciso que estés en la partida.

—Pero Dios mío, hombre —dijo la mujer al erizo levantando la cabeza—: ¿estás cuerdo, o has perdido la cabeza? ¿Cómo pretendes luchar en carrera con la liebre?

—Silencio, mujer —dijo el erizo—; no te metas en lo que no te importa. Nunca te mezcles en los negocios de los hombres[105]. Anda, vístete y ven conmigo.

¿Qué había de hacer la mujer del erizo? Tenía que obedecer[106], con ganas o sin ellas. Cuando salían juntos, le dijo el erizo a su mujer:

—Pon atención a lo que voy a decirte. Vamos a correr por ese terreno grande que ves ahí. La liebre correrá por un surco y nosotros por el otro, partiremos de allá abajo. Tú no tienes más que estar escondida dentro del surco, y cuando llegue la liebre cerca de ti te levantas y gritas: «Aquí estoy».

Apenas había dicho esto, llegaron al punto designado. El erizo indicó a su mujer el puesto que debía ocupar y subió campo arriba. Cuando hubo llegado al otro extremo encontró a la liebre, que le dijo:

—Vamos a correr.

—Sin duda —repuso el erizo.

—Pues comencemos.

Y cada uno se colocó en su surco. La liebre dijo:

—Una, dos, y tres.

Y partió como un torbellino, dando saltos larguísimos. El erizo dio dos o tres pasos detrás de ella, después se agazapó en el surco y se estuvo callado.

En cuanto llegó la liebre a grandes zancadas al otro lado del terreno, le gritó la mujer del erizo:

—¡Aquí estoy!

La liebre se admiró y maravilló mucho, creía oír al mismo erizo pues la mujer era exactamente igual a su marido, y pensó para sí: «El diablo anda en esto».

Y añadió:

—Vamos a correr otra vez.

Y volvió a correr partiendo como un torbellino con saltos larguísimos, de modo que sus orejas flotaban al viento. La mujer del erizo no se movió de su puesto; cuando la liebre llegó al otro extremo de la tierra, gritó el erizo:

---

[105] Quizá a estas frases intercaladas en la acción pueda achacárseles que intenten perpetuar el paradigma de la «superioridad de los hombres» y reducir el papel y las posibilidades de la mujer. Eran, claro está, otros tiempos.

[106] El papel sumiso y secundario adjudicado culturalmente a la mujer: la obediencia al marido.

—¡Aquí estoy!

La liebre, fuera de sí, dijo:

—Volvamos a empezar, vamos a correr otra vez.

—¿Por qué no? —respondió el erizo—, estoy dispuesto a continuar todo el tiempo que quieras.

La liebre corrió así setenta y tres veces seguidas y el erizo sostuvo la lucha hasta el fin. Cada vez que la liebre llegaba a un extremo u otro del campo, el erizo o su mujer decían siempre: «Aquí estoy».

A las setenta y cuatro veces, la liebre no pudo terminar. Rodó por el suelo en mitad del campo, empezó a brotarle sangre por todas partes y expiró en el acto. El erizo cogió la moneda de oro que había ganado y la botella de aguardiente, llamó a su mujer para que saliese del surco y ambos entraron muy contentos en su casa y, si no se han muerto, viven todavía[107].

Así fue como el erizo corrió en el erial de Buxtelmde[108] hasta que hizo morir a la liebre, y desde aquel tiempo ninguna liebre se ha atrevido a correr contra ningún erizo de Buxtelmde.

La moraleja de esta historia es mucho más importante de lo que puede imaginarse. Nadie, en primer lugar, debe burlarse del más pequeño, aunque sea un erizo; y, en segundo lugar, es bueno, si tomáis mujer, que la toméis de vuestra clase y semejante a vos en todo. Si sois erizo, tened cuidado de que vuestra mujer sea eriza, y lo mismo en las demás clases[109].

---

[107] Con esto, en apariencia una perogrullada, quiere decir que lo contado ocurrió poco antes de la narración.

[108] Localidad alemana. La expresión «el erial de Buxtelmde» ha pasado al lenguaje coloquial para expresar la victoria imposible conseguida mediante la astucia.

[109] También podría verse en estos consejos cierta intencionalidad social y política.

EL HUSO, LA LANZADERA Y LA AGUJA

Una joven se quedó huérfana al poco de nacer y su madrina, que vivía sola en una cabaña al extremo de la aldea sin más recursos que su lanzadera, su aguja y su huso, se la llevó consigo, le enseñó a trabajar y la educó en la santa piedad y temor de Dios. Cuando llegó la niña a los quince años cayó enferma su madrina, que le hizo ir cerca de su lecho y le dijo:

—Querida hija, sé que voy a morir; te dejo mi cabaña, que te protegerá del viento y la lluvia, y te lego también mi huso, mi lanzadera y aguja, que te servirán para que te ganes el pan.

Le puso después la mano en la cabeza, la bendijo, y añadió:

—Conserva a Dios en tu corazón y llegarás a ser feliz.

Se cerraron enseguida sus ojos, y la pobre niña acompañó su ataúd llorando y le hizo los últimos honores. Desde entonces vivió sola y trabajaba con la mayor actividad, ocupándose en hilar, tejer y coser. La bendición de la buena anciana la protegía en todo aquello en que ponía sus manos. Se podía decir que su provisión de hilo era inagotable, y que apenas había tejido una pieza de tela o cosido una camisa se le presentaba enseguida un comprador, que le pagaba con generosidad. De modo que no sólo no se hallaba en la miseria, sino que también podía socorrer a los pobres.

Por ese mismo tiempo, el hijo del rey se puso a recorrer el país para buscar mujer con quien casarse. No podía elegir a una pobre, pero tampoco quería a una rica, por lo cual decía que se casaría con la que fuese a la vez la más pobre y la más rica. Al llegar a la aldea donde vivía nuestra joven preguntó, según su costumbre, dónde vivían la más pobre y la más rica del lugar. Se le designó enseguida a la segunda; en cuanto a la primera se le dijo que debía ser la joven que habitaba en una cabaña aislada al extremo de la aldea.

Cuando pasó el príncipe, la rica, vestida con su mejor traje, estaba sentada ante su puerta. Se levantó y salió a su encuentro haciéndole una profunda cortesía, pero él la miró sin decirle una palabra y continuó su camino. Llegó a la cabaña de la pobre, que no había salido a la puerta y estaba trabajando en su cuarto. Detuvo su caballo y miró por la ventana al interior de una habitación que iluminaba un rayo de sol: la joven estaba sentada delante de su rueda e hilaba con el mayor ardor. No dejó de mirar furtivamente al príncipe, pero se puso muy colorada y continuó hilando con los ojos bajos, aunque no me atreveré a asegurar que su hilo fuera tan igual como lo era antes. Prosiguió hilando hasta que el príncipe se marchó. En cuanto ya no lo vio, se levantó a abrir la ventana diciendo:

—¡Qué calor hace aquí!

Y siguió al príncipe con la vista mientras pudo distinguir la pluma blanca de su sombrero.

Por último, volvió a sentarse y continuó hilando, pero no se le iba de la memoria un refrán que había oído repetir con frecuencia a su madrina. Se puso a cantarlo, y decía:

Corre huso, corre a todo correr, mira que es mi esposo y debe volver.

Mas he aquí que el huso se escapó de repente de sus manos y salió fuera del cuarto. La joven se lo quedó mirando, no sin asombro, y vio que corría a través de los campos y dejaba tras de sí un hilo de oro. Al poco tiempo estaba ya muy lejos y no podía distinguirlo. Como no tenía huso, asió la lanzadera y se puso a tejer.

El huso continuó corriendo y cuando se le acabó el hilo ya se había reunido con el príncipe.

—¿Qué es esto? —exclamó el príncipe—, este huso quiere llevarme a alguna parte.

Dio la vuelta a su caballo y siguió a galope el hilo de oro. La joven continuaba trabajando y cantando:

Corre, lanzadera, corre tras de él, tráeme a mi esposo, pronto tráemele.

Enseguida se escapó de sus manos la lanzadera, que se dirigió a la puerta. Pero al salir del umbral comenzó a tejer y tejió el tapiz más hermoso que nunca se ha visto. Por ambos lados lo adornaban guirnaldas de rosas y de lirios, y en el centro se veían pámpanos verdes sobre un fondo de oro; entre el follaje se distinguían liebres y conejos, y pasaban la cabeza a través de las ramas ciervos y corzos; en otras partes tenía pájaros de mil colores a los que no les faltaba más que cantar. La lanzadera seguía corriendo y la obra adelantaba a las mil maravillas.

Corre, aguja, corre a todo correr, prepáralo todo, que ya va a volver.

La aguja se escapó de sus dedos y se echó a correr por el cuarto con la rapidez del relámpago. Parecía que tenía a sus órdenes espíritus invisibles, pues la mesa y los bancos se cubrieron de tapetes verdes, las sillas se vistieron de terciopelo y las paredes de una colgadura de seda.

Apenas había dado la aguja su última puntada cuando la joven vio pasar por delante de la ventana la pluma blanca del sombrero del príncipe, a quien había traído el hilo de oro. El príncipe entró en la cabaña pasando por encima del tapiz, y en el cuarto donde vio a la joven esta estaba vestida como antes, con su pobre traje, pero hilando; en medio de este lujo improvisado era como una rosa en un zarzal.

—Tú eres la más pobre y la más rica —exclamó—; ven, tú serás mi esposa.

Le presentó ella la mano sin contestarle, él se la besó, luego la hizo subir a su caballo y la llevó a la corte, donde se celebraron sus bodas con gran alegría.

El huso, la lanzadera y la aguja se conservaron con el mayor cuidado en el tesoro real.

LA SEPULTURA

Un labrador muy rico estaba un día ante su puerta mirando sus campos y sus huertos. El llano estaba cubierto por la cosecha, los árboles rebosaban de fruta: el trigo de los años anteriores llenaba de tal modo sus graneros que las vigas del techo se doblaban bajo su peso. Sus establos estaban llenos de bueyes, de vacas y de caballos.

Entró en su cuarto y dirigió una mirada al cofre en que encerraba el dinero. Pero mientras estaba absorto en la contemplación de estas riquezas, creyó oír en su interior una voz que le decía:

—¿Has hecho feliz, a pesar de todo tu oro, a alguno de los que te rodeaban? ¿Has aliviado la miseria de los pobres? ¿Has repartido tu pan con los que tenían hambre? ¿Has estado satisfecho con lo que poseías y no has deseado nunca más?

Su corazón no vaciló en contestar:

—Siempre he sido duro e inexorable, nunca he hecho nada por mis parientes ni por mis amigos. Más que en Dios, he pensado siempre en aumentar mis riquezas. Aun cuando hubiera poseído el mundo entero, no hubiera tenido nunca bastante.

Este pensamiento lo atemorizó, las rodillas le temblaron de tal modo que se vio obligado a sentarse. Al mismo tiempo llamaron a la puerta. Era uno de sus vecinos, que estaba cargado de hijos a quienes no podía sustentar. «Sé bien —pensaba para sí—, que mi vecino es mucho más despiadado que rico. Sin duda no hará caso de mí, pero mis hijos me piden pan y voy a hacer una prueba».

En cuanto llegó a la presencia del rico le dijo de esta manera:

—No ignoro que no os gusta socorrer a nadie, pero me dirijo a vos en la última desesperación, como un hombre que, estando próximo a ahogarse, se agarra a la más débil rama. Mis hijos tienen hambre, prestadme un puñado de trigo.

Un rayo de compasión penetró por primera vez en el hielo de aquel corazón avaro.

—No te prestaré un puñado —le respondió—; te daré una fanega[110], pero con una condición.

—¿Cuál? —preguntó el pobre.

—Que después de mi muerte pasarás las tres primeras noches velando sobre mi sepultura.

La proposición no agradó mucho al pobre, pero en la necesidad en que se encontraba tuvo que pasar por todo. Lo prometió, pues, y se llevó el trigo a su casa.

Parecía que el labrador había adivinado el porvenir pues a los tres días murió de repente, sin que nadie lo sintiera. En cuanto estuvo enterrado el pobre se acordó de su promesa. Hubiera querido verse dispensado de ella, pero se dijo: «este hombre ha sido generoso conmigo, ha dado pan a mis hijos; y además, le di mi palabra y debo cumplírsela».

A la caída de la tarde fue al cementerio y se sentó encima de la sepultura.

Todo estaba tranquilo, la luna iluminaba los sepulcros y, de cuando en cuando, volaba un búho lanzando gritos fúnebres. A la salida del sol volvió a su casa sin haber corrido el menor peligro. Lo mismo ocurrió la noche siguiente. La noche del tercer día sintió un secreto terror, como si fuera a pasar alguna cosa extraña. Al entrar en el cementerio vio al final de la tapia un hombre como de unos cuarenta años, de rostro moreno y de ojos vivos y penetrantes. Iba envuelto en una capa bajo la cual sólo se veían unas grandes botas de montar.

—¿Qué buscáis aquí? —le dijo el pobre—; ¿no tenéis miedo en este cementerio?

—Nada busco —respondió el otro—, ¿y de qué he de tener miedo? Soy un pobre soldado licenciado y voy a pasar la noche aquí porque no tengo otro asilo.

—Pues bien —le dijo el pobre—, ya que no tenéis miedo me ayudaréis a guardar esta tumba.

—Con mucho gusto —respondió el soldado—; mi oficio es hacer guardias. Quedémonos juntos y participaremos del bien o del mal que se presente.

Los dos se sentaron encima de la sepultura. Todo permaneció en silencio hasta acercarse la media noche. Entonces sonó en el aire un silbido agudo y los dos guardias vieron ante ellos al diablo en persona.

---

[110] Entre veintidós y cincuenta y cinco kilogramos, según la zona.

—¡Fuera de aquí, canallas! —les gritó—; este muerto me pertenece. Voy a llevármelo, y si no escapáis pronto os retorceré el pescuezo.

—Señor de la pluma roja[111] —le contestó el soldado—; vos no sois mi capitán, no tengo ninguna orden que recibir de vos y no os tengo miedo. Continuad vuestro camino, nosotros nos quedamos aquí.

El diablo pensó que con dinero lo conseguiría todo de estos dos miserables. Puso un tono más dulce y les preguntó con la mayor familiaridad si consentirían en alejarse si les daba una bolsa llena de oro.

—Con mucho gusto —respondió el soldado—; eso es hablar como hombres. Pero una bolsa de oro no es suficiente, pues no dejaremos este lugar si no nos dais con qué llenar una de mis botas.

—No tengo una cantidad tan grande aquí —dijo el diablo—, pero voy a ir a buscarla. En la ciudad próxima vive un amigo usurero que no vacilará en prestarme esa suma.

En cuanto partió el diablo, se quitó el soldado la bota izquierda y dijo:

—Vamos a jugarle una treta de campaña. Compadre, dame tu navaja.

Cortó la suela de la bota y puso la badana derecha encima de unas yerbas muy altas, arrimada a un sepulcro que había allí cerca.

No aguardaron mucho tiempo. El diablo llegó en breve con un pequeño saco de oro en la mano.

—Echadlo —dijo el soldado levantando un poco la bota—, pero eso no será bastante.

El diablo vació el saco, pero el oro cayó al suelo y la bota quedó vacía.

—¡Imbécil! —le gritó el soldado—; ¿no te lo había dicho? Vuelve y trae mucho más.

El diablo partió meneando la cabeza y volvió al cabo de un rato con un saco mucho mayor bajo el brazo.

—Eso ya vale algo más —dijo el soldado—, pero dudo que baste todavía para llenar la bota.

El oro cayó tintineando, pero la bota quedó vacía. El diablo se aseguró por sí mismo y miró con sus ojos de fuego.

—¡Vaya unas botas que gastas! —exclamó haciendo un gesto.

---

[111]   Al diablo Mefistófeles se lo representa con una pluma roja en su sombrero.

—¿Querías que llevara el pie descalzo como tú? —replicó el soldado—; ¿desde cuándo te has vuelto avaro? Vamos, ve a buscar otro saco, o si no ya estás de más aquí.

El diablo se alejó otra vez, pero estuvo mucho tiempo ausente. Cuando volvió por fin apenas podía llevar el enorme saco que traía sobre sus espaldas. Se apresuró a vaciarlo en la bota, que se llenó menos que nunca. Encolerizado, iba a arrancar las botas de manos del soldado cuando vino a iluminar el cielo el primer rayo del sol naciente. En el mismo instante desapareció lanzando un grito. La pobre alma se había salvado.

El labrador quería repartir el dinero, pero el soldado le dijo:

—Da mi parte a los pobres. Voy a ir a tu casa y con el resto viviremos juntos pacíficamente todo lo que Dios quiera.

DIOS TE SOCORRA

Había una vez dos hermanas, una de las cuales era rica y sin hijos y la otra viuda con cinco niños, y tan pobre que carecía de pan para ella y su familia. Obligada por la necesidad, fue a buscar a su hermana y le dijo:

—Mis hijos se mueren de hambre, tú eres rica, dame un pedazo de pan.

Pero la rica, que tenía un corazón de piedra, le contestó:

—No hay pan en casa —y la echó con dureza.

Algunas horas después volvió a su casa el marido de la hermana rica, y cuando comenzaba a partir el pan para comer se admiró de ver que iban saliendo gotas de sangre conforme lo iba partiendo. Su mujer, asustada, le contó todo lo que había pasado. El marido se apresuró a ir a socorrer a la pobre viuda y le llevó toda la comida que tenía preparada. Cuando volvía a su casa, oyó un ruido muy grande y vio una nube de humo y fuego que subía hacia el cielo. Era que ardía su casa. Perdió todas sus riquezas en el incendio, y su cruel mujer lanzaba gritos de rabia y decía:

—¡Nos moriremos de hambre!

—Dios socorre a los pobres —le respondió su buena hermana, que corrió a su lado.

La que había sido rica, hubo de mendigar a su vez; pero nadie tuvo compasión de ella. Su hermana olvidó su crueldad anterior y repartía con ella las limosnas que recibía.

LOS TRES RAMOS VERDES

Había una vez un ermitaño que vivía en un bosque al pie de una montaña. Pasaba el tiempo rezando y haciendo buenas obras, y todas las tardes llevaba por penitencia dos cubos grandes de agua desde la ladera hasta la cumbre de la montaña. Con ellos regaba las plantas y daba de beber a los animales, pues reinaba en aquella altura un viento tan fuerte que todo lo secaba, y los pájaros, que huían en aquel desierto de la presencia del hombre, buscaban en vano agua que beber con sus perspicaces ojos. Un ángel del Señor se aparecía al ermitaño para recompensar su piedad y en cuanto concluía su tarea le daba de comer, como a aquel profeta que era sustentado por los cuervos por orden del Eterno[112].

El ermitaño llegó así, en olor de santidad, hasta una edad muy avanzada. Pero un día, en que vio a lo lejos un pobre pecador a quien llevaban al cadalso, se atrevió a decir:

—Ya vas a pagar por lo que has hecho.

Por la tarde, cuando subió el agua a la montaña, no se le apareció el ángel como de costumbre, ni le trajo su comida. Atemorizado, inquirió en el fondo de su corazón lo que podía haber ofendido a Dios y no podía descubrirlo. Se postró en tierra y estuvo orando día y noche sin querer tomar alimento alguno.

Un día, cuando estaba llorando amargamente en el bosque, oyó a un pájaro que cantaba con una voz tan melodiosa que no pudo menos de decirle:

—¡Ah, pajarito, qué contento cantas! Contigo no está enfadado el Señor. ¡Ay!, si pudieras decirme en qué lo he ofendido, haría penitencia y volvería la alegría a mi corazón.

---

[112] Pablo el ermitaño (Pablo de Tebas), primero de los ermitaños.

El pájaro le contestó:

—Has cometido una mala acción al condenar a un pobre pecador que llevaban al cadalso. Por eso está enojado contigo el Señor, pues sólo a Él le corresponde juzgarlo. Sin embargo, si haces penitencia y te arrepientes de tu pecado, te perdonará.

El ermitaño vio entonces que el ángel del Señor estaba delante de él con una rama seca en la mano. El ángel le dijo estas palabras:

—Llevarás esta vara seca hasta que salgan de ella tres ramos verdes; y por las noches, cuando vayas a dormir, la colocarás bajo tu cabeza. Mendigarás el pan de puerta en puerta y no permanecerás más de una noche bajo el mismo techo. Tal es la penitencia que te impone el Señor.

El ermitaño tomó la vara y comenzó a andar por el mundo, que hacía tanto tiempo tenía olvidado. No vivía más que de las limosnas que le daban a las puertas, pero con frecuencia no hacían caso de sus súplicas y más de una puerta permanecía cerrada, de modo que pasaba días enteros sin tener ni una migaja de pan.

Un día que había estado desde la mañana hasta la noche mendigando de puerta en puerta y no habían querido darle nada, ni aun dejarle pasar la noche en un rincón del pajar, fue a un bosque, donde encontró un hueco abierto en una roca en el que había sentada una vieja.

—Buena mujer —le dijo—, déjame pasar la noche en tu casa.

—No —le contestó—; yo no me atrevería, aunque pudiera. Tengo tres hijos que son ladrones, y si te ven aquí cuando vengan nos matarán a los dos.

—Déjame entrar —dijo el ermitaño—; no nos harán nada a ninguno de los dos.

La vieja tuvo compasión y se enterneció. El hombre se echó al pie de la escalera con su vara debajo de la cabeza. La vieja le preguntó por qué se ponía así, y él le dijo que cumplía una penitencia y que debía ser su almohada aquella rama seca. La mujer exclamó llorando:

—¡Ay!, si Dios castiga así una simple palabra, ¿qué será de mis hijos cuando comparezcan ante Él en el Día del Juicio?

A la media noche volvieron los ladrones haciendo mucho ruido. Encendieron una lumbre muy grande que iluminó toda la pieza, de modo que no tardaron en ver al hombre bajo la escalera. Encolerizados, dijeron entonces a su madre:

—Madre, ¿quién es ese hombre? ¿Olvidas que te hemos prohibido que recibas aquí a nadie?

—Dejadle, es un pobre pecador que hace penitencia de sus pecados —contestó la madre.

—¿Qué ha hecho? —preguntaron los bandidos—. Vamos, viejo, cuéntanos tus pecados.

Se levantó él entonces y les contó que por haber ofendido a Dios con sólo una palabra, había tenido que someterse a una vida de expiación. Los ladrones se conmovieron de tal modo al oír su historia, que se llenaron de terror al considerar su vida pasada; volvieron en sí y comenzaron a hacer penitencia con sincera contrición.

El ermitaño, después de haber convertido a aquellos pecadores, se echó a dormir bajo la escalera. Pero al día siguiente lo encontraron muerto, y la vara seca, colocada bajo su cabeza, había echado tres ramos verdes, porque el Señor lo había perdonado ya.

LA VIEJA MADRECITA

Una pobre anciana estaba sentada una noche sola en su cuarto, en una gran ciudad, pensando que había perdido primero a su marido, después a sus dos hijos, luego a todos sus parientes unos tras de otros y, por último, que acababa de morir su postrer amigo, por lo quedaba abandonada y sola en el mundo. Sentía en su corazón un disgusto tan profundo, sobre todo por la pérdida de sus dos hijos, que en su dolor llegaba hasta a acusar a Dios.

Se hallaba así sumida en tristes pensamientos, cuando la pareció oír tocar a misa. Admirada de que se hubiese pasado tan pronto la noche, encendió su luz y se dirigió hacia la iglesia. A su llegada halló la nave alumbrada, no por velas como de costumbre, sino por una luz diferente y de un resplandor extraño. La iglesia estaba llena de gente, todos los sitios estaban ocupados y cuando la anciana quiso sentarse en el banco en que lo hacía siempre se lo encontró lleno. Miró a los que estaban sentados en él y reconoció a sus parientes difuntos, con sus trajes de hechura antigua y sus rostros pálidos. No hablaban ni cantaban, sólo se oía un murmullo sordo y un ruido ligero en toda la iglesia.

Una de sus tías difuntas se acercó a ella y le dijo:

—Mira hacia el altar y verás a tus hijos.

La pobre madre vio en efecto a sus dos hijos, el uno estaba en la horca y el otro en la rueda de presos. Entonces le dijo su tía:

—Mira lo que hubieran llegado a ser tus hijos si Dios los hubiera dejado en el mundo y no los hubiera llamado ante sí cuando estaban todavía en la edad de la inocencia.

La anciana entró en su casa temblando y dio gracias a Dios de rodillas, porque había hecho por ella mucho más de lo que podía desear ni comprender. Se echó en la cama y murió a los tres días[113].

---

[113] Esta misma idea de «lo que pudo haber sido» es la tesis de la película *¡Qué bello es vivir!*, de FRANK CAPRA.

EL FESTÍN CELESTIAL

El hijo de un pobre labrador oyó decir un día en la iglesia al sacerdote que quien quiere ir al cielo tiene que andar derecho. Se puso en camino, marchando siempre en línea recta por montes y por valles, sin hacer nunca ningún rodeo. Al final de su camino llegó a una gran ciudad en medio de la cual había una hermosa iglesia donde se celebraban los oficios divinos. Admirado de la magnificencia que lo rodeaba, creyó haber llegado al paraíso y se detuvo allí lleno de alegría.

Cuando concluyeron los oficios lo mandó salir el sacristán, a lo que le contestó:

—No, no saldré; he llegado al fin al cielo y me quedo en él.

El sacristán fue a buscar al cura y le dijo que había en la iglesia un niño que no quería salir y que se imaginaba que estaba en el paraíso.

—Si lo cree así —dijo el cura—, hay que dejarlo.

Vino enseguida donde estaba el niño y le preguntó si quería trabajar. El niño le contestó que sí y que estaba acostumbrado al trabajo, pero que no quería salir del cielo.

Se quedó en la iglesia y como veía a los fieles adorar de rodillas a una imagen del niño Jesús, creyó que aquel era Dios y dijo a la imagen:

—¡Qué delgado estás, Dios mío! de seguro esas gentes no te dan de comer, yo repartiré contigo mi pan[114].

Entonces oyó una voz que le dijo:

—Da a los pobres que tienen hambre y me contentarás a mí.

Una pobre anciana tendía a los transeúntes su mano temblona a la puerta de la iglesia. El niño le dio la mitad de su pan, después miró a la imagen y le pareció que sonreía, hizo lo mismo todos los días y se le figuraba que la imagen estaba más contenta cada vez.

---

[114] Este mismo argumento aparece en la película de LADISLAO VAJDA *Marcelino, pan y vino*.

Algún tiempo después cayó malo y no se levantó de la cama en ocho días. En cuanto pudo levantarse fue a arrodillarse a los pies del niño Jesús. El cura, que lo seguía, le oyó decir así:

—No me acuses, Dios mío, si hace tanto tiempo que no te he alimentado, estaba enfermo y no podía levantarme.

Como continuaba de rodillas, el cura le preguntó lo que hacía.

—¡Oh, padre mío! —respondió—, mirad lo que me ha dicho el niño Jesús: «He visto tu buena voluntad y es suficiente. El domingo próximo vendrás conmigo al festín celestial».

El sacerdote creyó que le ordenaba Dios dar la comunión al pobre niño, y le preparó para aquel gran día. El niño asistió el domingo a los oficios divinos, pero, en el momento de la comunión lo llamó Dios al paraíso y lo sentó a su lado en el festín celestial.

LOS HUÉSPEDES IMPORTUNOS

En una ocasión le dijo un gallo a una gallina:

—Ya es la estación de las nueces, iremos al prado antes que se las quede todas la ardilla.

—Excelente idea —contestó la gallina—, partamos pues; nos divertiremos mucho.

Fueron juntos al prado, donde permanecieron hasta la noche. Entonces, ya por vanidad, ya porque habían comido demasiado, no quisieron volver a pie a su casa y el gallo se vio obligado a hacer un carrito con cáscaras de nuez. Cuando estuvo arreglado, se sentó en él la gallina y le mandó al gallo que se enganchase a la lanza.

—Tú estás equivocada —le contestó el gallo—, mejor quiero volver a pie que engancharme como una yegua. No, eso no entra en nuestro convenio. En algún caso yo haría de cochero y me sentaría en el pescante; pero arrastrar un carruaje, ¡ca!, eso no lo haré yo nunca.

Mientras disputaban de esta manera comenzó a gritar un ánade:

—¡Ah! ¡Ladrones! ¿Quién os ha dado permiso para estar bajo mis nogales? Esperad, ¡yo os arreglaré!

Y se precipitó con el pico abierto sobre el gallo. Pero este, volviendo las tornas, sacudió bien al ánade y le puso el cuerpo como nuevo a picotazos, de modo que se dio por vencida y se dejó enganchar en el carruaje en castigo por su temeridad. El gallo se sentó en el pescante para dirigir el carro, que lanzó a la carrera gritando:

—¡Al galope, ánade, al galope!

Cuando habían andado ya un gran trecho del camino encontraron dos viajeros que iban a pie. Eran un alfiler y una aguja, que les dijeron:

—¡Alto, alto! Muy pronto —añadieron—, será de noche y no podremos andar más, porque el camino está lleno de barro. Nos hemos entretenido bebiendo cerveza a la puerta de la posada del sastre, por lo que os suplicamos nos dejéis subir al carrito.

El gallo, en atención a la flaqueza de los recién llegados y del poco lugar que por lo tanto ocuparían, accedió a recibirlos, pero a condición de que no pinchasen a nadie.

Por la noche, ya muy tarde, llegaron a una posada. Como no querían exponerse a pasarla en el camino y el ánade estaba muy cansada, decidieron entrar. El posadero puso en un principio muchas dificultades. La casa estaba llena de gente y los nuevos viajeros no le parecieron de una condición muy elevada, pero vencido al fin por sus buenas palabras y por la promesa que le hicieron de dejarle el huevo que acababa de poner la gallina en el camino y además el del ánade, que ponía uno todos los días, accedió a recibirlos por aquella noche. Se hicieron servir a cuerpo de rey y pasaron la noche entre bromas.

A la mañana siguiente, al despuntar el día, cuando todos dormían aún, despertó el gallo a la gallina y rompieron el huevo a picotazos. Se lo comieron entre los dos y echaron las cáscaras a la ceniza. Fueron enseguida a coger la aguja, que dormía profundamente, y tomándola por el ojo la pusieron en el sillón del posadero. Hicieron lo mismo con el alfiler, que prendieron en la toalla, y después salieron volando por la ventana. El ánade, que se había quedado en el corral para dormir a cielo raso, se levantó al oírlos. Se metió en un arroyo[115] que pasaba por debajo de la pared y salió mucho antes de lo que había entrado la noche anterior, cuando arrastraba el carruaje.

A las dos horas, poco más o menos, se levantó de la cama el posadero. Después de haberse lavado asió la toalla para secarse, pero se arañó el rostro con el alfiler, que le hizo una señal colorada que le llegaba de oreja a oreja. Bajó después a la cocina para encender la pipa, pero al avivar la lumbre a soplidos le saltaron a los ojos los restos de la cáscara del huevo. «Todo conspira hoy contra mí» —se dijo a sí mismo.

Y se dejó caer disgustado en su ancho sillón; pero enseguida se levantó dando gritos, pues la aguja se le había clavado hasta más de la mitad, y no fue en la cara. Este último acontecimiento acabó de exasperarle, sus sospechas recayeron en el acto en los viajeros que había recibido la noche anterior. Y, en efecto, cuando fue a ver lo que hacían habían desaparecido. Entonces juró no volver a recibir en su casa a ninguno de esos huéspedes importunos que hacen mucho gasto, no pagan, y no contentos aún, suelen jugar alguna mala pasada.

---

[115] El albañal o alcantarilla.

EL LOBO Y LOS SIETE CABRITILLOS*

Había una vez una cabra muy vieja que había tenido siete cabritillos, a los que amaba con todo el amor que tiene una madre por sus hijos. Un día quería ir al bosque para traerse algo de comer, así que llamó a los siete y les dijo:

—Queridos hijos, tengo que ir al bosque; estad alerta contra el lobo, si viene os devorará a todos y no dejará de vosotros ni piel ni pelo. El desgraciado se disfraza muchas veces, pero lo conoceréis enseguida por su ronca voz y sus negras patas.

—Madre querida —dijeron los cabritillos—, tendremos mucho cuidado, puedes irte sin preocuparte.

Entonces la vieja baló y siguió su camino con la mente tranquila. No pasó mucho rato antes de que alguien llamase a la puerta de la casa y dijera:

—Abrid la puerta, queridos hijos, vuestra madre está aquí y os ha traído algo a cada uno de vosotros.

Pero los cabritillos supieron que era el lobo por la ronca voz que tenía.

—No te abriremos la puerta —exclamaron—, tú no eres nuestra madre. Ella tiene la voz dulce y suave, pero la tuya es ronca; ¡tú eres el lobo!

Entonces, el lobo se fue a una tienda y se compró un buen pedazo de tiza, se lo comió y se puso la voz suave con ella. Volvió el lobo otra vez, llamó a la puerta de la casa y dijo en voz alta:

—Abrid la puerta, niños queridos, que aquí está vuestra madre y os ha traído algo para cada uno de vosotros.

Pero el lobo había apoyado sus negras patas en la ventana, y los cabritillos las vieron y gritaron:

—No te abriremos la puerta, nuestra madre no tiene las patas tan negras como tú; ¡tú eres el lobo!

Entonces, el lobo fue corriendo a un panadero y le dijo:

—Me he hecho daño en las patas, restriégame algo de masa en ellas.

Y cuando el panadero le hubo restregado bien las patas, corrió el lobo a ver al molinero y le dijo:

—Esparce algo de harina blanca en mis patas.

El molinero pensó para sí: «este lobo quiere engañar a alguien», y se negó; pero el lobo le dijo:

—Si no lo haces, te devoraré.

Entonces el molinero se asustó y le cubrió las patas de blanco al lobo. Ciertamente, los hombres son así.

Ahora el miserable fue por tercera vez a la puerta de la casa, llamó y dijo:

—Abridme la puerta, niños, vuestra madrecita querida ha vuelto a casa y os ha traído algo del bosque a cada uno de vosotros.

Los cabritillos gritaron:

—Primero enséñanos las patas para que sepamos si tú eres nuestra madrecita.

Entonces, el lobo puso las patas en la ventana, y cuando los cabritillos vieron que eran blancas creyeron que todo lo que había dicho era verdad y abrieron la puerta. Pero, ¡quién podría entrar sino el lobo! Se aterrorizaron y fueron a esconderse. Uno se metió corriendo bajo la mesa, el segundo en la cama, el tercero en el horno, el cuarto en la cocina, el quinto en la despensa, el sexto bajo el lavadero y el séptimo en la caja del reloj grande de la pared. Pero el lobo los encontró a todos y no se anduvo con muchas ceremonias: uno a uno se los fue tragando garganta abajo. El menor de todos, que era el que estaba en la caja del reloj, fue al único que no pudo encontrar. Cuando el lobo hubo satisfecho su apetito salió, se tendió bajo un árbol en el prado verde de afuera y se puso a dormir. Poco tiempo después llegó del bosque la vieja cabra. ¡Ay, lo que allí tuvo que ver! La puerta de la casa estaba totalmente abierta; la mesa, las sillas y los bancos estaban tirados por el suelo, el lavadero estaba roto en pedazos, y las colchas y las almohadas estaban fuera de las camas. Buscó a sus hijos, pero no los encontró por ninguna parte. Los llamó uno por uno por su nombre, pero no respondió nadie. Al final, cuando buscaba al menor, una vocecita exclamó:

—¡Madre querida, estoy en la caja del reloj!

Ella sacó fuera al cabritillo, que le contó que había venido el lobo y se había comido a todos los demás. Ya podéis imaginaros cómo lloró entonces por sus pobres niños.

Completamente sumida en su pena, salió afuera y el menor de los cabritillos fue con ella. Cuando llegaron al prado allí estaba el lobo, cerca del árbol, y roncaba tan fuerte que las ramas se movían. Ella lo miró bien por todos lados y vio que algo se movía y se esforzaba en su ahíto cuerpo.

—¡Ay, cielos! —dijo ella—, ¿será posible que mis pobres niños, a quienes se ha tragado de cena, estén aún vivos?

Entonces, el cabritillo tuvo que ir corriendo a la casa para traer tijeras, aguja e hilo, y la cabra abrió la tripa del monstruo. Apenas sí había hecho un sólo corte y uno de los cabritillos empujó la cabeza a través de él para sacarla; y cuando ella siguió cortando los seis salieron uno tras otro de un salto. Todos estaban aún vivos y no tenían ninguna herida, porque en su glotonería el monstruo se los había tragado enteros. ¡Qué regocijo hubo! Entonces, se abrazaron todos a su madre querida y dieron más saltos que un sastre en su propia boda[116]. Pero luego, la madre dijo:

—Id ahora a buscar piedras grandes y llenaremos el estómago de esta bestia malvada con ellas mientras todavía está dormida.

Entonces los siete cabritillos arrastraron las piedras hacia allá a toda velocidad y pusieron en su tripa tantas como pudieron meter. La madre volvió a coserlo con mucha prisa, de manera que el lobo no se dio cuenta de nada y no se movió ni una sola vez.

Cuando el lobo hubo dormido todo lo que quería dormir se puso en pie y, como las piedras que tenía en el estómago le daban mucha sed, quiso ir al pozo a beber. Pero cuando empezó a andar y a moverse, las piedras de su tripa se golpeaban unas contra otras y repiqueteaban. Entonces exclamó:

¿Qué contra mis pobres huesos
tanto se mueve y rueda?
Creí que siete cabritillos eran,
pero no son más que piedras.

---

[116] O que un gato sobre una plancha caliente.

Llegó al pozo y se asomó sobre el agua, y cuando estaba a punto de beber las pesadas piedras hicieron que se cayera dentro y, como no había ayuda, no pudo hacer más que ahogarse tristemente. Cuando los siete cabritillos lo vieron, se acercaron corriendo al lugar y gritaron muy alto: «¡el lobo ha muerto, el lobo ha muerto!», y bailaron de alegría con su madre alrededor del pozo.

HANSEL Y GRETEL*

Cerca de un bosque vivía un pobre leñador con su esposa y sus dos hijos. El niño se llamaba Hansel, y la niña Gretel. El leñador tenía poco de morder y masticar, y una vez, cuando una gran carestía cayó sobre la tierra, ya no pudo conseguir el pan cotidiano. Y cuando pensaba en todo esto en la cama por la noche y daba vuelta tras vuelta por su preocupación, gimió y le dijo a su mujer:

—¿Qué va a ser de nosotros? ¿Cómo vamos a alimentar a nuestros pobres hijos, si ya no tenemos nada ni siquiera para nosotros mismos?

—Voy a decirte una cosa, marido —respondió la mujer—, mañana temprano vamos a llevar a los niños a donde el bosque es más espeso, allí encenderemos una hoguera para ellos y le daremos a cada uno una loncha de pan más, y luego iremos a nuestro trabajo y los dejaremos allí solos. No podrán encontrar el camino de vuelta a casa y nos libraremos de ellos[117].

—No, esposa —dijo el hombre—, yo no haré eso, los animales salvajes vendrían enseguida y los harían pedazos, ¿cómo voy a soportar el haber abandonado a mis hijos solos en el bosque?

—¡Tú, insensato —dijo ella—, entonces los cuatro moriremos de hambre, ya puedes ir preparando las tablas para nuestros ataúdes!

Y no lo dejó en paz hasta que el hombre consintió.

—Pero me dan mucha pena los pobres niños, a pesar de todo —dijo el hombre.

Tampoco los dos niños habían conseguido dormir debido al hambre y habían oído lo que su madrastra le dijo a su padre. Gretel lloró amargamente y le dijo a Hansel:

—Ahora todo se ha acabado para nosotros.

—Guarda silencio, Gretel —dijo Hansel—, no te aflijas. Pronto encontraré algo que nos ayude.

---

[117] Situación de miseria y abandono idéntica a la de *Pulgarcito* en algunas versiones.

Y cuando los padres se durmieron él se levantó, se puso su abriguito, abrió abajo la puerta y salió silenciosamente afuera. La luna brillaba con esplendor y las piedrecitas blancas que había frente a la casa resplandecían como auténticas moneditas de plata. Hansel se agachó y puso tantas de ellas como le cupieron en el bolsillito de su abrigo. Luego volvió y le dijo a Gretel:

—Consuélate, mi querida hermanita, y duerme en paz; Dios no nos abandonará —y se echó otra vez en la cama.

Cuando amanecía, pero antes de salir el sol, le mujer fue a despertar a los dos niños diciendo:

—¡Levantaos, pequeños holgazanes!, vamos a buscar leña al bosque.

Le dio a cada uno un trocito de pan y dijo:

—Esto es algo para que cenéis, pero no os lo comáis todo antes de eso porque ya no tendréis nada más.

Gretel se guardó el pan bajo el mandil, pues Hansel tenía el bolsillo lleno de piedrecitas. Entonces todos juntos se pusieron en camino al bosque. Cuando habían andado un poco Hansel se detuvo y miró con disimulo hacia la casa, y hacía esto mismo una y otra vez.

—Hansel —le dijo su padre—, ¿qué haces mirando para allá, y por qué te retrasas? Ocúpate de lo que tienes que hacer y no te olvides de usar las piernas.

—Ay, padre —dijo Hansel—, miro a mi gatito blanco, que está sentado arriba en el tejado y quiere decirme adiós.

—¿Eres tonto? —le dijo la esposa—, ¡eso no es tu gatito, eso es el sol de la mañana que brilla en la chimenea!

Pero Hansel no iba volviéndose para mirar al gato, sino que continuamente iba dejando caer desde su bolsillo una de aquellas piedrecillas blancas sobre el camino.

Cuando llegaron al centro del bosque dijo el padre:

—Y ahora, niños, amontonad leña y yo encenderé un fuego para que no tengáis frío.

Hansel y Gretel reunieron juntos leña menuda e hicieron una montañita con ella. Encendieron la leña y cuando las llamas estaban muy altas dijo la mujer:

—Y ahora, niños, echaos junto al fuego y descansad, que nosotros iremos al bosque a cortar leña. Cuando acabemos regresaremos para llevaros con nosotros.

Hansel y Gretel se sentaron junto al fuego, y cuando llegó el mediodía cada uno de ellos comió un poquito de pan. Como oían los golpes del hacha creían que su padre estaba cerca, pero no era el hacha, era una rama que el padre había atado a un árbol marchito y que el viento movía de un lado para otro y se golpeaba con otras ramas. Y como llevaban sentados tanto tiempo, se les cerraban los ojos de cansancio y se quedaron dormidos. Cuando despertaron al fin, ya era noche cerrada. Gretel empezó a llorar y dijo:

—¿Y ahora cómo vamos a salir del bosque?

Pero Hansel la consoló y dijo:

—Espera un poquito, hasta que se levante la luna, y entonces encontraremos el camino enseguida.

Y cuando se levantó la luna llena Hansel tomó de la mano a su hermanita y siguió los guijarros, que brillaban como monedas recién acuñadas y que les mostraban el camino.

Anduvieron toda la noche y llegaron otra vez a la casa de su padre al romper el día. Llamaron a la puerta, y cuando abrió la mujer y vio que eran Hansel y Gretel dijo:

—Niños desobedientes, ¿por qué os habéis dormido tanto tiempo en el bosque?, ¡creíamos que ya no volveríais nunca!

Pero el padre se alegró, pues tenía el corazón desgarrado por haberlos dejado atrás solos.

No mucho tiempo después, hubo otra vez una gran carestía por todas partes y los niños oyeron que su madrastra le dijo por la noche a su padre:

—Ya nos lo hemos comido todo otra vez, nos queda media hogaza de pan, y después de eso se acabó. Los niños tienen que irse, los llevaremos más lejos todavía dentro del bosque, de manera que no puedan volver a encontrar la salida, ¡no tenemos otra manera de salvarnos!

El hombre sintió un gran peso en su corazón y pensó: «Sería mejor para ti compartir el último bocado de pan con tus hijos»; pero la mujer no quería escuchar nada de lo que él tuviese que decir, sino que lo regañaba y le hacía todo tipo de reproches. Quien dice «A», tendrá que decir «B» y, de la misma manera, como él había cedido la primera vez, tuvo que hacerlo también la segunda.

Pero los niños estaban todavía despiertos y oyeron la conversación. Cuando los padres estaban dormidos Hansel se levantó otra vez y quiso salir a buscar piedrecitas, pero la mujer había echado la llave a la puerta y Hansel no pudo salir. Aún así, consoló a su hermanita y dijo:

—No llores, Gretel, duerme tranquila, el buen Dios nos ayudará.

Muy temprano por la mañana llegó la mujer y sacó a los niños de la cama. Les dieron su trocito de pan, pero era aún más pequeño que la vez anterior. De camino al bosque Hansel fue haciendo miguitas con el suyo y a menudo se quedaba quieto y tiraba un trocito al suelo.

—Hansel —dijo el padre—, ¿por qué te detienes y miras a tu alrededor? Sigue adelante.

—Miro a mi palomita, que está en el tejado y quiere decirme adiós —respondió Hansel.

—¡Eres un simple! —dijo la mujer—; eso no es tu palomita, ¡es el sol de la mañana que brilla en la chimenea!

Pero Hansel fue tirando poquito a poquito todas las migas sobre el sendero.

La mujer llevó a los niños más profundamente aún dentro del bosque, donde no habían estado antes en toda su vida. Entonces hicieron otra vez un gran fuego y dijo la madrastra:

—Sentaos ahí, niños, y cuando estéis cansados podéis dormir un poco; nosotros nos vamos al bosque a cortar leña y por la tarde, cuando hayamos acabado, vendremos y os llevaremos.

Al llegar el mediodía, Gretel compartió su trozo de pan con Hansel, que había repartido el suyo por el camino. Luego se quedaron dormidos; la tarde llegó y se fue, pero no llegó nadie a buscar a los pobres niños. No se despertaron hasta que ya la noche estaba muy oscura y Hansel consoló a su hermanita diciéndole:

—Espera un poco, Gretel, hasta que se levante la luna, y entonces veremos las migas de pan que he ido esparciendo por el camino, ellas nos mostrarán otra vez el camino de vuelta a casa.

Se pusieron en camino cuando llegó la luna, pero no encontraron ninguna de las migas porque los millares de pájaros que vuelan sobre los bosques y los campos se las habían llevado todas. Hansel le dijo a Gretel:

—Pronto encontraremos el camino.

Pero no lo encontraron.

Anduvieron toda la noche y también todo el día siguiente de la mañana a la noche, pero no salieron del bosque; y estaban muy hambrientos, porque sólo habían comido algunas bayas de las que crecen en el suelo. Y cuando estaban tan agotados que sus piernas ya no los llevarían más lejos, se echaron bajo un árbol y se quedaron dormidos.

Ya habían pasado tres mañanas desde que salieron de la casa de su padre. Empezaron a andar otra vez, pero siempre se metían más hondo en el bosque, y si no encontraban ayuda pronto iban a morir de hambre y de agotamiento. Al llegar el mediodía vieron un hermoso pájaro blanco como la nieve posado en una rama, que cantaba tan deliciosamente que se detuvieron para escucharlo. Cuando terminó su canción abrió las alas y voló frente a ellos, lo siguieron hasta que llegaron a una casita, en cuyo tejado se posó. Y cuando se acercaron mucho más a la casita, vieron que estaba toda hecha de pan y cubierta de pasteles, y que las ventanas estaban hechas de azúcar transparente.

—Nos prepararemos para meterle el diente a esto —dijo Hansel—, y tendremos una buena comida. Yo me comeré un poquito del tejado, y tú Gretel puedes probar las ventanas, sabrán más dulce. Hansel levantó la mano hacia arriba y rompió un trocito del tejado para probar a qué sabía, y Gretel se apoyó contra la ventana y mordisqueó los cristales. Entonces, una suave voz se quejó desde dentro:

Mordisquea, roe y mordisquea,
¿quién mi casita picotea?
El viento, el viento,
el celeste viento.

Y siguieron comiendo sin preocuparse. Hansel, que vio que el tejado sabía muy bien, le arrancó un gran pedazo, y Gretel sacó fuera todo el cristal de una ventana redonda, se sentó y se lo pasó muy bien con él. De repente, se abrió la puerta y una mujer vieja, viejísima, que se apoyaba en unas muletas salió lentamente. Hansel y Gretel estaban tan terriblemente asustados que se les cayó lo que tenían en las manos; pero la vieja saludó con la cabeza y dijo:

—Oh, mis queridos niños, ¿quién os ha traído hasta aquí? Venid dentro y quedaos conmigo, no os ocurrirá daño alguno.

Tomó a los dos de la mano y los llevó dentro de la casita. Luego preparó ante ellos una buena comida, leche y tortitas con azúcar, manzana y nueces. Después de eso, dos camitas muy bonitas estaban cubiertas con ropa blanca muy limpia y Hansel y Gretel se echaron en ellas, se creían que estaban en el cielo.

La vieja era tan amable solo fingidamente, porque en realidad era una bruja malvada que estaba al acecho de los niños y había construido la casita de pan sólo para atraerlos. Cuando caía un niño en su poder lo mataba, lo cocinaba y se lo comía, y para ella eso era un día de gran festín. Las brujas tienen los ojos rojos y no ven bien de lejos, pero tienen un olfato agudo como el de los animales y saben cuándo andan cerca los seres humanos. Cuando Hansel y Gretel se acercaban a la casa, ella rio maliciosamente y se dijo con sorna, «Ya los tengo, ¡no volverán a escapárseme!». Muy temprano por la mañana, antes de que los niños se despertasen, ella ya se había levantado y, cuando vio a los dos dormidos y tan bonitos con sus mejillas regordetas y coloradas, murmuró para sí, «¡Qué bocados tan refinados van a ser!». Entonces, agarró a Hansel con su arrugada mano, lo llevó a una cuadra pequeña y lo encerró tras una puerta enrejada. Ya pudo gritar Hansel cuanto quiso que no le sirvió de nada. Luego fue por Gretel, la movió hasta que se despertó y exclamó:

—Levántate, perezosa, trae agua y cocina algo bueno para tu hermano, porque está afuera en la cuadra y tenemos que hacer que engorde. Cuando esté gordo me lo comeré.

Gretel empezó a llorar amargamente, pero todo fue en vano y se vio forzada a hacer cuanto la malvada bruja le había ordenado. Y entonces las mejores comidas se cocinaban para el pobre Hansel, pero para Gretel no había más que cáscaras. Todas las mañanas, la mujer se arrastraba hasta la cuadra y decía:

—Hansel, saca el dedo para que vea si estarás gordo pronto.

Pero Hansel sacaba un huesecillo por la reja y la vieja, que tenía los ojos débiles, no podía verlo; creía que era el dedo de Hansel y se asombraba de que no hubiera manera de engordarlo. Cuando pasaron cuatro semanas y Hansel seguía estando delgado, la atacó la impaciencia y ya no quiso esperar más.

—Tú, Gretel —gritó a la niña—, ponte en marcha y trae agua. Tanto si Hansel está gordo como si no, mañana lo mataré y me lo comeré.

¡Ay, cómo se lamentaba la pobre hermanita cuando tuvo que traer el agua y cómo rodaban las lágrimas por sus mejillas!

—¡Ayúdanos, buen Dios! —decía llorando—, si las bestias salvajes del bosque nos hubieran devorado, al menos habríamos muerto juntos.

—Guárdate esos ruidos —dijo la vieja—, todo eso no va a ayudarte.

Por la mañana, muy temprano, Gretel tuvo que salir a colgar el caldero con el agua y luego encender el fuego.

—Primero lo asaremos —dijo la vieja—, ya he calentado el horno y la masa he amasado.

Empujó a Gretel hacia el horno, del que las llamas ya brotaban.

—Métete dentro —dijo la bruja—, y mira si ya está bien calentado para que podamos meter el pan.

Ella tenía el propósito de que cuando Gretel estuviera dentro del horno cerraría la puerta y la dejaría allí para que se asara, y así se la comería a ella también. Pero Gretel adivinó lo que pensaba y dijo,

—No sé cómo tengo que hacerlo, ¿cómo se mete uno dentro?

—¡Tonta patosa! —dijo la vieja—, la puerta es lo bastante grande; mira, ¡si hasta yo puedo entrar por ella!

Y se alzó y metió la cabeza en el horno. Entonces, Gretel le dio un empujón que hizo que entrase del todo, cerró la puerta de hierro y echó el cerrojo. ¡Oh!, entonces la vieja empezó a aullar de un modo horrible, pero Gretel se fue corriendo y la impía bruja se quemó del todo hasta morir abrasada.

Gretel corrió rápida como el rayo a buscar a Hansel, abrió la pequeña cuadra y exclamó:

—¡Hansel, nos hemos salvado!, ¡la vieja bruja ha muerto!

Entonces, Hansel salió como un pájaro de la jaula cuando se le abre la puerta. ¡Cómo se regocijaban y se abrazaban el uno al otro, cómo daban vueltas bailando y se besaban! Y como ya no tenían que tenerle miedo, fueron a la casa de la bruja y en cada rincón encontraron muchos cofres llenos de joyas y de perlas.

—¡Esto es mucho mejor que los guijarros! —dijo Hansel, y se metió en los bolsillos todo lo que pudo caber en ellos.

—Yo también me llevaré algo a casa —dijo Gretel, y se llenó el delantal hasta arriba.

—Pero ahora nos iremos —dijo Hansel—, para que podamos salir del bosque de la bruja.

Cuando habían andado dos horas llegaron a una gran corriente de agua.

—No podemos pasar por encima —dijo Hansel—, no veo ninguna pasarela, ni puente.

—Y tampoco hay barca para cruzarlo —respondió Gretel—, pero ahí hay una pata nadando, y si se lo pido nos ayudará a atravesarlo.

Entonces exclamó:

Patita, ¿es que no ves tú, patita
que Hansel y Gretel te esperan?
No hay ni pasarela ni puente a la vista,
y en tu lomo tan blanco cruzar quisieran.

La patita vino hacia ellos, Hansel se sentó en su lomo y le dijo a su hermana que se sentase a su lado.

—No —replicó Gretel—, seríamos demasiado pesados para la patita, nos llevará al otro lado uno después del otro.

La buena patita lo hizo y una vez que estuvieron a salvo en el otro lado y habían andado un poco, les parecía que es bosque les era cada vez más conocido y al final vieron desde lejos la casa de su padre. Entonces empezaron a correr, se apuraron a entrar en la sala y se lanzaron en brazos de su padre. El hombre no había sido feliz ni una sola hora desde que había abandonado a los niños en el bosque, pero la madrastra había muerto. Gretel vació su delantal hasta que las perlas y las piedras preciosas corrieron por todas partes, Hansel sacaba un puñado tras otro de su bolsillo para añadir más. Entonces, todas las inquietudes llegaron a su fin y juntos vivieron en completa felicidad.

El cuento se ha acabado:
por ahí corre un ratón,
y quien lo atrape,
que se haga con él
un gran gorro de piel.

CAPERUCITA ROJA*

Hubo una vez una niñita muy querida, a la que amaban todos los que la miraban, pero sobre todo su abuela, tanto así que no había nada que ella no le hubiera dado a la niña. Una vez le dio una capita con capucha de terciopelo rojo, que le sentaba tan bien que no quería llevar otra cosa, así que siempre le llamaban «Caperucita roja».

Un día su madre le dijo:

—Ven, Caperucita, toma este trozo de tarta y una botella de vino, llévaselos a tu abuela; está enferma y débil y estas cosas le sentarán bien. Ponte en camino antes de que haga calor, y cuando vayas, anda bien y en silencio y no te salgas del camino, porque podrías caerte y romper la botella y entonces tu abuela no tendría nada. Cuando entres en su habitación, no te olvides de decirle «¡buenos días!» y no te pongas a mirar por todos lados antes de decirlo.

—Tendré mucho cuidado —le dijo Caperucita a su madre y le echó una mano con todo aquello.

La abuela vivía lejos en el bosque, más o menos a media legua del pueblo[118], y justo cuando Caperucita llegó al bosque un lobo se unió con ella. Caperucita no sabía la malvada criatura que era el lobo y no tenía temor alguno.

—Buenos días, Caperucita —dijo el lobo.

—Te lo agradezco mucho, lobo.

—¿A dónde vas tan temprano, Caperucita?

—A casa de mi abuela.

—¿Y qué llevas en el delantal?

—Tarta y vino; ayer fue día de hornear, así que la pobre abuela enferma debe tener algo bueno de comer y así se pondrá más fuerte.

—¿Dónde vive tu abuela, Caperucita?

---

[118] Unos 2,5 kilómetros.

—A más o menos un cuarto de legua bosque adentro; su casa está bajo tres grandes robles, los nogales están justo debajo, seguro que la conoces —replicó Caperucita.

El lobo se puso a pensar: «¡Qué criaturita más tierna!, ¡qué bocado tan llenito y agradable!, será de mejor comer que la vieja. Tengo que actuar con destreza, y así atraparé a las dos». Así que por un rato caminó al lado de Caperucita y luego dijo:

—Mira, Caperucita, qué flores tan bonitas hay allí, ¿por qué no echas un vistazo? Me parece que tampoco oyes lo dulcemente que cantan los pájaros; andas tan seria como si fueras a la escuela, mientras que todo lo demás que hay por aquí en el bosque es muy alegre.

Caperucita alzó los ojos y, al ver los rayos del sol bailando aquí y allá entre las hojas y las preciosas flores que brotaban por todas partes, pensó: «Supongamos que le llevo a la abuela un ramillete de flores frescas, eso también le gustará; es tan temprano que todavía llegaré a su casa a buena hora». Así que se salió del camino y entró en la espesura a buscar flores. Y cuando cortaba una, le parecía que había visto otra aún más bonita un poco más allá e iba por ella, así que se metió mucho más profundamente en el bosque.

Mientras tanto, el lobo corrió directamente a la casa de la abuela y llamó a la puerta.

—¿Quién llama?

—Caperucita, abuela, te traigo tarta y vino, abre la puerta —replicó el lobo.

—Levanta el pestillo —exclamó la abuela—, estoy demasiado débil y no puedo levantarme.

El lobo levantó el pestillo, la puerta se abrió por completo y, sin decir una palabra, el lobo fue directamente a la cama de la abuela y la devoró. Luego se puso sus vestidos, se colocó el chal, se echó en la cama y corrió las cortinas.

Caperucita había estado recolectando flores de un lado a otro, y cuando había juntado tantas que ya no podía llevar más se acordó de su abuela y se puso en camino a su casa.

Se sorprendió al encontrar abierta la puerta de la casita, y al entrar en la habitación tenía una sensación tan extraña que se dijo para sí: «¡Ay, vaya, qué incómoda me siento hoy, con lo mucho que me ha gustado siempre estar con la abuela!». Dijo en voz alta: «¡buenos días!», pero no recibió respuesta alguna, de modo que se acercó a la cama y descorrió las cortinas. Allí estaba su abuela, con su chal echado sobre la cara y un aspecto muy extraño.

—¡Ay, abuela! —dijo—, ¡que orejas más grandes tienes!

—Son para oírte mejor con ellas, mi niña —fue la respuesta.

—Pero, abuela, ¡qué ojos más grandes tienes!

—Son para verte mejor con ellos.

—Pero, abuela, qué manos más grandes tienes!

—Son para abrazarte mejor con ellas.

—¡Ah!, pero, abuela, ¡que boca tan grande y tan terrible tienes!

—¡Es para comerte mejor con ella!

Y apenas había dicho esto el lobo, de un salto salió de la cama y se tragó a Caperucita[119].

Cuando el lobo había calmado su apetito se echó otra vez en la cama, se quedó dormido y empezó a roncar muy ruidosamente.

El cazador pasaba en ese momento cerca de la casa, y pensó: «¡Cómo ronca la abuela!, tengo que ver si desea algo». Así que entró en la habitación y al llegar a la cama vio que lo que yacía en ella era el lobo.

—¡Aquí te encuentro, viejo pecador, hace mucho que te busco!

Y entonces, justo cuando estaba a punto de abrir fuego contra él, se le ocurrió que el lobo podría haber devorado a la abuela y que aún podría salvarse, de manera que no disparó sino que se hizo con un par de tijeras y empezó a cortar la tripa del lobo dormido. Al segundo tijeretazo vio brillar la caperuza roja, y entonces dio otro par de cortes y la niña salió exclamando:

—¡Ay, cuánto miedo he tenido, qué oscuro estaba dentro del lobo!

Y después de eso salió también su anciana abuela, viva, pero apenas capaz de respirar. Caperucita trajo rápidamente grandes piedras con las que llenaron la tripa del lobo, y cuando se despertó quiso huir, pero las piedras eran tan pesadas que cayó de golpe al suelo y se mató.

Entonces los tres estuvieron encantados. El cazador desolló al lobo y fue a su casa con la piel; la abuela se comió la tarta y bebió el vino que le había traído Caperucita y que le había hecho revivir; pero Caperucita pensó para sí: «Mientras viva no dejaré el camino nunca, ni correré al bosque cuando mi madre me haya prohibido hacerlo».

---

[119] Hasta aquí esta versión del cuento coincide con la de Perrault.

Se cuenta también que una vez, cuando Caperucita le llevaba otra vez tarta a la anciana abuela, otro lobo habló con ella y trató de persuadirla para que saliera del camino. Pero Caperucita estaba sobre aviso y siguió su camino directamente adelante. Luego le contó a la abuela que había visto al lobo y que el lobo le había dado los buenos días, pero con un brillo tan malvado en los ojos que, de no ser que se hallaban en un camino transitado, estaba segura de que se la habría comido.

—Bueno —dijo la abuela—, cerraremos la puerta y así no podrá entrar.

Poco después llamó el lobo, que dijo:

—Abre la puerta, abuela, soy Caperucita y te traigo unos pasteles.

Pero ellas no dijeron nada ni abrieron la puerta, así que el viejo barbagrís dio dos o tres vueltas sigilosamente alrededor de la casa y al final saltó al tejado con el propósito de esperar hasta que Caperucita volviese a su casa por la tarde, y entonces ir como una sombra tras ella y devorarla en la oscuridad. Pero la abuela vio lo que pensaba. Al frente de la casa había un gran abrevadero de piedra y le dijo a la niña:

—Agarra el cubo, Caperucita, ayer hice salchichas, así que lleva el agua de hervirlas y viértela en el abrevadero.

Caperucita llevó agua hasta que el gran abrevadero estuvo bastante lleno. Entonces, el aroma de las salchichas llegó al lobo, que olisqueó y miró con disimulo abajo y al final estiró tanto el cuello que ya no pudo sujetarse y empezó a resbalarse; cayó del tejado directamente al gran abrevadero y se ahogó. Caperucita roja fue muy contenta a su casa y nunca hizo nada que dañase a nadie.

BLANCANIEVES*

Hubo una vez que, cuando los copos de nieve caían como plumas desde el cielo en medio del invierno, una reina estaba cosiendo sentada a la ventana, que tenía el marco hecho de negro ébano. Y mientras cosía y miraba la nieve por la ventana se pinchó el dedo con la aguja y tres gotas de sangre cayeron sobre la nieve. El color rojo era muy bonito sobre el blanco de la nieve, y pensó para sí: «Ojalá tuviera un hijo tan blanco como la nieve, tan rojo como la sangre y tan negro como la madera de la ventana»[120].

Poco después tuvo una hijita, que era tan blanca como la nieve y tan roja como la sangre, y su cabello era tan negro como el ébano; y por eso le llamaban Blancanieves. Y cuando nació la niña, la reina murió.

Después de pasar un año, el rey tomó nueva esposa para sí. Era una mujer muy hermosa, pero orgullosa y altanera, y no podía soportar que nadie sobrepasase su belleza. Tenía un espejo mágico, y cuando se ponía frente a él y en él se miraba, decía:

Espejo, espejito que en la pared moras,
¿quién de esta tierra es la más bella de todas?

El espejo respondía:

¡Tú, oh mi reina, eres de todas la más bella!

Entonces se quedaba satisfecha, porque sabía que el espejo siempre decía la verdad.

---

[120] Deseo similar al que aparece en el cuento *El enebro*.

Pero Blancanieves iba creciendo, y se fue haciendo cada vez más hermosa; y cuando tenía siete años era tan bella como el día, más bella que la misma reina. Y una vez que la reina le preguntó al espejo:

Espejo, espejito que en la pared moras,
¿quién de esta tierra es la más bella de todas?

El espejo le respondió:

Tú, señora y reina, eres más bella que todas las que veo,
pero aún más bella es Blancanieves, según creo.

Entonces la reina quedó muy sorprendida y se puso amarilla y verde de la envidia. Desde esa hora, cuandoquiera que mirase a Blancanieves su corazón latía furiosamente en su pecho de tanto odio que le tenía.

Y el orgullo y la envidia fueron creciendo y creciendo en su corazón como la mala hierba, tanto que no tenía paz ni de noche, ni de día. Llamó a un cazador y le dijo:

—Llévate a esa niña al bosque, ya no quiero tenerla más ante mi vista. Mátala y tráeme su corazón como señal.

El cazador obedeció y se la llevó con él, pero cuando había sacado el cuchillo y estaba a punto de atravesar el inocente corazón de Blancanieves, ella empezó a llorar y le dijo:

—¡Ay, noble cazador, déjame la vida!, huiré al oscuro bosque y no volveré jamás.

Y como era tan hermosa, el cazador se apiadó de ella y dijo:

—Entonces corre, pobrecita.

«Las bestias salvajes pronto te devorarán», pensó, y entonces le pareció como si una gran piedra hubiera rodado desde su corazón, puesto que ya no era necesario que la matara. Justo en ese momento un jabalí jovencito pasó corriendo a su lado; el cazador lo apuñaló, le sacó el corazón y se lo llevó a la reina como prueba de que la niña estaba muerta. El cocinero tuvo que ponerle sal y pimienta, la malvada reina se lo comió y creyó que era el corazón de Blancanieves.

Pero ahora la niña estaba completamente sola en el gran bosque, y tan aterrorizada que miraba todas las hojas de cada árbol y no sabía qué hacer. Entonces se echó a correr y corrió sobre piedras aguzadas y entre espinas, y las bestias salvajes corrían a su lado, pero no le hicieron daño alguno.

Corrió tanto como le dieron los pies hasta que fue casi de noche, entonces vio una pequeña casita y entró en ella a descansar. Todo lo que había en la casita era pequeño, pero más ordenado y limpio que lo que pueda contarse. Había una mesa que tenía un mantel blanco, y en ella siete platitos y en cada plato una cucharita; además había siete cuchillitos y siete tenedorcitos, y hasta siete tacitas. Contra la pared había siete camitas una al lado de la otra, cubiertas con colchas blancas como la nieve.

Blancanieves estaba tan hambrienta y tan sedienta que comió un poquito de verduras y de pan de cada plato y bebió una gota de vino de cada taza, porque no quiso tomarlo todo de un sitio sólo. Luego, como estaba muy cansada, quiso echarse sobre una de las camitas, pero no le encajaba ninguna; una era demasiado larga, otra demasiado corta, pero al final vio que la séptima era apropiada y se acostó en ella, dijo sus oraciones y se puso a dormir.

Cuando estaba ya muy oscuro los dueños de la casa regresaron. Eran siete enanos que cavaban y escarbaban en las montañas en busca de minerales. Encendieron sus siete velas y, como ahora había luz dentro de la casita, vieron que alguien había estado allí porque no todo estaba en el mismo orden en que lo habían dejado.

El primero[121] dijo: «¿Quién se ha sentado en mi sillón?».

El segundo: «¿Quién ha comido de mi plato?».

El tercero: «¿Quién ha comido de mi pan?».

El cuarto: «¿Quién ha comido de mis verduras?».

El quinto: «¿Quién ha usado mi tenedor?».

El sexto: «¿Quién ha cortado con mi cuchillo?».

El séptimo: «¿Quién ha bebido de mi taza?».

Entonces, el primero miró a su alrededor, vio que había un hoyito en su cama y dijo:

—¿Quién se ha echado en mi cama?

Los demás vinieron y dijeron:

—Alguien ha estado echado en mi cama también.

---

[121] Como se observará, los enanitos no tienen nombres en el original de los hermanos Grimm.

Pero cuando el séptimo miró a su cama vio a Blancanieves, que estaba echada y dormida en ella. Llamó a los otros, que vinieron corriendo y dieron exclamaciones de asombro; trajeron sus siete velitas e hicieron que la luz cayera sobre Blancanieves.

—¡Oh, cielos!, ¡oh, cielos! —exclamaban—, ¡que niña tan preciosa!

Y estaban tan contentos que no la despertaron y dejaron que siguiera durmiendo en la cama. El séptimo enano durmió con sus compañeros, una hora con cada uno, y así pasaron la noche.

Blancanieves se despertó cuando ya era de mañana y se asustó al ver a los siete enanos, pero eran muy amables y le preguntaron por su nombre.

—Me llamo Blancanieves —respondió.

—¿Cómo has llegado a nuestra casa? —dijeron los enanos.

Entonces les contó que su madrastra había ordenado que la mataran, pero que el cazador le había dejado la vida, y que ella había corrido y corrido todo el día hasta que al final encontró su morada.

—Si te encargas de cuidar de nuestra casa, de cocinar, de hacer las camas, de lavar, de coser y de tejer y lo mantienes todo ordenado y limpio, puedes quedarte con nosotros y no tendrás necesidad de nada —dijeron los enanos.

—Sí —dijo Blancanieves—, con todo mi corazón.

Y se quedó con ellos. Mantenía la casa ordenada para ellos; por las mañanas iban a las montañas a buscar cobre y oro, por las tardes regresaban y la cena tenía que estar lista. La niña se quedaba sola todo el día, así que los buenos enanos le advirtieron y dijeron:

—Ten cuidado con tu madrastra, pronto sabrá que estás aquí; asegúrate de que no dejas entrar a nadie.

Pero la reina, que creía que había comido el corazón de Blancanieves, no podía hacer otra cosa que pensar que otra vez era la más bella de todas, así que fue donde el espejo y dijo:

Espejo, espejito que en la pared moras,
¿quién de esta tierra es la más bella de todas?

Y el espejo respondió:

Oh, reina, de cuantas veo eres tú la más bella;
pero donde moran los enanos, en las colinas,
Blancanieves está bien, y muy viva,
y ninguna es tan hermosa como ella.

Entonces se quedó pasmada, porque sabía que el espejo no hablaba nunca con falsedad; supo que el cazador la había traicionado y que Blancanieves todavía estaba viva.

De manera que se puso a pensar y pensar en cómo podría matarla, porque mientras no fuese ella la más bella de toda la tierra la envidia no la dejaría descansar. Y cuando al fin pensó en hacer algo, se pintó la cara y se disfrazó como una vieja vendedora ambulante, de tal manera que nadie la habría reconocido. Y así fue hacia las siete montañas a la casa de los siete enanos, llamó a la puerta y anunció muy alto:

—Traigo cosas bonitas para vender, y baratas, muy baratas.

Blancanieves miró por la ventana y dijo:

—Buenos días, buena mujer, ¿qué tienes para vender?

—Cosas buenas, cosas bonitas —respondió—, cintas para el corpiño de todos los colores.

Y sacó unas que estaban tejidas de seda muy coloreada y brillante. «Dejaré que entre la noble anciana», pensó Blancanieves, así que descorrió el cerrojo y compró las preciosas cintas.

—¡Ay, niña mía, qué miedo da mirarte! —dijo la vieja—; ven, te pondré bien el lazo por una vez.

Como Blancanieves no sospechaba nada, se puso frente a ella y dejó que le arreglara las cintas nuevas. La vieja puso las cintas rápidamente en el corpiño, pero las apretó tanto que Blancanieves perdió el aliento y cayó al suelo como muerta. «Ahora soy la más bella», se dijo la reina para sí, y huyó de allí enseguida.

No mucho después de eso, por la atardecida, volvieron a casa los siete enanos y aturdidos se quedaron al ver a su querida Blancanieves tirada en el suelo, tan sin despertarse ni moverse que parecía muerta. La levantaron, y como vieron que su corpiño estaba demasiado apretado cortaron las cintas; entonces ella empezó a respirar un poco y al rato volvió a la vida otra vez. Cuando los enanos supieron lo que había pasado, dijeron:

—Esa vieja vendedora ambulante no era nadie más que la malvada reina; ten cuidado y no dejes que nadie entre cuando no estemos contigo.

Pero cuando al llegar a su casa, la malvada mujer se puso frente al espejo y preguntó:

Espejo, espejito que en la pared moras,
¿quién de esta tierra es la más bella de todas?

Este respondió como antes:

Oh, reina, de cuantas veo eres tú la más bella;
pero donde moran los enanos, en las colinas,
Blancanieves está bien, y muy viva,
y ninguna es tan hermosa como ella.

Al oír eso toda la sangre se le precipitó al corazón de miedo, porque vio claramente que Blancanieves estaba viva. «Pero ahora —se dijo para sí—, pensaré en algo que te ponga el final», y con ayuda de la brujería, que conocía muy bien, hizo un peine envenenado. Luego se disfrazó y tomó el aspecto de otra vieja distinta. Así que volvió hacia las siete montañas a la casa de los siete enanitos, llamó a la puerta y proclamó:

—¡Cosas buenas en venta, barato, barato!

Blancanieves miró afuera y dijo:

—Márchate, no puedo dejar que nadie entre.

—Pero supongo que sí puedes mirar —dijo la vieja, y sacó el peine venenoso y se lo entregó.

Eso le gustó tanto a la niña, que se dejó engatusar y abrió la puerta. Cuando habían hecho un trato, dijo la vieja:

—Ahora voy a peinarte bien por una vez.

La pobre Blancanieves no tenía sospecha alguna y permitió que la vieja hiciera lo que quisiese, pero en cuanto puso el peine sobre su cabello el veneno hizo su efecto y la niña cayó al suelo sin sentido.

—Y para ti, prodigo de belleza, ahora ya se ha terminado todo —dijo la malvada mujer y se marchó.

Pero por fortuna era casi de noche, y los enanitos regresaron al poco rato a la casa. Cuando vieron a Blancanieves tirada como muerta en el suelo sospecharon inmediatamente de la madrastra, y entonces lo revisaron todo y encontraron el peine envenenado. Apenas se lo habían quitado y ya Blancanieves volvió en sí; entonces le avisaron otra vez de que estuviera en guardia y que no abriese la puerta a nadie.

En casa, la reina se puso frente al espejo y dijo:

Espejo, espejito que en la pared moras,
¿quién de esta tierra es la más bella de todas?

Y entonces respondió como antes:

Oh, reina, de cuantas veo eres tú la más bella;
pero donde moran los enanos, en las colinas
Blancanieves está bien, y muy viva,
y ninguna es tan hermosa como ella.

Cuando oyó hablar al espejo de esta manera, se estremeció y tembló de ira:

—¡Blancanieves morirá aunque me cueste la vida! —gritó.

Por lo que fue a una cámara muy secreta y solitaria, donde nadie jamás iba, e hizo allí una manzana muy ponzoñosa. Por fuera parecía muy bonita, con su carita blanca y su carita colorada, tanto que todo el mundo que la vio tuvo deseos de ella; pero quien comiera un trocito de ella moriría sin remedio.

Cuando la manzana estuvo lista, se pintó la cara y se vistió como una vieja campesina; y regresó a las siete montañas a la casa de los siete enanitos. Llamó a la puerta. Blancanieves sacó la cabeza por la ventana y dijo:

—No puedo dejar entrar a nadie, los siete enanitos me lo han prohibido.

—A mí me es igual —respondió la mujer—, pronto me libraré de mis manzanas. Toma, te daré una.

—No —dijo Blancanieves—, no me atrevo a aceptar nada.

—¿Tienes miedo del veneno? —dijo la vieja—, mira, cortaré la manzana en dos mitades; tú te comerás la parte colorada y yo me comeré la blanca.

La manzana estaba hecha tan astutamente que sólo la parte roja estaba envenenada. Blancanieves ansiaba la hermosa manzana y cuando vio que la mujer se había comido un trozo de su mitad ya no pudo resistirse, sacó la mano y asió la mitad ponzoñosa. Pero apenas tuvo un mordisquito de ella en la boca cayó al suelo, muerta. Entonces la reina la miró con una mirada terrible, rio muy alto, y dijo:

—¡Blanca como la nieve, roja como la sangre, negra como el ébano!, ¡esta vez los enanos no podrán despertarte!

Y cuando en casa le preguntó al espejo:

Espejo, espejito que en la pared moras,
¿quién de esta tierra es la más bella de todas?

El espejo respondió por fin:

¡Tú, oh mi reina, eres de todas la más bella!

Entonces su envidioso corazón tuvo reposo, tanto reposo como puede tener un corazón envidioso.

Cuando al anochecer regresaron los enanos y encontraron a Blancanieves en el suelo, ya no respiraba y estaba muerta. La levantaron, miraron si podían encontrar algo venenoso, le aflojaron el corpiño, le peinaron el cabello, la lavaron con agua y vino; pero todo era inútil, la niña estaba muerta y siguió muerta. La pusieron en un ataúd, los siete se sentaron a su alrededor y lloraron por ella, y así estuvieron durante tres días.

Entonces fueron a enterrarla, pero parecía como si todavía estuviera viva porque aún tenía sus preciosas mejillas arreboladas. Dijeron:

—No podemos enterrarla en el oscuro suelo.

E hicieron un ataúd de transparente cristal, de manera que se la pudiera ver desde todos los lados; la tendieron en él y en letras de oro escribieron encima su nombre y que era hija de un rey. Luego llevaron el ataúd arriba de la montaña y siempre uno de ellos se quedaba a su lado y lo vigilaba. Y los pájaros venían también y lloraban por Blancanieves; primero un búho, luego un cuervo, y al final una paloma.

Y Blancanieves yació durante un tiempo muy largo, muy largo en aquel ataúd, pero no cambió, sino que parecía que estuviera dormida; porque era tan blanca como la nieve, tan roja como la sangre y su cabello era tan negro como el ébano.

Pero sucedió que el hijo de un rey llegó a aquel bosque y fue a la casa de los enanos para pasar la noche. Vio el ataúd en la montaña y a la bella Blancanieves dentro de él, y leyó lo que estaba escrito en letras de oro. Entonces dijo a los enanos:

—Dejad que me quede el ataúd, os daré lo que queráis por él.

—No nos apartaríamos de él ni por todo el oro del mundo —respondieron los enanos.

—Dejad que lo tenga como regalo, porque no puedo vivir sin ver a Blancanieves. La honraré y la valoraré como lo más querido para mí.

Como habló de esta manera, los siete enanitos buenos se apiadaron de él y le dieron el ataúd.

Y ahora el hijo del rey hizo que lo llevaran a hombros sus sirvientes. Y sucedió que uno de estos tropezó en el tocón de un árbol, y la sacudida hizo que el venenoso trocito de manzana que había mordido Blancanieves saliera despedido de su garganta. Y antes de que pasara mucho tiempo, abrió los ojos, levantó la tapa del ataúd, se sentó y otra vez estaba viva.

—¡Ay, cielos!, ¿dónde estoy? —exclamó.

—Estás conmigo —dijo lleno de alegría el hijo del rey.

Le contó todo lo que había ocurrido, y le dijo:

—Te amo más que a nada en este mundo, ven conmigo al palacio de mi padre y serás mi esposa.

Blancanieves estaba dispuesta y fue con él, y sus bodas se celebraron con gran boato y esplendor.

Pero la malvada madrastra de Blancanieves también estaba invitada al festín. Cuando se hubo engalanado con hermosos vestidos, se puso ante el espejo y dijo:

Espejo, espejito que en la pared moras,
¿quién de esta tierra es la más bella de todas?

El espejo respondió:

Tú, señora y reina, eres más bella que todas las que veo,
pero más bella aún es la joven reina, como creo.

Entonces, la malvada mujer pronunció una maldición y se sintió tan desgraciada, tan completamente desdichada, que no sabía qué hacer. Al principio no quería ir a la boda de ninguna manera, pero no tuvo paz y necesitaba ver a la joven reina. Y cuando acudió allá y reconoció a Blancanieves se quedó paralizada de rabia y de miedo, y no podía moverse. Pero ya se habían puesto sobre el fuego unas zapatillas de hierro, las trajeron con pinzas y las colocaron frente a ella. Entonces la forzaron a ponerse los zapatos al rojo vivo y a bailar hasta que cayó al suelo, muerta.

ÍNDICE